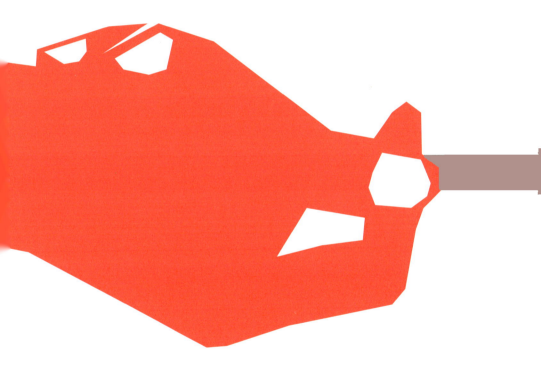

RAY BRADBURY

TRADUÇÃO   CID KNIPEL

TEXTOS   NEIL GAIMAN
JONATHAN R. ELLER
MARGARET ATWOOD
FRANÇOIS TRUFFAUT

FAHRENHEIT 451

A TEMPERATURA EM QUE
O PAPEL DO LIVRO PEGA
FOGO E QUEIMA...

*Este é para
Don Congdon,
com gratidão*

12	PRIMEIRA PARTE A lareira e a salamandra
82	SEGUNDA PARTE A peneira e a areia
126	TERCEIRA PARTE O brilho incendiário
182	Luz Ardente *Ray Bradbury*
196	A história de FAHRENHEIT 451 *Jonathan R. Eller*
222	Indrodução à edição de 2013 *Neil Gaiman*
232	FAHRENHEIT 451 *Margaret Atwood*
238	Do diário de FAHRENHEIT 451 *François Truffaut*
246	GALERIA DE CAPAS

Se te derem papel pautado,
escreve de trás para frente.

JUAN RAMÓN JIMÉNEZ

A Lareira e a Salamandra

Queimar era um prazer.

Era um prazer especial ver as coisas devoradas,

ver as coisas serem enegrecidas e *alteradas*. Empunhando o bocal de bronze, a grande víbora cuspindo seu querosene peçonhento sobre o mundo, o sangue latejava em sua cabeça e suas mãos eram as de um prodigioso maestro regendo todas as sinfonias de chamas e labaredas para derrubar os farrapos e as ruínas carbonizadas da história. Na cabeça impassível, o capacete simbólico com o número 451 e, nos olhos, a chama laranja antecipando o que viria a seguir, ele acionou o acendedor e a casa saltou numa fogueira faminta que manchou de vermelho, amarelo e negro o céu do crepúsculo. A passos largos ele avançou em meio a um enxame de vaga-lumes. Como na velha brincadeira, o que ele mais desejava era levar à fornalha um *marshmallow* na ponta de uma vareta, enquanto os livros morriam num estertor de pombos na varanda e no gramado da casa. Enquanto os livros se consumiam em redemoinhos de fagulhas e se dissolviam no vento escurecido pela fuligem.

Montag abriu o sorriso feroz de todos os homens chamuscados e repelidos pelas chamas.

Sabia que quando regressasse ao quartel dos bombeiros faria vista grossa a si mesmo no espelho, um menestrel de cara pintada com rolha queimada. Depois, ao ir para a cama, sentiria no escuro o sorriso inflamado ainda preso aos músculos da face. Nunca desaparecia, aquele sorriso, nunca, até onde conseguia se lembrar.

Pendurou o capacete preto-besouro e o lustrou. Pendurou caprichosamente a jaqueta à prova de fogo; tomou uma ducha voluptuosa e, depois, assobiando, as mãos nos bolsos, atravessou o piso superior do quartel e deixou-se cair pela abertura. No último instante, quando o impacto parecia fatal, tirou as mãos dos bolsos e interrompeu a queda agarrando o mastro dourado. Deslizou até a parada sibilante, os calcanhares a dois centímetros do chão de concreto do andar de baixo.

Saiu do quartel e caminhou pela rua noturna até o metrô. O trem pneumático deslizou silenciosamente por seu tubo lubrificado na terra e o lançou para fora com uma grande lufada de ar morno, na escada rolante de ladrilhos bege que subia para o subúrbio.

Assobiando, deixou que a escada rolante o deslizasse pelo ar sereno da noite. Caminhou rumo à esquina, sem pensar em nada de especial. Antes de chegar lá, porém, reduziu o passo como se tivesse sido surpreendido por nada, como se alguém tivesse chamado seu nome.

Nas últimas noites experimentara as sensações mais incertas ali na calçada, ao dobrar a esquina, andando à luz das estrelas a caminho de casa. Uma impressão de que, um momento antes de fazer a volta, houvesse alguém ali. O ar parecia carregado de uma calma especial, como se alguém o esperasse, quieto e, um segundo antes de dobrar a esquina, simplesmente se convertesse em sombra e fosse por ele atravessado. Talvez seu nariz tivesse detectado um frágil perfume, talvez a pele do dorso de suas mãos, ou a de seu rosto, se aquecesse nesse exato local em que uma pessoa parada poderia, por um instante, elevar em dez graus a temperatura circundante. Não havia como compreender aquilo. Cada vez que se virava para trás, via apenas a calçada branca e vazia, estreitando-se. E numa dessas noites teve a impressão de ver algo que desapareceu rapidamente do outro lado do gramado, antes que ele pudesse focalizar os olhos ou dizer alguma coisa.

Mas agora, nesta noite, ele reduziu o passo quase até parar. Sua percepção íntima, antecipando-se ao seu corpo na virada da esquina, ouvira o mais frágil sussurro. Respiração? Ou simplesmente a atmosfera estaria sendo comprimida por alguém, ali parado, muito quieto, à espera?

Montag dobrou a esquina.

As folhas do outono voavam pela calçada enluarada e faziam a garota que ali caminhava parecer presa num piso deslizante, deixando que o movimento do vento e das folhas a impelisse para frente. Sua cabeça pendia para o chão a fim de observar os sapatos agitarem as folhas em volta. Seu rosto era esguio e branco como leite e havia nele uma espécie de fome delicada que em tudo se detinha com infatigável curiosidade. Era uma expressão quase de contida surpresa; os olhos escuros estavam tão fixos no mundo que nenhum movimento lhes escapava. O vestido era branco e ciciava. Montag quase podia ouvir o movimento das mãos da garota ao caminhar e o som, agora infinitamente frágil, da branca agitação de seu rosto quando se voltou, descobrindo que estava a um segundo de colidir com um homem parado no meio da calçada.

As copas das árvores farfalharam ruidosamente, soltando sua chuva seca. A garota parou e parecia prestes a recuar, surpresa, mas, em vez disso, encarou Montag com olhos tão negros, brilhantes e vivos que ele achou haver dito alguma coisa totalmente admirável. Mas ele sabia que sua boca só se abrira para dizer olá; depois, quando ela parecia hipnotizada pela salamandra em seu braço e o disco da fênix em seu peito, ele tornou a falar:

— Claro! Você é nossa nova vizinha, não é?

— E você deve ser — ela afastou os olhos daqueles símbolos profissionais — o bombeiro. — A voz dela foi definhando.

— Você diz isso de um jeito tão estranho.

— Eu... eu saberia disso de olhos fechados — disse ela, devagar.

— Por quê?... O cheiro de querosene? Minha mulher sempre reclama — riu. — Por mais que se lave, não sai totalmente.

— É, não sai — disse ela, temerosa.

Montag teve a impressão de que ela andava num círculo ao redor dele, virando-o de ponta-cabeça, agitando-o silenciosamente e esvaziando seus bolsos, sem sequer se mover.

— Querosene — disse ele, porque o silêncio se prolongava — é perfume para mim.

— Acha mesmo?

— Claro. Por que não?

Ela fez uma pausa, pensativa.

— Não sei — disse ela e se virou, olhando a calçada que levava às casas onde moravam. — Você se importa se eu voltar com você? Meu nome é Clarisse McClellan.

— Clarisse. Guy Montag. Vamos. O que você faz na rua assim tão tarde? Quantos anos você tem?

Caminharam pela noite na brisa morna e fresca que soprava sobre a calçada prateada, e havia no ar um levíssimo aroma de damascos e morangos frescos. Montag olhou em volta e percebeu que isso era totalmente impossível àquela altura do ano.

Havia agora somente a garota caminhando com ele, o rosto claro como neve ao luar, e Montag sabia que ela estava pensando nas perguntas que ele fizera, procurando as melhores respostas.

— Bem — disse ela —, tenho dezessete anos e sou doida. Meu tio diz que essas duas coisas andam sempre juntas. Ele disse: quando as pessoas perguntarem sua idade, sempre diga que tem dezessete anos e que é maluca. Não é uma ótima hora da noite para caminhar? Gosto de sentir o cheiro das coisas e olhar para elas e, às vezes, fico andando a noite toda e vejo o sol nascer.

Tornaram a caminhar em silêncio e por fim ela disse, pensativa:
— Sabe, não tenho medo de você.
Ele ficou surpreso.
— E por que deveria?
— Muita gente tem. Quer dizer, medo de bombeiros. Mas, afinal de contas, você é só um homem...

Ele se viu nos olhos dela, suspenso em duas gotas cintilantes de água límpida, uma imagem escura e minúscula, em ínfimos detalhes, as linhas ao redor de sua boca, tudo, como se os olhos dela fossem dois pedaços miraculosos de âmbar violeta que pudessem capturá-lo e mantê-lo intacto. O rosto de Clarisse, agora voltado para ele, era um frágil cristal leitoso dotado de uma luz suave e constante. Não era a luz histérica da eletricidade, mas... o quê? A luz estranhamente aconchegante, rara e levemente agradável de uma vela. Certa vez, quando criança, durante uma queda de energia, sua mãe havia encontrado e acendido uma última vela e houve um breve instante de redescoberta, de uma iluminação tal que o espaço perdera suas vastas dimensões e se fechara aconchegante em torno deles, mãe e filho, a sós, transformados, torcendo para que a energia não voltasse tão cedo...

E então Clarisse McClellan disse:
— Posso fazer uma pergunta? Há quanto tempo você trabalha como bombeiro?
— Desde os vinte anos. Dez anos atrás.
— Você nunca *lê* nenhum dos livros que queima?
Ele riu.
— Isso é contra a lei!
— Ah, é claro.

— É um trabalho ótimo. Segunda-feira, Millay; quarta-feira, Whitman; sexta-feira, Faulkner. Reduza os livros às cinzas e, depois, queime as cinzas. Este é o nosso slogan oficial.

Caminharam ainda mais um pouco e a garota disse:

— É verdade que antigamente os bombeiros *apagavam* incêndios em vez de começá-los?

— Não. As casas *sempre* foram à prova de fogo, pode acreditar no que eu digo.

— Estranho. Uma vez me disseram que, muito tempo atrás, as casas pegavam fogo por acidente e as pessoas precisavam dos bombeiros para *deter* as chamas.

Ele riu.

Clarisse olhou rapidamente para ele.

— Por que está rindo?

— Não sei. — Ele começou a rir de novo e parou. — Por quê?

— Você ri quando não digo nada de engraçado e responde na mesma hora. Nunca para para pensar no que eu digo.

Montag se deteve.

— Você é esquisita *mesmo* — disse, olhando para ela. — Não respeita ninguém?

— Não pretendo ser grosseira. É que eu adoro observar as pessoas. Acho que é isso.

— Bem, isto aqui não significa *nada* para você? — disse ele, batendo com a mão no número 451 bordado na manga cor de carvão.

— Sim — sussurrou ela e apertou o passo. — Já parou para observar os carros a jato correndo pelas avenidas naquela direção?

— Você está mudando de assunto!

— Às vezes acho que os motoristas não sabem o que é grama, ou flores, porque nunca param para observá-las — disse ela. — Se a gente mostrar uma mancha verde a um motorista, ele dirá: Ah sim! Isso é grama! Uma mancha cor-de-rosa? É um roseiral! Manchas brancas são casas. Manchas marrons são vacas. Certa vez, titio ia devagar por uma rodovia. Ele estava a sessenta por hora e o prenderam por dois dias. Isso não é engraçado? E triste, também?

— Você pensa demais — disse Montag, incomodado.

— Eu raramente assisto aos "telões", nem vou a corridas ou parques de diversão. Acho que é por isso que tenho tempo de sobra para ideias malucas. Já viu os cartazes de sessenta metros no campo, fora da cidade? Sabia que antigamente os outdoors tinham apenas seis metros de comprimento? Mas os carros começaram a passar tão depressa por eles que tiveram de espichar os anúncios para que pudessem ser lidos.

— Eu não sabia disso! — riu Montag abruptamente.

— Aposto que sei de mais uma coisa que você não sabe. De manhã, a grama fica coberta de orvalho.

Subitamente, ele não conseguiu se lembrar se sabia disso ou não, e ficou muito irritado.

— E se você olhar bem — disse ela num aceno de cabeça para o céu —, tem um homem lá na Lua.

Fazia muito tempo que ele não olhava para o céu.

Fizeram o resto do percurso em silêncio; ela, pensativa; ele, numa espécie de silêncio constrangido e incômodo no qual lançava sobre ela olhares acusadores. Quando chegaram à casa dela, todas as luzes estavam acesas.

— O que está havendo? — Montag raramente via uma casa tão iluminada.

— Ah, minha mãe, meu pai e meu tio estão conversando. É como andar a pé, só que bem mais gostoso. Meu tio foi preso outra vez, eu lhe contei? Por andar a pé. Ah, nós somos diferentes *mesmo*.

— Mas sobre o que vocês *conversam*?

Ela riu da pergunta.

— Boa noite! — e foi para casa, mas pareceu lembrar-se de algo e voltou-se, olhando para ele com admiração e curiosidade. — Você é feliz? — perguntou.

— Eu sou o *quê*? — gritou ele.

Mas ela se fora — correndo sob o luar. A porta da casa fechou-se suavemente.

— Feliz! Mas que absurdo!

Montag parou de rir.

Na porta de sua casa, enfiou a mão no orifício em forma de luva e seu toque foi identificado. A porta deslizou, abrindo-se.

"Claro que sou feliz. O que ela pensa? Que *não* sou?", perguntou ele para os cômodos silenciosos. Parou no corredor, olhando para a grelha do ventilador e de repente se lembrou que alguma coisa jazia oculta por trás da grelha, algo que parecia espiá-lo ali embaixo. Rapidamente desviou os olhos.

Que estranho encontro numa noite estranha! Não se lembrava de nada parecido, a não ser numa tarde, um ano antes, quando conhecera um velho no parque e haviam *conversado*...

Montag meneou a cabeça. Olhou para uma parede vazia. O rosto da garota estava ali. Em sua memória, era um rosto lindo; na verdade, assombroso. Era um rosto muito tênue, como o mostrador de um reloginho fracamente discernível num quarto escuro no meio da noite, quando se acorda para olhar as horas e se vê o relógio dizendo a hora, o minuto e o segundo, com um silêncio branco e um brilho, todo certeza, e sabendo o que tinha a dizer sobre a noite que passa depressa rumo a novas escuridões, mas também rumo a um novo sol.

"O *quê*?", perguntou Montag àquele outro eu, o idiota do subconsciente que por vezes desatava a tagarelar, inteiramente independente da vontade, do hábito e da consciência.

Lançou de novo o olhar à parede. Como o rosto dela se parecia também com um espelho! Impossível. Pois quantas pessoas seriam capazes de refletir a luz de uma outra? As pessoas quase sempre eram

— procurou uma comparação, encontrou-a em seu ofício — archotes, que ardiam até se extinguir. Quantas pessoas existiam cujos rostos eram capazes de captar e devolver a expressão de outra, seus pensamentos e receios mais íntimos?

Que incrível poder de identificação tinha a garota! Era como o ansioso espectador de um teatro de marionetes, antecipando cada piscar de olhos, cada gesto de mãos, cada estalar de dedos, um instante antes de o movimento começar. Quanto tempo haviam caminhado juntos? Três minutos? Cinco? No entanto, como aquele momento agora parecia longo. Que figura imensa era ela no palco diante dele; que sombra projetava na parede o seu corpo esguio! Montag tinha a impressão de que caso ele coçasse os olhos ela talvez pestanejasse. E se os músculos de suas mandíbulas se tensionassem imperceptivelmente, ela bocejaria muito antes que ele o fizesse.

Ora, pensou ele, agora que penso nisso, foi como se ela estivesse esperando por mim, ali na rua, naquela hora, tão tarde da noite...

Montag abriu a porta do quarto.

Foi como entrar na fria câmara marmórea de um mausoléu depois de a lua se pôr. Escuridão total, nem um traço do mundo prateado lá fora, as janelas bem fechadas, a alcova era um mundo tumular onde nenhum som da grande cidade conseguia penetrar. O quarto não estava vazio.

Montag se pôs a escutar.

O delicado zumbido de um pernilongo dançando no ar, o murmúrio elétrico de uma vespa oculta em seu cálido ninho rosado. Pela sonoridade da música ele quase conseguia acompanhar a melodia.

Montag sentiu seu próprio sorriso escorregar, derreter-se, dobrar-se sobre si mesmo como uma película oleosa, como a substância de uma vela fantástica que estivesse queimando durante muito tempo e agora desmoronasse e se apagasse. Escuridão. Não estava feliz. Não estava feliz. Disse as palavras a si mesmo. Admitiu que este era o verdadeiro estado das coisas. Usava sua felicidade como uma máscara e a garota fugira com ela pelo gramado e não havia como ir bater à sua porta para pedi-la de volta.

Sem acender a luz, imaginou como estaria o quarto. Sua mulher estirada na cama, descoberta e fria, como um corpo exposto na laje de um túmulo, os olhos presos no teto por fios invisíveis de aço, imóveis. E nas orelhas as pequenas conchas, rádios firmemente ajustados, e um oceano eletrônico de som, música e vozes, música e vozes que chegavam, que vinham dar à praia de sua mente vigilante. Na verdade, o quarto estava vazio. Todas as noites as ondas chegavam e a levavam em suas grandes marés de som, fazendo-a boiar, os olhos estatelados, rumo à manhã. Nos últimos dois anos não houvera um única noite em que Mildred não tivesse nadado naquele mar, não tivesse mergulhado alegremente pela terceira vez.

O quarto estava frio, mas mesmo assim ele se sentia impossibilitado de respirar. Não queria correr as cortinas para abrir as portas-balcão, porque não queria que o luar entrasse no quarto. Assim, com a sensação de um homem condenado a morrer na próxima hora por falta de ar, tateou o caminho até sua cama vaga, independente, e por isso fria.

Um segundo antes de seu pé bater num objeto no chão, ele percebeu que o iria fazer. A sensação não era diferente da que havia experimentado antes de dobrar a esquina e quase derrubar a garota. Seu pé, enviando vibrações à frente, captou ecos da pequena barreira em seu caminho assim que se lançou adiante. Chutado pelo pé, o objeto produziu um tinido surdo e deslizou para a escuridão.

Montag se empertigou e ficou à escuta da pessoa na cama escura na noite inteiramente opaca. A exalação das narinas era tão tênue que agitava apenas as franjas mais distantes da vida, uma pequena folha, uma pluma preta, um solitário fio de cabelo.

Ele ainda não queria a luz lá de fora. Tirou do bolso o acendedor, sentiu a salamandra gravada no disco de prata, acionou-o...

Duas pedras-da-lua olharam para ele à luz de sua pequena chama manual; duas pálidas pedras-da-lua enterradas num regato de água clara sobre o qual a vida do mundo corria, sem tocá-las.

— Mildred!

O rosto dela era como uma ilha coberta de neve na qual talvez chovesse, mas que não sentia nenhuma chuva; uma ilha sobre a qual nuvens poderiam passar suas sombras, o que não seria percebido absolutamente. Havia somente o canto das pequenas vespas enfiadas em suas orelhas, os olhos vítreos e o hálito entrava e saía, leve, frágil, para dentro e para fora de suas narinas sem que ela se preocupasse se entrava ou saía, se saía ou entrava.

O objeto em que ele havia tropeçado agora refletia debaixo da beirada de sua própria cama. O pequeno frasco de cristal com pílulas para dormir que, pela manhã, contivera trinta cápsulas, agora estava sem tampa e vazio à luz da minúscula chama.

Enquanto ele se detinha ali, o céu urrava sobre a casa. Houve um tremendo som retalhante, como se duas mãos gigantescas rasgassem dez mil quilômetros de costura de linha preta. Montag se sentiu cortado ao meio. Sentiu o peito ser lanhado em duas partes. Os bombardeiros a jato passando, passando, passando, um-dois, um-dois, um-dois, seis deles, nove deles, doze deles, um e mais um e ainda outro, outro e mais outro se encarregavam de gritar por ele. Montag abriu a boca e deixou que o grito estridente descesse e saísse entre seus dentes arreganhados. A casa estremeceu. A chama se apagou em sua mão. As pedras-da-lua desapareceram. Ele sentiu sua mão mergulhar na direção do telefone.

Os jatos haviam passado. Montag sentiu os lábios se moverem, roçando o bocal do telefone.

— Hospital de emergência. — Um terrível sussurro.

Teve a impressão de que as estrelas tinham sido pulverizadas pelo som dos jatos negros e que, pela manhã, a Terra estaria coberta com sua poeira, como uma neve estranha. Foi esse o seu pensamento idiota enquanto tremia no escuro e deixava os lábios se moverem sem parar.

Eles tinham uma máquina. Na verdade, tinham duas máquinas. Uma delas deslizava para dentro do estômago da pessoa como uma naja preta descendo por um poço retumbante, procurando toda a água antiga e o tempo morto ali acumulados. Ela tragava a substância verde que fluía para o alto num lento fervilhar. Será que beberia a escuridão? Sugaria todos os venenos acumulados ao longo dos anos? Ela se alimentava em silêncio, com um som ocasional de sufocação interna e busca cega. Tinha um Olho. O operador impessoal da máquina, usando um capacete óptico especial, podia contemplar a alma da pessoa que ele estava drenando. O que via o Olho? O operador não dizia. Ele via, mas não o que o Olho via. A operação como um todo não era distinta da escavação de um canteiro no quintal. A mulher na cama não era mais que uma dura camada de mármore que eles tivessem atingido. Fosse como fosse, era preciso prosseguir, introduzir a broca mais fundo, desentupir o vazio, se é que tal coisa poderia ser sugada para fora no pulsar da serpente de sucção. O operador ficava em pé, fumando um cigarro. A outra máquina também estava funcionando.

A outra máquina era operada por um sujeito igualmente impessoal usando um jaleco marrom-avermelhado à prova de manchas. Essa máquina drenava todo o sangue do corpo e o substituía por sangue e linfa frescos.

— É preciso limpar dos dois jeitos — disse o operador, em pé diante da mulher silenciosa. — Não adianta limpar o estômago se o sangue não for trocado. Se essa coisa fica no sangue, o sangue bate no cérebro como uma marreta, bum! Umas duas mil vezes e o cérebro simplesmente desiste, deixa de funcionar.

— Pare com isso! — disse Montag.

— Eu só estava dizendo — disse o operador.

— Vocês já acabaram? — perguntou Montag.

Desligaram as máquinas imediatamente.

— Acabamos. — Pareciam nem se dar conta da fúria de Montag. Ficaram parados, enquanto a fumaça do cigarro dava voltas pelo nariz de cada um e entrava nos olhos, sem que eles sequer piscassem ou contraíssem os olhos. — São cinquenta paus.

— Primeiro, por que não me diz se ela vai ficar bem?

— Claro que ela vai ficar bem. Estamos com toda a porcaria aqui nesta maleta; agora não pode mais lhe fazer mal. Como eu disse, tira-se o velho, põe-se o novo e pronto.

— Nenhum de vocês é médico. Por que não enviaram um médico da Emergência?

— Ora essa! — O cigarro do operador agitou-se em seus lábios. — Resolvemos uns nove ou dez casos desses por noite. De uns anos para cá, passaram a ser tantos que mandamos construir as máquinas especiais. A novidade, é claro, foi a lente; o resto é antigo. Não é preciso médico para um caso como este; bastam dois biscateiros que, em meia hora, resolvem o problema. Olha — disse ele, começando a andar em direção à porta —, precisamos ir. Acabamos de receber outra chamada no velho rádio de orelha. A dez quadras daqui. Mais um que estourou a tampa de um vidro de pílulas. Se precisar da gente, é só ligar de novo. Deixe-a repousar. Aplicamos nela um contrassedativo. Ela vai acordar com fome. Até logo.

E então, com o cigarro pendurado nos lábios estreitos, com olhos de víboras, os dois homens apanharam sua carga de máquinas e tubos, sua maleta de melancolia líquida e a inominável imundície escura e saíram devagar pela porta.

Montag deixou-se afundar numa poltrona e olhou para a mulher. Os olhos dela agora estavam fechados, tranquilos, e ele estendeu a mão para sentir o calor da respiração em sua palma.

— Mildred — disse ele finalmente.

Existe gente demais, pensou. Somos bilhões e isso é excessivo. Ninguém conhece ninguém. Estranhos entram em nossa casa e nos violentam. Estranhos chegam e arrancam nosso coração. Estranhos chegam e nos tiram o sangue. Meu Deus, que homens *eram* esses? Nunca os vi em toda a minha *vida*!

Meia hora se passou.

A circulação sanguínea nessa mulher era nova e parecia ter-lhe produzido algo novo. Suas bochechas estavam muito rosadas e os lábios muito frescos, cheios de cor, e pareciam macios e relaxados. O sangue de mais alguém estava ali. Quem dera fosse a carne, o cérebro e a memória de outra pessoa. Quem dera pudessem ter levado sua mente para uma lavagem a seco, esvaziado seus bolsos, e a tivessem vaporizado, limpado e remontado e a devolvessem pela manhã. Quem dera...

Ele se levantou, afastou as cortinas e escancarou as janelas para deixar entrar o ar noturno. Eram duas horas da manhã. Seria possível que apenas uma hora antes... Clarisse McClellan estava na rua, ele entrou no quarto escuro e seu pé chutou o pequeno frasco cristalino? Apenas uma hora, mas o mundo se derretera e saltara para uma forma nova e sem cor.

O som de risadas atravessou o enluarado gramado vindo da casa de Clarisse e dos pais e do tio, que sorriam muito tranquilos e sinceros. Acima de tudo, a risada era relaxada e espontânea e de nenhum modo forçada, vindo da casa que estava tão iluminada a essa hora da noite enquanto todas as outras se mantinham às escuras. Montag ouviu vozes falando, falando, falando, concedendo, falando, tecendo, retecendo sua teia hipnótica.

Montag saiu pela porta-balcão e atravessou o gramado, sem pensar no que fazia. Parou do lado de fora da casa falante, nas sombras, pensando que poderia até bater à porta e sussurrar: "Deixem-me entrar. Não vou dizer nada. Só quero escutar. O que é que vocês estão dizendo?".

Mas, em vez disso, ficou ali, sentindo muito frio; o rosto, uma máscara de gelo, escutando a voz de um homem (o tio?) andando num passo tranquilo:

"Bem, afinal de contas, estamos na era do lenço descartável. Assoe seu nariz numa pessoa, encha-a, esvazie-a, procure outra, assoe, encha, esvazie. Cada um está usando as fraldas da camisa do outro. Como torcer para o time da casa quando não se tem um programa nem se sabem os nomes? Por falar nisso, que camisas estão usando quando entram em campo?"

Montag caminhou de volta para casa, deixou a janela aberta, viu como Mildred estava, cobriu-a cuidadosamente, e depois se deitou com o luar nas maçãs de seu rosto e no seu cenho franzido, com o luar destilado em cada olho, formando neles uma catarata de prata.

Uma gota de chuva. Clarisse. Outra gota. Mildred. Uma terceira. O tio. Uma quarta. O fogo de hoje à noite. Uma, Clarisse. Duas, Mildred. Três, tio. Quatro, fogo. Uma, Mildred, duas, Clarisse. Uma, duas, três, quatro, cinco, Clarisse, Mildred, tio, fogo, pílulas para dormir, homens-lenços descartáveis, fraldas de camisas, assoar, limpar, dar descarga, Clarisse, Mildred, tio, fogo, pílulas, lenços, assoar, limpar, dar descarga. Uma, duas, três, uma, duas, três! Chuva. A tempestade. O tio rindo. Trovão descendo céu abaixo. O mundo inteiro se derramando em água. O fogo jorrando num vulcão. Tudo se apressando numa enxurrada estrondosa e fluindo como rio rumo à manhã.

— Já não sei de mais nada — disse ele, e deixou uma pílula para dormir dissolver-se em sua língua.

Às nove da manhã, a cama de Mildred estava vazia.

Montag se levantou depressa, o coração em sobressalto, correu pelo corredor e parou à porta da cozinha.

A torrada saltou da torradeira prateada, foi agarrada por uma mão metálica em forma de aranha que a bezuntou com manteiga derretida.

Mildred observou a torrada sendo depositada em seu prato. Ela estava com as duas orelhas tamponadas por besouros eletrônicos que zumbiam sem parar. Subitamente, ergueu os olhos, viu-o e acenou com a cabeça.

— Tudo bem com você? — perguntou ele.

Após dez anos de prática com as conchas enfiadas nas orelhas, era perita em leitura labial. Ela novamente anuiu com a cabeça e tornou a ajustar a torradeira para outra fatia de pão.

Montag sentou-se.

— Não sei por que estou com tanta fome — disse sua esposa.

— Você...

— Estou faminta.

— Ontem à noite... — começou ele.

— Não dormi bem. Sinto-me péssima — disse ela. — Meu Deus, estou faminta. Não consigo entender.

— Ontem à noite... — disse ele novamente.

Ela observou distraída os movimentos de seus lábios.

— O que houve ontem à noite?

— Você não se lembra?

— Do quê? Tivemos alguma festa maluca ou coisa parecida? Sinto-me como se estivesse de ressaca. Meu Deus, estou faminta. Quem esteve aqui?

— Umas pessoas — disse ele.

— Foi o que pensei. — Ela mastigou a torrada. — Meu estômago está um pouco embrulhado, mas estou com uma fome danada. Espero não ter feito nada de estúpido na festa.

— Não — disse ele, calmo.

A torradeira, com a mão em forma de aranha, passou para ele um pedaço de pão amanteigado. Ele o segurou na mão, sentindo-se grato.

— Você também não parece muito animado — disse a esposa.

No fim da tarde choveu e o mundo inteiro ficou cinza-escuro. Montag parou no corredor, colocando na roupa o distintivo com a salamandra flamejante. Por um bom tempo, ficou olhando para a tampa do ar-condicionado no corredor. Sua mulher, no salão de tevê, fez uma breve pausa na leitura de seu roteiro para erguer os olhos.

— Ora — disse ela. — Não é que ele está *pensando*!

— Sim — disse ele. — Eu queria conversar com você. — Fez uma pausa. — Ontem à noite você tomou todas as pílulas do frasco.

— Ora, imagine se eu faria uma coisa dessas — disse ela, surpresa.

— O frasco estava vazio.

— Eu nunca faria uma coisa dessas. Por que eu faria algo assim? — perguntou ela.

— Talvez você tenha tomado duas; esqueceu-se e tomou mais duas; esqueceu-se de novo e tomou mais duas, e ficou tão dopada que continuou até engolir umas trinta ou quarenta.

— Droga — disse ela —, por que eu iria fazer uma coisa tão estúpida assim?

— Não sei — disse ele.

Era evidente que ela estava esperando ele ir embora.

— Eu não fiz isso — disse ela. — Não faria isso nem em um bilhão de anos.

— Está bem, se é o que você diz.

— Isso é o que a senhora disse. — Ela voltou ao roteiro.

— O que há para esta tarde? — perguntou ele, cansado.

Ela não voltou a tirar os olhos do roteiro.

— Bem, daqui a dez minutos entra uma peça no circuito de tela múltipla. Eles enviaram o meu papel esta manhã. Mandei algumas tampas de embalagens. Eles escrevem o roteiro, mas deixam faltando um dos papéis. É uma ideia nova. A dona de casa, que sou eu, faz o papel que está faltando. Quando chega o momento das falas que faltam, todos olham para mim, das três paredes, e eu digo a fala. Por exemplo, aqui o homem diz: "O que você acha dessa proposta, Helen?". E olha para mim, que estou sentada aqui no centro do palco, entende? E eu digo, eu digo... — ela fez uma pausa e correu com o dedo sob uma fala do roteiro — "Acho excelente!". E então eles seguem com a peça até que ele diz: "Você concorda com isso, Helen?". E eu digo: "Claro que sim!". Não é divertido, Guy?

Ele continuava no corredor, olhando para ela.

— Claro que é divertido — disse ela.

— Sobre o que é a peça?

— Eu já lhe falei. Tem umas pessoas chamadas Bob, Ruth e Helen.

— Ah.

— É muito divertido. Vai ficar ainda melhor quando pudermos instalar a quarta tela. Quanto tempo você acha que teremos de economizar até podermos furar a quarta parede e instalar uma quarta tela? Custa só dois mil dólares.

— Isso é um terço do meu salário anual.

— São só dois mil dólares — replicou ela. — Bem que você poderia ter um pouco de consideração por mim de vez em quando. Se tivéssemos uma quarta tela, puxa, seria como se este salão não fosse mais só nosso, mas os salões de todos os tipos de pessoas exóticas. Poderíamos abrir mão de algumas coisas.

— Já estamos abrindo mão de algumas coisas para pagar a terceira tela. Faz dois meses que ela foi instalada, lembra?

— Só isso? — Ela ficou sentada olhando para ele demoradamente. — Bem, até logo, querido.

— Até logo — disse ele. Depois, parou e se virou. — Tem um final feliz?

— Ainda não li tudo.

Montag foi até onde ela estava, leu a última página, anuiu com a cabeça, dobrou o roteiro e o devolveu. Saiu de casa sob a chuva.

A chuva estava diminuindo e a garota estava caminhando pelo meio da calçada com a cabeça erguida para que os esparsos pingos de chuva lhe caíssem no rosto. Ela sorriu quando viu Montag.

— Oi!

Ele respondeu o cumprimento e disse:

— O que você está tramando agora?

— Ainda estou maluca. A chuva é tão boa. Adoro andar na chuva.

— Acho que eu não gostaria — disse ele.

— Você gostaria se experimentasse.

— Nunca experimentei.

Ela lambeu os lábios.

— Até o gosto dela é bom.

— O que você faz, fica por aí experimentando de tudo? — perguntou ele.

— Tudo e mais um pouco. — Ela olhava para algo que tinha na mão.

— O que você tem aí? — disse ele.

— Acho que é o último dente-de-leão do ano. Não imaginava que ainda encontraria um deles nessa época do ano. Já ouviu falar que é bom esfregá-lo debaixo do queixo? Assim. — Ela tocou o queixo com a flor, rindo.

— Por quê?

— Se a flor deixar marca, significa que estou apaixonada. Deixou?

Quase não havia outra coisa a fazer senão olhar.

— E então? — disse ela.

— Você ficou com o queixo amarelo.

— Ótimo! Agora vamos experimentar em você.

— Não vai funcionar em mim.

— Vamos ver. — Antes que ele pudesse se mexer ela havia colocado o dente-de-leão sob seu queixo. Ele recuou e ela riu. — Não se mexa!

Ela sondou embaixo do queixo dele e franziu o cenho.

— E então? — perguntou ele.

— Que pena — disse ela. — Você não está apaixonado por ninguém.

— Estou sim!

— Não parece.

— Estou. Muito apaixonado! — Tentou fazer uma expressão condizente com as palavras, mas não conseguiu. — Eu estou!

— Ah, por favor, não faça essa cara.

— Foi esse dente-de-leão — disse ele. — Você o gastou todo, por isso não funcionou em mim.

— É claro, deve ser isso. Ah, agora eu deixei você chateado, dá para ver que deixei; eu sinto muito, de verdade. — E tocou seu cotovelo.

— Não, não — apressou-se a dizer —, eu estou bem.

— Eu preciso ir embora, então diga que me perdoa. Não quero que fique bravo comigo.

— Não estou bravo. Chateado, sim.

— Preciso ver meu psiquiatra agora. Sou *obrigada* a ir. Eu invento coisas para dizer. Não sei o que ele pensa de mim. Ele diz que sou uma cebola normal! Dou muito trabalho para ele ficar descascando as camadas.

— Estou inclinado a achar que você precisa do psiquiatra — disse Montag.

— Você não está falando sério.

Ele respirou fundo e suspirou. Por fim, disse:

— Não, não estou falando sério.

— O psiquiatra quer saber por que saio andando pelos bosques, por que observo os pássaros e coleciono borboletas. Algum dia vou mostrar minha coleção para você.

— Que bom!

— Eles querem saber o que eu faço com meu tempo. Eu digo a eles que às vezes apenas me sento e *penso*. Mas não lhes digo em quê. Eles que descubram. E digo a eles que às vezes gosto de colocar a cabeça para trás, assim, e deixar a chuva cair na minha boca. O gosto é igual ao de vinho. Você já experimentou alguma vez?

— Não, eu...

— Você me *perdoou*, não perdoou?

— Sim. — Ele pensou um pouco. — Sim, perdoei. Só Deus sabe por quê. Você é estranha, é irritante, mas é fácil de perdoar. Você diz que tem dezessete anos?

— Bem... no mês que vem.

— Curioso. É estranho. Minha mulher tem trinta e às vezes você parece mais velha. Não consigo entender por quê.

— Você também é estranho, senhor Montag. Às vezes até me esqueço que é bombeiro. Agora, posso deixar você com raiva de novo?

— Vá em frente.

— Como é que começou? Como é que entrou nisso? Como escolheu esse trabalho? Como chegou a cogitar em assumir esse emprego? Você não é como os outros. Eu vi alguns; eu *sei*. Quando eu falo, você olha para mim. Ontem à noite, quando eu disse uma coisa sobre a lua, você olhou para a lua. Os outros nunca fariam isso. Os outros continuariam andando e me deixariam falando sozinha. Ou me ameaçariam. Ninguém tem mais tempo para ninguém. Você é um dos poucos que me toleram. É por isso que acho tão estranho você ser bombeiro. É que, de algum modo, não combina com você.

Ele sentiu o corpo dividir-se em duas metades, uma quente, a outra fria, esta macia, aquela dura, uma trêmula, a outra firme, uma oprimindo a outra.

— É melhor você se apressar para a sua consulta — disse ele.

E ela se afastou correndo e o deixou ali, parado na chuva. Só depois de um longo momento ele começou a andar.

E então, muito lentamente, à medida que caminhava, inclinou a cabeça para trás na chuva, apenas por um momento, e abriu a boca...

O Sabujo Mecânico dormia mas não dormia, vivia mas não vivia no delicado zumbido e na sutil vibração de seu canil parcamente iluminado num canto escuro dos fundos do quartel. A luz mortiça da uma da madrugada, o luar do céu aberto emoldurado pela ampla janela refletia-se, tocava aqui e ali no bronze, cobre e aço da fera ligeiramente trêmula. A luz cintilava nas facetas de rubi e nas sensíveis cerdas de náilon das narinas da criatura que vibrava de modo muito sutil, as oito pernas esparramadas sob si como as de uma aranha, as patas munidas de coxins de borracha.

Montag desceu deslizando pelo poste metálico. Saiu para olhar a cidade e o céu agora sem nuvens. Acendeu um cigarro e foi para os fundos, onde se inclinou para olhar o Sabujo. Era como uma grande abelha que volta de algum campo onde o mel está cheio do veneno do descontrole, da loucura e do pesadelo, o corpo abarrotado daquele néctar opulento e agora adormecido para eliminar o mal de dentro de si.

— Olá — sussurrou Montag, como sempre fascinado pela fera ao mesmo tempo morta e viva.

Nas noites em que as coisas ficavam enfadonhas, ou seja, todas as noites, os homens deslizavam pelos postes metálicos e ajustavam as combinações do sistema olfativo do Sabujo e soltavam ratos no pátio do poço de ventilação do prédio, ou às vezes galinhas ou mesmo gatos, que de qualquer maneira teriam de ser afogados, e ficavam ali apostando para ver qual dos gatos, galinhas ou ratos o Sabujo agarraria primeiro. Os animais eram soltos. Três segundos depois o jogo estava terminado, com o rato, o gato ou a galinha apanhados a meio caminho do pátio por patas delicadas, enquanto uma agulha de aço de dez centímetros se projetava da probóscide do Sabujo para injetar doses enormes de morfina ou procaína. A presa era então lançada no incinerador. Um novo jogo começava.

Na maioria das noites em que isso acontecia, Montag continuava lá em cima. Houve uma vez, dois anos antes, em que ele havia apostado com o melhor deles e perdera o salário da semana, e depois teve de enfrentar a raiva demente de Mildred, que se manifestava nas veias e erupções de sua pele. Mas agora ele passava as noites deitado no beliche, o rosto virado para a parede, escutando as risadas estridentes lá embaixo e o alvoroço de cordas de piano das patas dos ratos, o ranger de violino dos camundongos e o grande silêncio sombrio e mecânico do Sabujo precipitando-se como a mariposa em direção à luz, encontrando, prendendo sua vítima, injetando a agulha e voltando para seu canil para morrer como se um botão tivesse sido pressionado.

Montag tocou em seu focinho.

O Sabujo rosnou.

Montag saltou para trás.

O Sabujo ergueu-se e olhou para ele com luz verde-azulada de néon cintilando em seus globos oculares subitamente ativados. Rosnou novamente, um gesto de desconfiança que era uma estranha combinação rouca de chiado elétrico, som de fritura, arranhar de metal, giro de dentes velhos e enferrujados de engrenagem.

— Não, não, garoto — disse Montag, o coração aos pulos.

Ele viu a agulha prateada projetar-se uns dois centímetros no ar, recolher-se, estender-se, recolher-se. O rosnado cresceu na fera que olhou para Montag.

Montag recuou. O Sabujo deu um passo para fora de seu canil. Montag agarrou o poste de metal com uma das mãos. O poste, reagindo, deslizou para cima e o fez atravessar o teto, silenciosamente.

Montag estendeu o pé para o *deck* à meia-luz do nível superior. Seu corpo tremia e seu rosto estava pálido e esverdeado. Lá embaixo, o Sabujo tornara a assentar-se sobre as suas incríveis oito patas de inseto e zumbia novamente para si mesmo, os olhos multifacetados em paz.

Montag parou ao lado do poço de acesso, aguardando o temor passar. Atrás dele, quatro homens sentados a uma mesa de jogo, sob uma luminária verde no canto da sala, olharam de relance sem dizer nada. Apenas o homem com o quepe de capitão com a insígnia da fênix, por fim, curioso, as cartas na mão magra, falou do fundo do recinto.

— Montag?...

— Ele não *gosta* de mim — disse Montag.

— Ele quem, o Sabujo? — O capitão estudou as cartas. — Deixe de bobagem. Ele não gosta nem desgosta. Apenas "funciona". É como um exercício de balística. Ele tem uma trajetória definida por nós. Ele executa. Segue a pista, faz a mira e dispara. É só fio de cobre, baterias recarregáveis e corrente elétrica.

Montag engoliu em seco:

— Seus processadores podem ser ajustados para qualquer combinação, um tanto de aminoácidos, um tanto de enxofre, outro tanto de gordura e alcalinidade. Certo?

— Todos nós sabemos disso.

— Os equilíbrios e porcentagens químicas de todos nós aqui no quartel estão registrados no arquivo mestre lá de baixo. Seria fácil alguém ajustar uma combinação parcial na "memória" do Sabujo, talvez uma pitada de aminoácidos. Isso explicaria o que o animal acabou de fazer. Reagiu contra mim.

— Droga — disse o capitão.

— Irritado, mas não inteiramente bravo. A "memória" ajustada por alguém o suficiente para que rosnasse quando eu o tocasse.

— Quem faria uma coisa dessas? — perguntou o capitão. — Você não tem nenhum inimigo aqui, Guy.

— Nenhum que eu saiba.

— Amanhã pediremos aos técnicos que façam uma checagem no Sabujo.

— Não é a primeira vez que ele me ameaça — disse Montag. — No mês passado aconteceu duas vezes.

— Vamos consertá-lo. Não se preocupe.

Mas Montag ficou onde estava, pensando na grade do ventilador no corredor de sua casa e no que jazia oculto atrás dela. Se alguém aqui no quartel soubesse sobre o ventilador não poderia "contar" para o Sabujo?...

O capitão foi até o poço de acesso e lançou um olhar inquiridor sobre Montag.

— Eu só estava imaginando — disse Montag — o que o Sabujo pensa à noite lá embaixo?. Será que realmente está se tornando sensível a nós? Isso me dá calafrios.

— Ele não pensa em nada que não queiramos que ele pense.

— Isso é triste — disse Montag, calmo —, porque tudo o que introduzimos nele é caçar, localizar e matar. Que pena se isso for tudo o que ele pode saber.

Beatty riu com ligeiro desdém.

— Ora essa! É uma peça muito engenhosa, um bom rifle que pode mirar seu próprio alvo e toda vez acerta na mosca, sem erro.

— É por isso mesmo — disse Montag. — Eu não gostaria de ser sua próxima vítima.

— Por quê? Está com a consciência culpada por alguma coisa?

Montag ergueu rapidamente o olhar.

Beatty estava ali olhando firme para ele, enquanto sua boca se abria e começava a rir, muito suavemente.

Um, dois, três, quatro, cinco, seis, sete dias. E outras tantas vezes ele saiu de casa e Clarisse estava lá, em algum lugar do mundo. Uma vez ele a viu sacudindo uma nogueira, outra vez a viu sentada no gramado tricotando um suéter azul, três ou quatro vezes ele encontrou um buquê de flores tardias em sua varanda ou um punhado de castanhas num saquinho, ou algumas folhas mortas ordenadamente presas numa folha de papel em branco pregada com percevejos à porta de sua casa. Diariamente, Clarisse o acompanhava até a esquina. Num dia estava chovendo, no seguinte estava claro, um dia depois o vento soprava forte e, no dia depois desse, o vento era moderado e calmo, e no dia depois dessa calmaria, o tempo era como a fornalha do verão e Clarisse tinha o rosto todo bronzeado ao final da tarde.

— Por que sinto que a conheço há muitos anos? — disse ele, certa vez, à entrada do metrô.

— Porque eu gosto de você — respondeu ela — e não quero nada de você. E porque nos conhecemos.

— Você faz com que eu me sinta muito velho e muito parecido com um pai.

— Então diga — disse ela —, por que você não tem filhas como eu, se você gosta tanto de crianças?

— Não sei.

— Você está brincando!

— Quer dizer... — ele parou e meneou a cabeça. — Bem, minha esposa, ela... ela nunca quis saber de filhos.

A garota parou de sorrir.

— Desculpe-me. Eu realmente pensei que você estivesse se divertindo à minha custa. Sou uma boba.

— Não, não — disse ele. — Foi uma boa pergunta. Faz muito tempo que ninguém se dá ao trabalho de perguntar. Boa pergunta.

— Vamos falar de outra coisa. Você já cheirou folhas secas? Elas não cheiram como canela? Pegue. Sinta.

— Puxa, é verdade. Dá para achar que é canela mesmo.

Ela olhou para ele com seus brilhantes olhos escuros.

— Você sempre parece chocado.

— É que eu nunca tive tempo...
— Você reparou nos outdoors espichados de que lhe falei?
— Acho que sim. Sim. — Ele teve de rir.
— Seu riso agora é muito mais agradável do que antes.
— É mesmo?
— Muito mais relaxado.

Ele se sentiu à vontade, tranquilo.

— Por que você não está na escola? Todo dia eu a vejo vagando por aí.

— Ah, eles não sentem a minha falta — disse ela. — Dizem que sou antissocial. Não me misturo. É tão estranho. Na verdade, eu sou muito social. Tudo depende do que você entende por social, não é? Social para mim significa conversar com você sobre coisas como esta. — Ela chocalhou algumas castanhas que haviam caído da árvore do jardim da frente. — Ou falar sobre quanto o mundo é estranho. É agradável estar com as pessoas. Mas não vejo o que há de social em juntar um grupo de pessoas e depois não deixá-las falar, você não acha? Uma hora de aula pela tevê, uma hora jogando basquete ou beisebol ou correndo, outra hora transcrevendo história ou pintando quadros e mais esportes, mas, sabe, nunca fazemos perguntas; pelo menos a maioria não faz; eles apenas passam as respostas para você, pim, pim, pim, e nós, sentados ali, assistindo a mais quatro horas de filmes educativos. Isso para mim não é nada social. Parece um monte de funis e muita água jorrando da torneira, entrando por um lado e saindo pelo outro, e depois eles vêm nos dizer que é vinho, quando não é. Deixam a gente tão atormentada ao final do dia que não podemos fazer nada além de ir para a cama ou a um parque de diversões para importunar os outros, quebrar vidros no estande do Quebra-Vidraças ou destruir carros com a grande bola de aço no estande do Demolidor. Ou então sair de carro e apostar corrida, brincando de tirar um fino dos postes, competindo para ver quem "pede arrego" e brincando de "bate-calota". Acho que sou tudo o que dizem que sou, tudo bem. Não tenho amigos. Isso é o bastante para provar que sou anormal. Mas todos que conheço estão gritando ou dançando por aí como loucos ou batendo uns nos outros. Você já notou como as pessoas se machucam entre si hoje em dia?

— Você fala como uma pessoa tão velha.

— Às vezes eu sou muito velha. Tenho medo de crianças da minha idade. Elas se matam entre si. Será que sempre foi assim? Meu tio diz que não. Só no ano passado, seis amigos meus foram mortos a tiros. Dez morreram em acidentes de carro. Tenho medo deles e eles não gostam de mim porque tenho medo. Meu tio diz que seu avô se lembrava de quando as crianças não se matavam umas às outras. Mas isso foi há muito tempo, quando as coisas eram diferentes. Acreditavam em responsabilidade, segundo meu tio. Sabe, eu me sinto responsável. Levei surras quando precisei, anos atrás. E faço todas as compras e limpo a casa sozinha. Mas o principal — continuou ela — é que gosto de observar as pessoas. Às vezes ando de metrô o dia todo e fico olhando e ouvindo o que elas dizem. Tento imaginar quem são e o que querem e para onde vão. Às vezes até vou aos parques de diversão e ando nos carros a jato quando correm na periferia da cidade à meia-noite e a polícia nem liga, desde que estejam no seguro. Desde que todos tenham um seguro de dez mil dólares, todos ficam contentes. Às vezes ando de mansinho pelo metrô só para ficar escutando. Ou fico à escuta nos bebedouros de refrigerantes, e sabe de uma coisa?

— O quê?

— As pessoas não conversam sobre nada.

— Ah, elas *devem* falar de alguma coisa!

— Não, de nada. O que mais falam é de marcas de carros ou roupas ou piscinas e dizem: "Que legal!". Mas todos dizem a mesma coisa e ninguém diz nada diferente de ninguém. E, nos bares, ligam as *jukebox* e são sempre as mesmas piadas, ou o telão musical está aceso e os desenhos coloridos ficam subindo e descendo, mas é só cor e tudo abstrato. Você já foi *alguma* vez a um museu? *Tudo* abstrato. É só o que há agora. Meu tio diz que antigamente era diferente. Muito tempo atrás, os quadros às vezes diziam alguma coisa ou até mostravam *pessoas*.

— Seu tio disse isso, seu tio disse aquilo. Esse seu tio deve ser uma pessoa extraordinária.

— Ele é. Certamente é. Bem, eu preciso ir. Até logo, senhor Montag.

— Até logo.

— Até logo...

Um, dois, três, quatro, cinco, seis, sete dias: o quartel dos bombeiros.

— Montag, você sobe nesse poste como um pássaro numa árvore.

Terceiro dia.

— Montag, hoje você entrou pela porta dos fundos. O Sabujo o incomoda?

— Não, não.

Quarto dia.

— Montag, esta é engraçada. Ouvi hoje de manhã. Um bombeiro em Seattle deliberadamente ajustou um Sabujo Mecânico para o seu próprio complexo químico e o soltou. Como você chamaria *esse* tipo de suicídio?

Cinco, seis, sete dias.

E então, Clarisse desapareceu. Ele não sabia o que havia com a tarde, mas foi o fato de não vê-la em parte alguma do mundo. O gramado estava vazio, as árvores vazias, a rua vazia, e ainda que a princípio nem mesmo soubesse que sentia sua falta ou até que a estava procurando, o fato é que, no momento em que entrou no metrô, sentiu crescer um vago surto de mal-estar. Uma coisa estava acontecendo: sua rotina fora transtornada. Uma rotina simples, é verdade, estabelecida em poucos dias e, no entanto... Ele quase voltou atrás para fazer o percurso novamente, dar tempo para que ela aparecesse. Ele estava certo de que se tentasse o mesmo trajeto, tudo ficaria bem. Mas já estava atrasado e a chegada de seu trem interrompeu seu plano.

O estalar das cartas do baralho, o movimento de mãos, de pálpebras, o zumbido do relógio oral no teto do quartel: "...uma e trinta e cinco, manhã de quinta-feira, quatro de novembro... uma e trinta e seis... uma e trinta e sete da manhã...". O taque-taque das cartas no tampo da mesa gordurosa, todos os sons chegavam a Montag por trás de seus olhos fechados, por trás da barreira que ele havia momentaneamente erguido. Ele conseguia sentir o quartel cheio de fulgor, brilho e silêncio, de cores metálicas, as cores de moedas, de ouro, de prata. Os homens invisíveis do outro lado da mesa suspiravam diante de suas cartas, esperando ("...uma e quarenta e cinco..."). O relógio oral lamentava a hora fria de uma manhã fria de um ano ainda mais frio.

— Qual é o problema, Montag?

Montag abriu os olhos.

Um rádio zumbia em algum lugar: "...a guerra pode ser declarada a qualquer momento. O país está preparado para defender seu...".

O quartel dos bombeiros estremeceu quando um grande número de jatos passou assobiando uma única nota pelo negro céu matutino.

Montag piscou os olhos. Beatty olhava para ele como se ele fosse uma estátua de museu. A todo momento, Beatty podia aparecer e se aproximar, tocando-o, explorando sua culpa e retraimento. Culpa? Que culpa era essa?

— Sua vez, Montag.

Montag olhou para esses homens cujo rosto era bronzeado por mil fogos reais e dez mil fogos imaginários, cujo trabalho corava suas faces e deixava seus olhos febris. Esses homens que olhavam firme os seus acendedores de platina ardendo ao atearem fogo em seus cachimbos negros eternamente ardentes. Eles e suas cabeleiras alcatroadas, sobrancelhas fuliginosas e bochechas manchadas de cinzas azuladas, que haviam sido bem barbeadas, mas sua herança transparecia. Montag se mexeu, sua boca se abriu. Teria ele visto alguma vez um bombeiro que *não* tivesse os cabelos pretos, as sobrancelhas pretas, um rosto feroz e um rosto azulado, com a barba feita mas como se não tivesse sido feita? Esses homens pareciam todos feitos à sua imagem! Seriam todos os bombeiros escolhidos por suas feições, bem como por suas inclinações? A cor de escória e cinzas estava neles, e de seus cachimbos constantemente emanava o cheiro de queimado. E o capitão Beatty ali no meio, elevando-se em nuvens tempestuosas de fumaça de tabaco, Beatty abrindo um novo maço de cigarros, amassando o celofane num ruído de chama crepitante.

Montag olhou para as cartas em suas mãos.

— Eu... eu estava pensando. Sobre o fogo da semana passada. Sobre o homem cuja biblioteca nós eliminamos. O que aconteceu com ele?

— Eles o levaram gritando para o hospício.

— Ele não era demente.

Beatty organizou calmamente suas cartas.

— Todo homem é demente quando pensa que pode enganar o governo e a nós.

— Eu só estava imaginando — disse Montag — como seria. Quer dizer, se os bombeiros queimassem as *nossas* casas e os *nossos* livros.

— Não temos nenhum livro.

— Mas se tivéssemos alguns.

— Você *tem* algum?

Beatty piscou lentamente os olhos.

— Não — Montag olhou para a parede atrás dos homens, com as listas datilografadas de um milhão de livros proibidos. Seus nomes saltavam no fogo, reduzindo a cinzas os anos sob seu machado e sua mangueira que não lançava água, mas querosene. — Não. — Mas, em sua cabeça, um vento fresco começou a soprar vindo da grelha do ventilador de sua casa, suave, suave, refrescando seu rosto. E, mais uma vez, ele se viu em um parque verdejante conversando com um velho, um homem muito velho, e o vento do parque era frio, também.

Montag hesitou.

— Foi... sempre foi assim? O quartel dos bombeiros, nosso trabalho? Bem, quer dizer, será que antigamente, houve um tempo...

— Houve um tempo!? — disse Beatty. — Que conversa é *essa*?

Idiota, pensou Montag, você acabará se traindo. No último fogo, num livro de contos de fadas, ele vira de relance uma única linha.

— O que eu quero dizer — disse ele —, é que antigamente, antes que as casas fossem totalmente à prova de fogo — de repente era como se uma voz muito mais jovem estivesssse falando por ele; ele abriu a boca e era Clarisse McClellan dizendo —, os bombeiros não combatiam os incêndios em lugar de iniciá-los e alimentá-los?

— Essa é boa! — Stoneman e Black sacaram seus livros de regras que também continham histórias resumidas dos Bombeiros da América e os abriram onde Montag, ainda que já os conhecesse de sobra, pôde ler:

Fundado em 1790 para queimar livros de influência inglesa nas colônias.
Primeiro Bombeiro: Benjamim Franklin.
1.ª REGRA. *Atenda prontamente ao alarme.*
2.ª REGRA. *Comece o fogo rapidamente.*
3.ª REGRA. *Queime tudo.*
4.ª REGRA. *Reporte-se imediatamente ao quartel dos bombeiros.*
5.ª REGRA. *Fique sempre alerta a outros alarmes.*

Todos encaravam Montag. Ele não se mexeu.

O alarme soou.

A campainha no teto tilintou umas duzentas vezes. De repente as quatro cadeiras estavam vazias. As cartas caíram como uma avalanche de neve. O poste de metal estremeceu. Os homens desapareceram.

Montag ficou sentado na cadeira. Lá embaixo, o dragão alaranjado tossiu e despertou.

Montag deslizou poste abaixo como um sonho.

O Sabujo Mecânico num salto se pôs em pé, em seu canil; nos olhos, uma chama verde.

— Montag, você esqueceu seu capacete!

Ele o apanhou na parede atrás dele, correu, saltou e partiram, o vento noturno espalhava o uivo da sirene e o poderoso trovão metálico!

Era uma casa decrépita de três andares na parte antiga da cidade, com no mínimo um século, mas, como todas as casas, muitos anos antes havia recebido um fino revestimento plástico à prova de fogo, e essa concha preservativa parecia ser a única coisa que a mantinha firme contra o céu.

— Pronto! Chegamos!

O motor parou com um estampido. Beatty, Stoneman e Black correram pela calçada, subitamente repugnantes e obesos em seus macacões folgados à prova de fogo. Montag foi atrás deles.

Arrombaram a porta da frente e agarraram uma mulher, embora ela não estivesse correndo, não estivesse tentando fugir. Só estava em pé, andando de um lado para o outro, os olhos fixos num ponto vazio da parede, como se lhe tivessem desferido um golpe terrível na cabeça. Sua língua se revirava em sua boca e os olhos pareciam estar tentando lembrar-se de algo. Quando se lembraram, a língua se moveu novamente:

— "Aja como homem, mestre Ridley; havemos hoje de acender uma vela tão grande na Inglaterra, com a graça de Deus, que tenho fé que jamais se apagará".

— Já basta! — disse Beatty. — Onde estão?

Esbofeteou o rosto da mulher com espantosa objetividade e repetiu a pergunta. Os olhos da velha se voltaram para Beatty.

— Se o senhor não soubesse onde estão, não estaria aqui — disse ela.

Stoneman estendeu o cartão de alarme telefônico com a queixa assinada no verso:

Tenho motivos para suspeitar do sótão; Olmo norte, 11. Cidade.

E.B.

— Deve ser a senhora Blake, minha vizinha — disse a mulher, lendo as iniciais.

— Muito bem, rapazes, vamos lá!

Um instante depois, estavam lá em cima na escuridão bolorenta, brandindo machadinhas prateadas contra portas que, afinal de contas, não estavam trancadas, tropeçando como garotos travessos em algazarra. — Ei! — Uma fonte de livros jorrou sobre Montag enquanto ele subia trêmulo pela tosca escada. Que inconveniente! Antes, era como apagar uma vela. A polícia entrava primeiro e tapava a boca da vítima com fita adesiva e a imobilizava nas reluzentes viaturas negras e, assim, quando chegavam os bombeiros, a casa estava vazia. Não se feria ninguém, apenas *coisas*! E uma vez que coisas não podiam ser realmente feridas, já que as coisas não sentiam nada, e coisas não gritam nem choram, como esta mulher poderia começar a gritar e a chorar, não havia nada para importunar sua consciência depois. Você estava simplesmente limpando. Basicamente, um trabalho de faxina. Tudo em seu devido lugar. Rápido com o querosene! Quem está com os fósforos?

Nessa noite, porém, alguém cometera um deslize. Essa mulher estava estragando o ritual. Os homens estavam fazendo muito barulho, rindo, fazendo piadas para encobrir o terrível silêncio acusador da mulher ali embaixo. Ela fazia os cômodos vazios rugirem acusações e desprenderem uma fina camada de pó de culpa que era aspirada pelas narinas dos homens ao depredarem a casa. Aquilo não era jogo limpo nem correto. Montag sentiu uma enorme irritação. Além de tudo, ela não deveria estar ali!

Os livros bombardeavam seus ombros e braços, o rosto voltado para cima. Um livro pousou, quase obediente, como uma pomba branca, em suas mãos, as asas trêmulas. À luz mortiça, oscilante, uma página pendeu aberta e era como uma pluma de neve, as palavras pintadas delicadamente. Em meio à correria e à fúria, Montag teve tempo apenas de ler uma linha, mas esta brilhou em sua mente durante o minuto seguinte, como se marcada a ferro em brasa. "O tempo adormeceu ao sol da tarde." Soltou o livro. Imediatamente, outro caiu em seus braços.

— Montag, por aqui!

A mão de Montag se fechou como uma boca, esmagando o livro com selvagem devoção, com descuidada insanidade, junto ao peito. Os homens lá em cima lançavam braçadas de revistas para o ar poeirento. Elas caíam como pássaros abatidos e a mulher permanecia ali embaixo, parada como uma garotinha, entre os cadáveres.

Montag não fizera nada. Sua mão fizera tudo. Sua mão, com cérebro próprio, com a consciência e a curiosidade em cada dedo trêmulo, tornara-se uma ladra. Agora ela escondia o livro sob seu braço, prendia-o na axila suada, surgia de novo vazia, com num passe de mágica! Olhe aqui! Inocente! Veja!

Abalado, contemplou aquela mão branca. Estendeu-a para frente, como se sofresse de hipermetropia. Trouxe-a para perto, como se fosse cego.

— Montag!

Sobressaltou-se.

— Não fique aí parado, idiota!

Os livros jaziam como grandes montes de peixes deixados a secar. Os homens dançavam, escorregavam e caíam sobre eles. Como olhos dourados, os títulos reluziam, caíam, desapareciam.

— Querosene!

Bombearam o líquido frio dos tanques que traziam presos aos ombros com o número 451 estampado neles. Com ele ensoparam todos os livros, encharcaram os quartos.

Desceram correndo para o andar de baixo, Montag cambaleando atrás deles entre os gases do querosene.

— Vamos, mulher!

A mulher se ajoelhou entre os livros, tocando o couro e o papelão encharcados, lendo com os dedos os títulos dourados enquanto seus olhos acusavam Montag.

— Você jamais terá os meus livros — disse ela.

— Você conhece a lei — disse Beatty. — Onde está seu bom senso? Não há o menor acordo entre esses livros. Você ficou trancada aqui durante anos com essa malfadada Torre de Babel. Saia dessa situação! As pessoas nesses livros nunca existiram. Agora vamos!

Ela meneou a cabeça.

— A casa inteira irá pelos ares — disse Beatty.

Os homens caminharam desajeitadamente para a porta. Olharam de relance para Montag, que continuava perto da mulher.

— Vocês vão deixá-la aqui? — protestou ele.

— Ela não vai sair.

— Então, vamos levá-la à força!

Beatty ergueu a mão onde escondia o acendedor.

— Precisamos voltar para o quartel. Além disso, esses fanáticos sempre tentam o suicídio; estamos cansados disso.

Montag colocou a mão no cotovelo da mulher

— Você pode vir comigo.

— Não — disse ela. — Mesmo assim, obrigada.

— Vou contar até dez — disse Beatty. — Um. Dois.

— Por favor — disse Montag.

— Vá você — disse a mulher.

— Três. Quatro.

— Vamos. — Montag puxou a mulher.

— Eu quero ficar aqui — respondeu ela, tranquila.

— Cinco. Seis.

— Você pode parar de contar — disse ela. Abriu ligeiramente os dedos de uma das mãos e em sua palma estava um objeto fino.

Um fósforo comum de cozinha.

À vista dele os homens se precipitaram a sair e se afastar para longe da casa. O capitão Beatty, mantendo a dignidade, recuou lentamente pela porta da frente, o rosto corado, queimado e reluzente após mil incêndios e emoções noturnas. Meu Deus, pensou Montag, é isso mesmo! O alarme sempre chega à noite. Nunca de dia! Será porque à noite o fogo é mais bonito? Mais espetacular, um programa melhor? A face rosada de Beatty à porta agora traía um princípio de pânico. A mulher girava nos dedos o palito de fósforo. Os vapores de querosene exalavam ao seu redor. Montag sentiu o livro escondido pulsar como um coração contra seu peito.

— Vá — disse a mulher, e Montag se sentiu recuando cada vez mais para fora da porta, depois de Beatty, descendo os degraus e atravessando o gramado onde o querosene se estendia como o rastro de uma lesma maligna.

Na varanda da frente, para onde viera avaliá-los calmamente com os olhos, a mulher parou imóvel; sua impassividade, uma condenação.

Beatty estalou o acendedor para atear fogo ao querosene.

Ele estava muito atrasado. Montag sufocou um grito.

A mulher na varanda estendeu a mão com desdém por todos eles e riscou o fósforo na balaustrada.

Ao longo da rua, as pessoas saíam correndo das casas.

Nada disseram no percurso de volta ao quartel. Nem sequer trocaram olhares entre si. Montag sentou-se no banco da frente com Beatty e Black. Nem fumaram seus cachimbos. Ficaram sentados, olhando para a frente da grande Salamandra enquanto dobravam uma esquina e seguiam em silêncio.

— Mestre Ridley — disse, por fim, Montag.

— O quê? — disse Beatty.

— Ela disse "Mestre Ridley". Ela disse alguma coisa maluca quando chegamos à porta. Ela disse "Aja como homem, mestre Ridley". E sei lá, alguma coisa, não sei o que mais.

— "Havemos hoje de acender uma vela tão grande na Inglaterra, com a graça de Deus, que tenho fé que jamais se apagará" — disse Beatty. Stoneman olhou de relance para o capitão, e Montag fez o mesmo, admirado.

Beatty esfregou o queixo.

— Um homem chamado Latimer disse isso para um homem chamado Nicholas Ridley, enquanto eram queimados vivos em Oxford, por heresia no dia 16 de outubro de 1555.

Montag e Stoneman voltaram a olhar para a rua, que rodava debaixo dos pneus do veículo.

— Eu conheço muitos desses trechos e passagens — disse Beatty. — A maioria dos capitães bombeiros precisa conhecer. Eu mesmo às vezes me surpreendo. *Atenção*, Stoneman!

Stoneman freou o caminhão.

— Droga! — exclamou Beatty. — Você deixou passar a esquina onde a gente entra no quartel.

— Quem é?

— Quem mais seria? — disse Montag, recostando-se à porta que acabara de fechar, no escuro.

Sua esposa disse, por fim:

— Bem, então acenda a luz.
— Eu não quero luz.
— Venha se deitar.

Ele a ouviu rolar na cama, impaciente; as molas gemeram.

— Você está bêbado? — perguntou ela.

Portanto, fora a mão que começara aquilo tudo. Sentiu uma delas, depois a outra, trabalhando para tirarem o casaco e deixá-lo cair ao chão. Ele estendeu as calças em um abismo e as deixou cair para a escuridão. Suas mãos haviam sido infectadas e logo seriam os braços. Podia sentir o veneno subindo pelos pulsos, cotovelos e ombros e, depois, o salto de uma espádua para a outra, como faísca entre dois polos. Suas mãos estavam sôfregas. E seus olhos começaram a ficar famintos, como se tivessem de olhar para algo, qualquer coisa, tudo.

Sua mulher disse:

— O que você está fazendo?

Ele pairou no espaço, o livro em seus dedos frios e suados.

Um minuto depois, ela disse:

— Bem, não fique aí plantado no meio do quarto.

Ele fez um barulhinho.

— O quê? — perguntou ela.

Mais barulhinhos. Cambaleou em direção à cama e empurrou o livro desajeitadamente para baixo do travesseiro frio. Caiu na cama e sua esposa soltou uma exclamação de surpresa. Ele se deitou longe dela, no outro lado do quarto, numa ilha invernal cercada por um mar vazio. Pareceu-lhe que ela começou a falar com ele sem parar. Ela falava disso e daquilo e eram apenas palavras, como as palavras que ele ouvira certa vez num quarto de criança na casa de um amigo, uma criança de dois anos formando palavras, balbuciando, inventando belas sonoridades. Mas Montag não disse nada, e, após um longo momento em que ficou emitindo apenas aqueles barulhinhos, percebeu que ela andou pelo quarto e se aproximou de sua cama, parou ao seu lado e baixou a mão para sentir a temperatura de seu rosto. Montag percebeu que a mão de Mildred saíra de seu rosto molhada.

Tarde da noite, ele olhou para Mildred. Ela estava acordada. Havia uma minúscula dança melódica no ar, a radioconcha estava novamente enfiada em sua orelha, e ela escutava pessoas distantes em lugares distantes, os olhos arregalados e fixos no abismo negro do teto acima dela.

Não havia uma velha anedota sobre a esposa que falava tanto ao telefone que o marido, desesperado, correu até a loja mais próxima e telefonou para ela para perguntar o que havia para o jantar? Ora, então, por que ele não comprava uma estação transmissora para radioconchas, para conversar tarde da noite com sua mulher, murmurar, sussurrar, gritar, bradar, berrar? Mas o que ele sussurraria, o que gritaria? O que poderia dizer?

E de uma hora para outra ela ficou tão estranha que parecia ser uma desconhecida. Ele estava na casa de outra pessoa, como naquelas outras piadas que se contavam sobre o cavalheiro que volta bêbado para casa, muito tarde da noite, abre a porta errada, entra num quarto errado, deita-se na cama com uma estranha, acorda muito cedo e sai para o trabalho sem que nenhum dos dois perceba o engano.

— Millie?... — sussurrou ele.

— O quê?

— Eu não quis assustar você. O que eu quero saber é...

— O quê?

— Quando nos conhecemos? E *onde*?

— Quando nos conhecemos, *como*? — perguntou ela.

— Quer dizer... a primeira vez.

Ele sabia que ela devia estar franzindo o cenho no escuro.

Ele esclareceu.

— A primeira vez que nos vimos, onde foi, e quando?
— Ora, foi em…

Ela parou.

— Não sei — disse ela.

Ele sentiu frio.

— Você não consegue se lembrar?
— Faz tanto tempo.
— Só dez anos, só isso, dez anos!
— Não fique nervoso, estou tentando pensar. — Ela começou a emitir um estranho risinho que foi aumentando e aumentando. — Engraçado. Que engraçado quando uma pessoa não se lembra de onde nem quando conheceu a esposa ou o marido.

Ele massageou lentamente os olhos, o cenho e a nuca. Colocou as duas mãos sobre os olhos e aplicou uma pressão fixa, como se quisesse prender suas lembranças no lugar. De repente, saber onde havia conhecido Mildred era mais importante do que qualquer outra coisa em sua vida.

— Não tem importância. — Ela estava agora em pé, no banheiro, e ele ouviu a água escorrendo e o ruído de deglutição que ela produzia.

— Não, imagino que não — disse ele.

Ele tentou contar quantas vezes ela engolia e pensou na visita dos dois homens com o rosto cor de óxido de zinco, com o cigarro pendurado nos lábios finos, e na cobra de olho eletrônico que revirava camada após camada de noite, pedra e água estagnada, e teve vontade de gritar para ela: quantas você tomou *esta noite*! As pílulas! Quantas você tomará mais tarde, sem saber? E assim por diante, toda hora! Ou talvez não nesta noite, amanhã à noite! E sem que eu durma hoje à noite ou amanhã à noite ou noite nenhuma durante muito tempo, agora que isso começou. E pensou nela deitada na cama com os dois técnicos ao lado, não curvados de preocupação, mas em pé, empertigados, os braços cruzados. E lembrou-se de ter pensado naquela hora que, se ela morresse, decerto ele não choraria.

Pois seria a morte de uma desconhecida, um rosto da rua, uma foto do jornal e, de repente, a ideia lhe fora tão forte que ele começara a chorar, não pela morte, mas pela ideia de pensar em *não chorar* diante da morte, um homem ridículo e vazio junto de uma mulher ridícula e vazia, enquanto a serpente faminta a deixava ainda mais vazia.

Como uma pessoa fica tão vazia?, perguntou a si mesmo. Quem esvazia a gente? E aquela flor terrível no outro dia, aquele dente-de-leão! Aquilo havia resumido tudo, não? "Que pena! Você não está apaixonado por ninguém!" E por que não?

Ora, pensando bem, não havia uma parede entre ele e Mildred? Literalmente, não apenas uma, mas, até agora, três! E muito caras, também! E os tios, as tias, os primos, as sobrinhas, os sobrinhos que viviam nessas paredes, o bando alvoroçado de macacos que não diziam nada, nada, nada, e que falavam muito, muito alto, altíssimo. Ele fora levado a chamá-los de parentes desde o princípio. "Como está hoje o tio Louis?" "Quem?" "E tia Maude?" A lembrança mais significativa que ele tinha de Mildred, na verdade, era de uma menina numa floresta sem árvores (que esquisito!), ou, melhor, uma menininha perdida num platô onde antes houvera árvores (dava para sentir a memória de suas formas por toda parte), sentada no centro do "living". "Living." Que rótulo mais apropriado era esse agora! Fosse qual fosse a hora em que ele entrasse, agora, as paredes estavam sempre falando com Mildred.

— É preciso fazer alguma coisa!
— Sim, alguma coisa precisa ser *feita*!
— Bem, não vamos ficar parados conversando!
— Vamos fazer alguma coisa!
— Estou com tanta raiva que poderia *cuspir*!

Afinal, o que era aquilo tudo? Mildred não sabia dizer. Quem estava com raiva de quem? Mildred não sabia de nada. O que eles vão fazer? Ora, disse Mildred, espere aí e veja.

Ele havia esperado para ver.

Um grande temporal de som jorrou das paredes. A música o bombardeou com tamanho volume que seus ossos quase saltaram dos tendões; ele sentia a mandíbula vibrar, os olhos irem de um lado para outro em sua cabeça. Ele foi vítima de uma concussão. Quando tudo terminou, sentiu-se como um homem que havia sido atirado de um precipício, girara numa centrífuga e fora desovado no alto de uma cachoeira que despencava numa queda sem fim no vazio sem fim e nunca... chegava a tocar... o fundo... nunca... nunca... não, não chegava realmente... a tocar... o fundo... e caía tão rápido que nem roçava as bordas... nunca... chegava a tocar... coisa alguma.

O trovão enfraqueceu. A música morreu.

— Pronto — disse Mildred.

E realmente era extraordinário. Algo havia acontecido. Embora as pessoas nas paredes do salão mal tivessem se movido e nada realmente tivesse sido acertado, tinha-se a impressão de que alguém havia ligado uma máquina de lavar roupa ou de que se era aspirado para dentro de um gigantesco vácuo. Ele se afogava em música e pura cacofonia. Montag saiu do quarto transpirando e a ponto de desmaiar. Atrás dele, Mildred continuou sentada na poltrona e a voz prosseguiu novamente:

— Bom, agora tudo vai ficar bem — disse uma "tia".

— Ah, não tenha tanta certeza — disse um "primo".

— Ora, não fique com raiva!

— Quem está com raiva?

— *Você* está!

— *Estou?*

— Você está furioso!

— Por que eu estaria?

— Porque sim!

— Tudo isso está muito bem — gritou Montag —, mas do que eles estão com raiva? Quem *são* essas pessoas? Quem é aquele homem e quem é aquela mulher? São marido e mulher, são divorciados, noivos ou o quê? Meu Deus, *nada* tem a ver com nada.

— Eles... — disse Mildred. — Bem, eles... eles tiveram uma briga, sabe? Eles realmente brigam muito. Você precisa ouvir. Acho que eles são casados. Sim, eles são casados. Por quê?

E quando não eram as três paredes, que logo seriam quatro e o sonho estaria completo, então era o carro sem capota e Mildred dirigindo a duzentos e cinquenta quilômetros por hora pela cidade, ele gritando com ela e ela gritando de volta e ambos tentando ouvir o que fora dito, mas só se ouvia o barulho do carro.

— Pelo menos reduza para a velocidade permitida! — gritou ele.

— O quê? — perguntou ela.

— Reduza para noventa, pelo menos! — berrou ele.

— O quê? — gritou ela.

— A velocidade! — gritou ele.

E ela acelerou para duzentos e sessenta por hora e cortou o fôlego de sua boca.

Quando saíram do carro, ela tinha as conchas afundadas nas orelhas.

Silêncio. Apenas o vento soprando, suave.

— Mildred — chamou ele, virando-se na cama.

Montag estendeu a mão e arrancou o minúsculo inseto musical de sua orelha.

— Mildred... Mildred?

— Sim? — Sua voz era frágil.

Ele teve a impressão de ser uma das criaturas eletronicamente inseridas entre as fendas das paredes fonocromáticas, falando, mas sem que a fala transpusesse a barreira de cristal. Ele apenas conseguia fazer mímica, na expectativa de que ela se voltasse para ele e o visse. Não podiam se tocar através do vidro.

— Mildred, sabe a garota de quem lhe falei?

— Que garota? — Ela estava quase dormindo.

— A garota da casa ao lado.

— Que garota, que casa?

— Você sabe, a garota do colégio. O nome dela é Clarisse.

— Ah, sim — disse a mulher.

— Faz vários dias que não a vejo. Quatro dias, para ser exato. Você a tem visto?

— Não.

— Eu pretendia falar com você sobre ela. É estranho.

— Ah, eu sei de quem você está falando.

— Foi o que pensei.

— Ela... — disse Mildred no quarto escuro.

— O que tem ela? — perguntou Montag.

— Eu ia lhe contar mas esqueci. Esqueci.

— Diga-me agora. O que é?

— Acho que ela foi embora.

— Foi embora?

— A família inteira se mudou para algum lugar. Mas ela se foi para sempre. Acho que ela morreu.

— Não é possível que estejamos falando da mesma garota.

— Não. É a mesma garota. McClellan. McClellan. Atropelada por um carro. Faz quatro dias. Não estou bem certa. Mas acho que ela morreu. Em todo caso, a família se mudou. Não sei. Mas acho que ela morreu.

— Você não tem certeza!

— Não, certeza não. Quase certeza.

— Por que não me contou antes?

— Esqueci.

— Quatro dias!

— Esqueci completamente.

— Quatro dias — disse ele, deitado, sussurrando.

Os dois continuaram deitados no quarto escuro, imóveis.

— Boa noite — disse ela.

Ele ouviu um ligeiro farfalhar. Era a mão dela se mexendo. A radioconcha se moveu como um louva-a-deus no travesseiro, tocado pela mão. Agora ela estava novamente em sua orelha, zumbindo.

Ele se pôs a escutar e notou que sua mulher cantarolava ao respirar.

Fora da casa, uma sombra se mexeu, um vento outonal chegou e se dispersou. Mas havia algo mais no silêncio. Era como uma respiração contra a janela. Era como uma frágil lufada de fumaça esverdeada e luminescente, o movimento de uma enorme folha de outubro soprada pelo gramado.

O Sabujo, pensou ele. Está ali fora esta noite. Está ali, agora. Se eu abrisse a janela...

Não abriu a janela.

Pela manhã, Montag tinha calafrios e estava com febre.

— Ora, você não pode estar doente — disse Mildred.

Ele cerrou as pálpebras sobre os olhos ardentes.

— Estou.

— Mas você estava bem ontem à noite.

— Não, eu não estava bem — e ouviu os "parentes" gritando no salão.

Em pé ao lado de sua cama, Mildred o olhava com curiosidade. Ele a sentiu ali, viu-a sem abrir os olhos: o cabelo queimado por produtos químicos até virar uma palha quebradiça, os olhos com uma espécie de catarata invisível, mas que se podia adivinhar bem atrás das pupilas, os lábios vermelhos fazendo beicinho, o corpo tão magro quanto o de um louva-a-deus de dieta, e a carne como um toucinho branco. Ele não conseguia imaginá-la de outra forma.

— Você poderia me trazer aspirina e um copo d'água?

— Você precisa se levantar — disse ela. — É meio-dia. Você dormiu cinco horas a mais do que o habitual.

— Você poderia desligar o som do salão de tevê? — pediu ele.
— É a minha família.
— Não pode desligar nem quando estou doente?
— Vou abaixar o volume.
Ela saiu do quarto, não mudou nada no salão e voltou.
— Assim está melhor?
— Obrigado.
— É o meu programa favorito — disse ela.
— E a minha aspirina?
— Você nunca ficou doente antes. — Ela saiu novamente.
— Bem, agora fiquei. Não vou trabalhar esta noite. Ligue para Beatty por mim.
— Você estava esquisito ontem à noite — disse ela ao regressar, cantarolando.
— Onde está a aspirina? — perguntou Montag, olhando de relance para o copo d'água que ela lhe trazia.
— Ah. — Ela caminhou de novo até o banheiro. — Aconteceu alguma coisa?
— Só mais um incêndio.
— Eu tive uma noite ótima — disse ela, no banheiro.
— Fazendo o quê?
— No salão.
— O que estava passando?
— Programas.
— Que programas?
— Alguns dos melhores que já passaram.
— Quem?
— Ah, você sabe, a turma toda.
— Sim, a turma, a turma, a turma.
Ele fez pressão sobre a dor em seus olhos e, de repente, o odor de querosene o fez vomitar.
Mildred entrou, cantarolando. Ficou surpresa.

— Por que fez isso?

Ele olhou consternado para o chão.

— Nós queimamos uma velha junto com os livros dela.

— Por sorte o tapete é lavável. — Ela foi buscar um esfregão e limpou aquilo. — Eu fui até a casa de Helen ontem à noite.

— Você não podia assistir aos programas no seu próprio salão?

— Claro, mas é bom visitar as pessoas.

Ela desapareceu dentro do salão. Ele a ouviu cantando.

— Mildred? — chamou ele.

Ela voltou, cantando, estalando levemente os dedos.

— Você não quer saber sobre ontem à noite? — perguntou ele.

— O que houve?

— Nós queimamos uns mil livros. Queimamos uma mulher.

— E daí?

O salão explodia em som.

— Queimamos livros de Dante, de Swift e de Marco Aurélio.

— Esse não era um europeu?

— Algo assim.

— Ele não era um radical?

— Eu nunca li.

— Ele era um radical. — Mildred brincou com o telefone. — Você não vai querer que eu ligue para o capitão Beatty, vai?

— Você precisa!

— Não grite!

— Eu não estava gritando. — De repente, ele estava sentado na cama, furioso e corado, tremendo. O salão rugia no ar quente. — Eu não posso ligar para ele. Não posso dizer a ele que estou doente.

— Por quê?

Porque você tem medo, pensou ele. Uma criança fingindo-se doente, com medo de ligar porque, depois de um momento de discussão, a conversa seria assim: "Sim, capitão, já me sinto melhor. Estarei aí esta noite, às dez horas".

— Você não está doente — disse Mildred.

Montag tornou a deitar-se de costas na cama. Enfiou a mão sob o travesseiro. O livro escondido ainda estava ali.

— Mildred, o que você diria se, bem, quem sabe, eu deixasse meu emprego por algum tempo?

— Você quer abandonar tudo? Depois de todos esses anos de trabalho, só porque, numa noite, uma mulher e seus livros...

— Se você a tivesse visto, Millie!

— Para mim, ela não é nada; ela não deveria ter livros. A responsabilidade era dela, ela devia ter pensado nisso. Eu a odeio. Ela o deixou perturbado, e se você continuar assim vamos ficar na rua da amargura, sem casa, sem trabalho, sem nada.

— Você não estava lá, você não *viu* — disse ele. — Deve haver alguma coisa nos livros, coisas que não podemos imaginar, para levar uma mulher a ficar numa casa em chamas; tem de haver alguma coisa. Ninguém se mata assim a troco de nada.

— Ela era fraca das ideias.

— Ela era tão racional quanto eu e você, talvez até mais, e nós a queimamos.

— Isso são águas passadas.

— Não, água não; fogo. Você já viu uma casa queimada? Fica fumegando durante vários dias. Bem, este fogo durará para o resto de minha vida. Meu Deus! Fiquei tentando tirar isso de minha cabeça a noite toda. Estou ficando meio louco com isso.

— Você devia ter pensado nisso antes de se tornar bombeiro.

— Pensado! — disse ele. — Que escolha eu tinha? Meu avô e meu pai eram bombeiros. Em meus sonhos, eu corria atrás deles.

Do salão veio uma melodia de dança.

— Hoje o seu turno é mais cedo — disse Mildred. — Você já deveria ter saído há duas horas. Só agora é que percebi.

— Não foi apenas porque a mulher morreu — disse Montag. — Ontem à noite eu pensei em todo o querosene que usei nos últimos dez anos. E pensei nos livros. E pela primeira vez percebi que havia um homem por trás de cada um dos livros. Um homem teve de concebê-los. Um homem teve de gastar muito tempo para colocá-los no papel. E isso nunca havia me passado pela cabeça.

Montag saiu da cama.

— Às vezes pode levar uma vida inteira para um homem colocar seus pensamentos no papel, depois de observar o mundo e a vida, e aí eu chego e, em dois minutos, bum! Está tudo terminado.

— Me deixe em paz — disse Mildred. — Eu não fiz nada.

— Deixar você em paz! Tudo bem, mas como eu posso ficar em paz? Não precisamos que nos deixem em paz. Precisamos realmente ser incomodados de vez em quando. Quanto tempo faz que você não é *realmente* incomodada? Por alguma coisa importante, por alguma coisa real?

E então se calou, porque se lembrou da semana anterior e das duas pedras brancas olhando para o teto e da bomba-serpente com o olho de sonda e os dois homens com cara de sabão com os cigarros se mexendo na boca enquanto falavam. Mas aquela era outra Mildred, era uma Mildred tão no fundo dessa aqui, e tão incomodada, realmente incomodada, que as duas mulheres nunca haviam se encontrado. Montag virou-se para o lado.

Mildred dizia:

— Bem, agora você conseguiu. Ali fora, na frente de casa. Olhe quem chegou.

— Não me importa.

— Uma viatura fênix acabou de parar e um homem de camisa preta com uma serpente alaranjada costurada no braço está descendo ali na calçada.

— O capitão Beatty? — disse ele.

— O capitão Beatty.

Montag não se mexeu, continuando a olhar para a brancura fria da parede imediatamente à sua frente.

— Por favor, vá atendê-lo, sim? Diga-lhe que estou doente.

— Diga você mesmo!

Ela correu um pouco para cá, um pouco para lá, e parou, os olhos arregalados, quando o interfone da porta delicadamente, suavemente chamou seu nome: "Senhora Montag, senhora Montag, tem alguém aqui, tem alguém aqui, senhora Montag, senhora Montag, tem alguém aqui". E a voz foi sumindo.

Montag se certificou de que o livro estava bem escondido atrás do travesseiro, alçou-se lentamente para trás na cama, arrumou as cobertas sobre os joelhos e o peito, semissentado, e, após um momento, Mildred saiu do quarto e o capitão Beatty entrou, passeando, as mãos nos bolsos.

— Cale a boca dos parentes — disse Beatty, olhando tudo em volta exceto Montag e sua esposa.

Dessa vez, Mildred correu. As vozes estridentes pararam de gritar no salão.

O capitão Beatty sentou-se na poltrona mais confortável, um olhar sereno em sua face corada. Calmamente, preparou e acendeu seu cachimbo metálico e soltou uma grande baforada.

— Pensei em passar e ver como está o doente.

— Como adivinhou?

Beatty abriu o sorriso que mostrava o cor-de-rosa adocicado das gengivas e a minúscula brancura adocicada dos dentes.

— É o que sempre vejo. Você vai pedir uma noite de licença.

Montag sentou-se na cama.

— Muito bem — disse Beatty —, *tire* uma noite! — Examinou sua eterna caixa de fósforos, cuja tampa dizia: GARANTIA TOTAL: UM MILHÃO DE CHAMAS NESTE ACENDEDOR, e começou a acionar abstraidamente o fósforo químico, apagar, acionar, apagar, acionar, falar um pouco, apagar. Olhava para a chama. Soprava, olhava para a fumaça. — Quando acha que estará melhor?

— Amanhã. Ou talvez depois de amanhã. O primeiro dia da semana.

Beatty tirou uma baforada do cachimbo.

— Todo bombeiro, cedo ou tarde, passa por isso. Eles só precisam compreender, saber como as rodas giram. Precisam conhecer a história de nosso ofício. Essa história não é contada para os recrutas, como costumavam fazer. Uma grande lástima. — Baforada. — Hoje, só os bombeiros-chefes se lembram disso. — Baforada. — Vou colocá-lo a par.

Mildred se agitou, ansiosa.

Beatty levou um longo minuto para se acomodar na poltrona e repassar o que pretendia dizer.

— Você pergunta: quando tudo começou, esse nosso trabalho, como surgiu, onde, quando? Bem, eu diria que ele realmente começou por volta de uma coisa chamada Guerra Civil, embora nosso livro de regras afirme que foi mais cedo. O fato é que não tivemos muito papel a desempenhar até a fotografia chegar à maioridade. Depois, veio o cinema, no início do século vinte. O rádio. A televisão. As coisas começaram a possuir *massa*.

Montag continuou sentado na cama, sem se mexer.

— E porque tinham massa, ficaram mais simples — disse Beatty. — Antigamente, os livros atraíam algumas pessoas, aqui, ali, por toda parte. Elas podiam se dar ao luxo de ser diferentes. O mundo era espaçoso. Entretanto, o mundo se encheu de olhos e cotovelos e bocas. A população duplicou, triplicou, quadruplicou. O cinema e o rádio, as revistas e os livros, tudo isso foi nivelado por baixo, está me acompanhando?

— Acho que sim.

Beatty observou o desenho da fumaça expelida para o ar.

— Imagine só. O homem do século dezenove com seus cavalos, cachorros, carroças, câmera lenta. Depois, no século vinte, acelere sua câmera. Livros abreviados. Condensações. Resumos. Tabloides. Tudo reduzido às *gags*, ao final emocionante.

— Final emocionante — disse Mildred, anuindo com a cabeça.

— Clássicos reduzidos para se adaptarem a programas de rádio de quinze minutos, depois reduzidos novamente para uma coluna de livro de dois minutos de leitura, e, por fim, encerrando-se num dicionário, num verbete de dez a doze linhas. Estou exagerando, é claro. Os dicionários serviam apenas de referência. Mas, para muitos, o *Hamlet*, certamente você conhece o título, Montag; provavelmente a senhora ouviu apenas uma vaga menção ao título, senhora Montag, o Hamlet não passava de um resumo de uma página num livro que proclamava: *Agora você finalmente pode ler todos os clássicos; faça como seus vizinhos*. Está vendo? Do berço até a faculdade e de volta para o berço; este foi o padrão intelectual nos últimos cinco séculos ou mais.

Mildred se levantou e começou a andar pelo quarto, apanhando coisas e arrumando-as. Beatty a ignorou e continuou:

— Acelere o filme, Montag, rápido. *Clique, Fotografe, Olhe, Observe, Filme, Aqui, Ali, Depressa, Passe, Suba, Desça, Entre, Saia, Por Quê, Como, Quem, O Quê, Onde, Hein? Ui! Bum! Tchan! Póin, Pim, Pam, Pum!* Resumos de resumos, resumos de resumos de resumos. Política? Uma coluna, duas frases, uma manchete! Depois, no ar, tudo se dissolve! A mente humana entra em turbilhão sob as mãos dos editores, exploradores, locutores de rádio, tão depressa que a centrífuga joga fora todo pensamento desnecessário, desperdiçador de tempo!

Mildred alisou a roupa de cama. Montag sentiu o coração dar um salto, e mais outro quando ela bateu de leve no travesseiro. Agora ela puxava seu ombro para que ele se afastasse e ela pudesse tirar o travesseiro, ajeitá-lo e recolocá-lo no lugar. E talvez gritar e arregalar os olhos ou simplesmente estender a mão dizendo "O que é isto?", e exibir com comovente inocência o livro escondido.

— A escolaridade é abreviada, a disciplina relaxada, as filosofias, as histórias e as línguas são abolidas, gramática e ortografia pouco a pouco negligenciadas, e, por fim, quase totalmente ignoradas. A vida é imediata, o emprego é que conta, o prazer está por toda parte depois do trabalho. Por que aprender alguma coisa além de apertar botões, acionar interruptores, ajustar parafusos e porcas?

— Deixa eu ajeitar seu travesseiro — disse Mildred.

— Não! — sussurrou Montag.

— O zíper substitui o botão e o homem não tem muito tempo para pensar ao se vestir pela manhã; uma hora filosófica e, por isso, melancólica.

— Aqui — disse Mildred.

— Sai — disse Montag.

— A vida se torna um grande tombo de bunda no chão, Montag; tudo é pum, rá e uau!

— Uau — disse Mildred, dando um puxão no travesseiro.

— Pelo amor de Deus, me deixa em paz! — gemeu Montag, furioso.

Beatty arregalou os olhos.

A mão de Mildred havia se imobilizado atrás do travesseiro. Seus dedos estavam tateando a forma do livro e, à medida que identificava a forma, seu rosto assumia um ar de surpresa e, logo, de espanto. Sua boca se abriu para fazer uma pergunta...

— Tirar tudo dos teatros, exceto os palhaços, e instalar nas salas paredes de vidro e nelas fazer passar muitas cores alegres, como confetes, sangue, vinho tinto ou branco. Você gosta de beisebol, não gosta, Montag?

— Beisebol é um bom jogo.

Beatty era agora quase invisível, uma voz em algum lugar atrás de uma tela de fumaça.

— O que é isto? — perguntou Mildred, quase com prazer. Montag comprimiu as costas contra os braços dela. — O que é isto aqui?

— Sente-se! — gritou Montag. Ela se afastou num salto, as mãos vazias. — Nós estamos conversando!

Beatty prosseguiu como se nada tivesse acontecido.

— Você gosta de boliche, não gosta, Montag?
— Boliche? Sim.
— E golfe?
— Golfe é um ótimo jogo.
— Basquete?
— Um ótimo jogo.
— Bilhar, sinuca? Futebol?
— Ótimos jogos, todos.

— Mais esporte para todos, espírito de grupo, diversão, e não se tem de pensar, não é? Organizar, tornar a organizar e superorganizar super-superesportes. Mais ilustrações nos livros. Mais figuras. A mente bebe cada vez menos. Impaciência. Rodovias cheias de multidões que vão pra cá, pra lá, a toda parte, a parte alguma. Os refugiados da gasolina. Cidades se tornam dormitórios, as populações em surtos nômades, de um lugar para o outro, acompanhando as fases da lua, vivendo esta noite no quarto onde você dormiu hoje até o meio-dia e eu a noite passada.

Mildred saiu do quarto e bateu a porta. As "tias" do salão começaram a rir dos "tios".

— Agora tomemos as minorias de nossa civilização, certo? Quanto maior a população, mais minorias. Não pise no pé dos amigos dos cães, dos amigos dos gatos, dos médicos, advogados, comerciantes, patrões, mórmons, batistas, unitaristas, chineses de segunda geração, suecos, italianos, alemães, texanos, gente do Brooklyn, irlandeses, imigrantes do Oregon ou do México. Os personagens desse livro, dessa peça, desse seriado de tevê não pretendem representar pintores, cartógrafos, engenheiros reais. Lembre-se, Montag, quanto maior seu mercado, menos você controla a controvérsia! Todas as menores das menores minorias querem ver seus próprios umbigos, bem limpos. Autores cheios de maus pensamentos, tranquem suas máquinas de escrever! Eles o *fizeram*. As revistas se tornaram uma mistura insossa. Os livros, assim diziam os malditos críticos esnobes, eram água de louça suja. Não *admira* que parassem de ser vendidos, disseram os críticos. Mas o público, sabendo o que queria, com a cabeça no ar, deixou que as histórias em quadrinhos sobrevivessem. E as revistas de sexo em 3-D, é claro. Aí está, Montag. A coisa não veio do governo. Não houve nenhum decreto, nenhuma declaração, nenhuma censura como ponto de partida. Não! A tecnologia, a exploração das massas e a pressão das minorias realizaram a façanha, graças a Deus. Hoje, graças a elas, você pode ficar o tempo todo feliz, você pode ler os quadrinhos, as boas e velhas confissões ou os periódicos profissionais.

— Sim, mas onde entram os bombeiros nisso tudo? — perguntou Montag.

— Ah — Beatty inclinou-se, varando a rala névoa de fumaça de seu cachimbo. — Nada mais simples e fácil de explicar! Com a escola formando mais corredores, saltadores, fundistas, remendadores, agarradores, detetives, aviadores e nadadores em lugar de examinadores, críticos, conhecedores e criadores imaginativos, a palavra "intelectual", é claro, tornou-se o palavrão que merecia ser. Sempre se teme o que não é familiar. Por certo você se lembra do menino de sua sala na escola que era excepcionalmente "brilhante", era quem sempre recitava e dava as respostas enquanto os outros ficavam sentados com cara de cretinos, odiando-o. E não era esse sabichão que vocês pegavam para cristo depois da aula? Claro que era. Todos devemos ser iguais. Nem todos nasceram livres e iguais, como diz a Constituição, mas todos se *fizeram* iguais. Cada homem é a imagem de seu semelhante e, com isso, todos ficam contentes, pois não há nenhuma montanha que os diminua, contra a qual se avaliar. Isso mesmo! Um livro é uma arma carregada na casa vizinha. Queime-o. Descarregue a arma. Façamos uma brecha no espírito do homem. Quem sabe quem poderia ser alvo do homem lido? Eu? Eu não tenho estômago para eles, nem por um minuto. E assim, quando as casas finalmente se tornaram à prova de fogo, no mundo inteiro — você estava certo em sua suposição na noite passada —, já não havia mais necessidade de bombeiros para os velhos fins. Eles receberam uma nova missão, a guarda de nossa paz de espírito, a eliminação do nosso compreensível e legítimo sentimento de inferioridade: censores, juízes e carrascos oficiais. Eis o nosso papel, Montag, o seu e o meu.

A porta do salão se abriu e Mildred estava ali parada, olhando para eles, olhando para Beatty e depois para Montag. Atrás dela, as paredes do salão estavam inundadas de fogos de artifício verdes, amarelos e laranja chiando e estourando ao som de música produzida quase inteiramente por tambores, tantãs e pratos. Os lábios se moviam e ela estava dizendo algo, mas o barulho o encobria.

Beatty bateu o cachimbo na palma de sua mão rosada, estudou as cinzas como se fossem um símbolo a ser diagnosticado e no qual se encontraria um sentido.

— Você precisa entender que nossa civilização é tão vasta que não podemos permitir que nossas minorias sejam transtornadas e agitadas. Pergunte a si mesmo: O que queremos neste país, acima de tudo? As pessoas querem ser felizes, não é verdade? Não foi o que você ouviu durante toda a vida? Eu quero ser feliz, é o que diz todo mundo. Bem, elas não são? Não cuidamos para que sempre estejam em movimento, sempre se divertindo? É para isso que vivemos, não acha? Para o prazer, a animação? E você tem de admitir que nossa cultura fornece as duas coisas em profusão.

— Sim.

Montag lia nos lábios de Mildred o que ela estava dizendo à porta. Tentou não olhar para sua boca, receando que Beatty pudesse se virar e também entender o que ela dizia.

— Os negros não gostam de *Little Black Sambo*. Queime-o. Os brancos não se sentem bem em relação à *Cabana do pai Tomás*. Queime-o. Alguém escreveu um livro sobre o fumo e o câncer de pulmão? As pessoas que fumam lamentam? Queimemos o livro. Serenidade, Montag. Paz, Montag. Leve sua briga lá para fora.

Melhor ainda, para o incinerador. Os enterros são tristes e pagãos? Elimine-os também. Cinco minutos depois que uma pessoa morreu, ela está a caminho do Grande Crematório, os incineradores atendidos por helicópteros em todo o país. Dez minutos depois da morte, um homem é um grão de poeira negra. Não vamos ficar arengando os *in memoriam* para os indivíduos. Esqueça-os. Queime tudo, queime tudo. O fogo é luminoso e o fogo é limpo.

Os fogos de artifício morriam no salão atrás de Mildred. Simultaneamente, ela parara de falar; uma milagrosa coincidência. Montag conteve o fôlego.

— Havia uma garota na casa vizinha — disse ele lentamente. — Ela não está mais aí. Acho que morreu. Nem mesmo consigo me lembrar de seu rosto. Mas ela era diferente. Como... como foi que *aconteceu*?

Beatty sorriu.

— Aqui ou ali, isso fatalmente acontece. Clarisse McClellan? Temos um dossiê sobre sua família. Nós os observamos cuidadosamente. Hereditariedade e ambiente são coisas engraçadas. Você não pode se livrar de todos os patinhos feios em poucos anos. O ambiente familiar pode desfazer muito do que a gente tenta fazer na escola. É por isso que temos reduzido a idade mínima para admissão no jardim de infância, ano após ano, até que agora praticamente estamos apanhando as crianças no berço. Tivemos vários alarmes falsos sobre os McClellans, quando moravam em Chicago. Nunca encontramos nenhum livro. O tio tinha antecedentes vagos: antissocial. A garota? Era uma bomba-relógio. A família vinha alimentando seu subconsciente. Estou certo disso, a partir do que vi de seu histórico escolar. Ela não queria saber *como* uma coisa era feita, mas *por quê*. Isso pode ser constrangedor. Você pergunta o *porquê* de muitas coisas e, se insistir, acaba se tornando realmente muito infeliz. A coitada da garota está morta, e foi melhor para ela.

— Sim, morta.

— Por sorte, esquisitos como ela são raros. Sabemos como podar a maioria deles quando ainda são brotos, no começo. Não se pode construir uma casa sem pregos e madeira. Se você não quiser que se construa uma casa, esconda os pregos e a madeira. Se não quiser um homem politicamente infeliz, não lhe dê os dois lados de uma questão para resolver; dê-lhe apenas um. Melhor ainda, não lhe dê nenhum. Deixe que ele se esqueça de que há uma coisa como a guerra. Se o governo é ineficiente, despótico e ávido por impostos, melhor que ele seja tudo isso do que as pessoas se preocuparem com isso. Paz, Montag. Promova concursos em que vençam as pessoas que se lembrarem da letra das canções mais populares ou dos nomes das capitais dos estados ou de quanto foi a safra de milho do ano anterior. Encha as pessoas com dados incombustíveis, entupa-as tanto com "fatos" que elas se sintam empanzinadas, mas absolutamente "brilhantes" quanto a informações. Assim, elas imaginarão que estão pensando, terão uma sensação de movimento sem sair do lugar. E ficarão felizes, porque fatos dessa ordem não mudam. Não as coloque em terreno movediço, como filosofia ou sociologia, com que comparar suas experiências. Aí reside a melancolia. Todo homem capaz de desmontar um telão de tevê e montá-lo novamente, e a maioria consegue, hoje em dia está mais feliz do que qualquer homem que tenta usar a régua de cálculo, medir e comparar o universo, que simplesmente não será medido ou comparado sem que o homem se sinta bestial e solitário. Eu sei porque já tentei. Para o inferno com isso! Portanto, que venham seus clubes e festas, seus acrobatas e mágicos, seus heróis, carros a jato, motogiroplanos, seu sexo e heroína, tudo o que tenha a ver com reflexo condicionado. Se a peça for ruim, se o filme não disser nada, estimulem-me com o teremim, com muito barulho. Pensarei que estou reagindo à peça, quando não passa de uma reação tátil à vibração. Mas não me importo. Tudo que peço é um passatempo sólido.

Beatty se levantou.

— Preciso ir. A aula acabou. Espero ter esclarecido as coisas. O importante é que você se lembre, Montag, que nós somos os Garotos da Felicidade, a Dupla da Alegria, eu e você e os outros. Nós resistimos à pequena maré daqueles que querem deixar todo mundo infeliz com teorias e pensamentos contraditórios. Estamos com os dedos no dique. Segure firme. Não deixe a torrente de filosofia melancólica e desanimadora engolfar nosso mundo. Dependemos de você. Acho que você não percebe a importância que *você* tem, que *nós* temos, para que o nosso mundo continue feliz como ele é hoje.

Beatty apertou a mão frágil de Montag, que continuou sentado na cama, como se a casa estivesse desabando sobre si e ele não conseguisse se mexer. Mildred desaparecera da porta.

— Uma última coisa — disse Beatty. — Pelo menos uma vez na carreira, todo bombeiro sente uma coceira. O que será que os livros *dizem*, ele se pergunta. Aquela vontade de *coçar* aquele ponto, não é mesmo? Bem, Montag, pode acreditar, no meu tempo eu tive de ler alguns, para saber do que tratavam, e lhe digo: os livros não dizem *nada*! Nada que se possa ensinar ou em que se possa acreditar. Quando é ficção, é sobre pessoas inexistentes, invenções da imaginação. Caso contrário, é pior: um professor chamando outro de idiota, um filósofo gritando mais alto que seu adversário. Todos eles correndo, apagando as estrelas e extinguindo o sol. Você fica perdido.

— Bem, nesse caso... e se um bombeiro, acidentalmente, realmente sem nenhuma intenção, levar consigo um livro para casa?

Montag se contraiu. A porta aberta olhava para ele com seu grande olho vazio.

— Um erro natural. Apenas curiosidade — disse Beatty. — Não ficamos superansiosos ou furiosos. Deixamos que o bombeiro fique com o livro por vinte e quatro horas. Se ele não o queimar até lá, simplesmente chegamos para queimá-lo para ele.

— É claro — disse Montag, a boca seca.

— Bem, Montag. Você pega outro turno, mais tarde, ainda hoje? Nós o veremos hoje à noite, não é?

— Eu não sei — disse Montag.

— O quê? — Beatty pareceu ligeiramente surpreso.

Montag fechou os olhos.

— Eu irei mais tarde. Talvez.

— Certamente sentiremos sua falta se você não for — disse Beatty, enfiando o cachimbo no bolso, pensativo.

Eu não vou voltar mais, pensou Montag.

— Melhore e fique bem — disse Beatty.

Virou-se e saiu pela porta aberta.

Montag observou pela janela enquanto Beatty se afastava em seu cintilante carro amarelo-fogo com os pneus pretos, cor de queimado.

Do outro lado da rua, as casas continuavam com suas fachadas insípidas. O que foi que Clarisse havia dito naquela tarde? "Nenhum alpendre. Meu tio diz que geralmente existiam alpendres. E as pessoas às vezes se sentavam ali à noite, conversando quando queriam conversar; caladas nas cadeiras de balanço, só se balançando quando não queriam conversar. Às vezes simplesmente ficavam ali sentadas, pensando, refletindo. Meu tio diz que os arquitetos eliminaram os alpendres porque não tinham um bom aspecto. Mas meu tio diz que isso não passava de racionalização; o verdadeiro motivo, escondido por baixo, podia ser o de que não queriam as pessoas sentadas daquele jeito, sem fazer nada, balançando nas cadeiras, conversando; esse era o *tipo* errado de vida social. As pessoas conversavam demais. E tinham tempo para pensar. Por isso, acabaram com os alpendres. E com os jardins, também. Quase não há mais jardins nos quais sentar. E olhe para a mobília. Não há mais cadeiras de balanço. Elas são confortáveis demais. Vamos fazer as pessoas se levantarem e correrem. Meu tio diz... e... meu tio... e... meu tio..." A voz dela sumia.

Montag se virou e olhou para sua esposa, que estava sentada no meio do salão conversando com um locutor que, por sua vez, falava com ela. "Senhora Montag", dizia ele. Isso, aquilo e aquilo outro. "Senhora Montag…" Patati, patatá. O acessório de conversão, que lhes custara cem dólares, automaticamente introduzia o nome dela sempre que o locutor se dirigia a seu ouvinte anônimo, deixando um espaço em branco onde as sílabas corretas podiam ser inseridas. Um dispositivo ondulatório especial também alterava a imagem do locutor, fazendo seus lábios articularem com perfeição as vogais e as consoantes. Ele era um amigo, sem dúvida, um bom amigo. "Senhora Montag, agora olhe bem aqui."

A cabeça dela se virou, mas era totalmente óbvio que ela não estava escutando.

— É só um passo — disse Montag — entre não ir trabalhar hoje, não ir amanhã ou não ir nunca mais para o quartel dos bombeiros.

— Mas você vai trabalhar hoje à noite, não vai? — disse Mildred.

— Ainda não decidi. Neste momento estou com uma vontade terrível de quebrar tudo, de matar.

— Vá pegar o carro.

— Não, obrigado.

— As chaves estão na mesinha de cabeceira. Sempre gosto de dirigir em alta velocidade quando me sinto assim. Você chega aos cento e noventa e se sente ótima. Às vezes eu dirijo a noite toda, volto, e você nem percebe. É divertido lá no campo. A gente acerta coelhos e, às vezes, acerta cachorros. Vá pegar o carro.

— Não, eu não quero. Não desta vez. Quero ficar com essa coisa esquisita. Meu Deus, isso ficou grande em mim. Não sei o que é. Estou tão desgraçadamente infeliz, com tanta raiva, e não sei por quê. Sinto como se estivesse ganhando peso. Sinto-me gordo. Tenho a impressão de que deixei de lado um monte de coisas e não sei exatamente o quê. Eu poderia até começar a ler livros.

— Eles mandariam você para a prisão, não mandariam? — Ela olhou para ele como se ele estivesse atrás da parede de vidro.

Ele começou a se vestir, movendo-se inquieto pelo quarto.

— Sim, e poderia ser uma boa ideia. Antes que eu machuque alguém. Você ouviu Beatty? Você escutou o que ele disse? Ele conhece todas as respostas. Ele tem razão. A felicidade é importante. A diversão é tudo. E, mesmo assim, continuei sentado ali, repetindo a mim mesmo: não estou feliz, não estou feliz.

— Eu estou. — Irradiou a boca de Mildred. — E me orgulho disso.

— Vou fazer alguma coisa — disse Montag. — Ainda nem sei o quê, mas vou fazer alguma coisa importante.

— Estou cansada de ouvir esse lixo — disse Mildred, virando-se novamente para o locutor.

Montag tocou o controle de volume na parede e o locutor ficou mudo.

— Millie? — Ele fez uma pausa. — Esta casa é tão sua quanto minha. Acho que é justo que eu lhe diga uma coisa agora. Eu já deveria lhe ter dito antes, mas eu nem mesmo conseguia admitir isso para mim mesmo. Tenho uma coisa que quero que você veja, uma coisa que separei e escondi durante o último ano, de vez em quando, uma vez ou outra, eu não sabia por que, mas fiz isso e nunca lhe falei.

Apanhou uma cadeira de encosto reto e a passou lenta e firmemente para dentro do corredor perto da porta da frente, subiu nela e por um momento ficou como uma estátua num pedestal, a esposa em pé abaixo dele, aguardando. Em seguida, esticou o braço para o alto e retirou a grade do sistema de ar-condicionado e enfiou o braço lá dentro para a direita, e deslocou mais uma lâmina deslizante de metal e retirou um livro. Sem o olhar, largou-o. Tornou a erguer a mão para o alto, tirou dois livros e deixou-os cair no chão. Continuou a mover a mão e a derrubar livros, uns pequenos, outros bem grandes, amarelos, vermelhos, verdes. Quando terminou, olhou para baixo. Uns vinte livros estavam espalhados aos pés de sua mulher.

— Eu sinto muito — disse ele. — Foi realmente sem pensar. Mas agora é como se estivéssemos os dois metidos nisso.

Mildred recuou como se de repente estivesse diante de um bando de ratos que tivessem saído do assoalho. Montag ouviu a sua respiração apressada; o rosto dela empalideceu e seus olhos arregalaram-se, imóveis. Ela disse o nome dele uma, duas, três vezes. Então, gemendo, avançou para a frente, apanhou um livro e correu para o incinerador da cozinha.

Ele a alcançou, gritando. Segurou-a e ela tentou lutar para se soltar, usando as unhas.

— Não, Millie, não! Espere! Pare com isso, por favor. Você não sabe... pare! — E esbofeteou seu rosto, agarrou-a novamente e a sacudiu.

Ela disse o nome dele e começou a chorar.

— Millie! — disse ele. — Escute. Preste atenção, por favor? Não podemos fazer nada. Não podemos queimar esses livros. Eu quero olhar para eles, pelo menos olhar uma vez para eles. Então, se o que o capitão diz for verdade, nós os queimaremos juntos, acredite em mim, nós os queimaremos juntos. Você precisa me ajudar. — Ele olhou para o rosto dela, agarrou seu queixo e segurou-a com firmeza. Ele não estava somente olhando para ela, mas procurando por si mesmo no rosto dela e pelo que tinha de fazer. — Quer gostemos disso ou não, estamos juntos nisso. Nunca lhe pedi muita coisa durante todos esses anos, mas agora eu lhe peço, eu lhe imploro. Temos de começar em algum lugar aqui, tentando descobrir por que estamos nessa confusão toda, você e as noites de remédios, e o carro, e eu e meu trabalho. Estamos indo direto para o precipício, Millie. Meu Deus, eu não quero saltar. Isso não vai ser fácil. Não temos nada por que continuar, mas talvez possamos juntar os pedaços e descobrir e ajudar um ao outro. Eu nem consigo lhe dizer quanto preciso de você neste momento. Se você tem algum amor por mim, conseguirá suportar isso: vinte e quatro, quarenta e oito horas é tudo o que lhe peço; depois estará terminado, prometo, eu juro! E se houver alguma coisa aqui, uma coisinha no meio de toda essa trapalhada, talvez possamos passar isso para mais alguém.

Ela não estava mais se debatendo e, por isso, ele a soltou. Ela cambaleou para longe, deslizou pela parede e se sentou no chão olhando para os livros. Seu pé tocou um deles, ela o notou e afastou o pé.

— Aquela mulher, na noite passada, Millie, você não estava lá. Você não viu o rosto dela. E Clarisse. Você nunca conversou com ela. Eu conversei com ela. E homens como Beatty sentem medo dela. Não consigo entender isso. Por que teriam tanto medo de alguém como ela? Mas na noite passada fiquei comparando-a com os bombeiros do quartel e, de repente, percebi que não gostava deles, e não gostava mais de mim mesmo. E pensei que talvez fosse melhor se os próprios bombeiros fossem queimados.

— Guy!

A voz da porta da frente chamava suavemente:

"Senhora Montag, senhora Montag, tem alguém aí, tem alguém aí, senhora Montag, senhora Montag, tem alguém aí."

Suavemente.

Voltaram-se e olharam fixo para a porta e para os livros caídos por toda parte, amontoados por toda parte.

— Beatty! — disse Mildred.

— Não pode ser ele.

— Ele voltou! — sussurrou ela.

A voz da porta da frente tornou a falar suavemente.

"Tem alguém aí?"

— Não atenderemos. — Montag se recostou contra a parede e lentamente deslizou para uma posição acocorada e começou a cutucar os livros, intrigado, com o dedo polegar, o dedo indicador. Ele estava tremendo, e mais do que tudo desejava atirar os livros novamente para trás da grade do ar-condicionado, mas sabia que não poderia encarar Beatty outra vez. Acocorou-se e então se sentou, e a voz da porta da frente falou novamente, com mais insistência. Montag apanhou um pequeno livro isolado do chão. — Por onde começamos? — Abriu o livro ao meio e o observou. — Começamos pelo começo, eu acho.

— Ele vai entrar — disse Mildred —, vai nos queimar junto com os livros!

A voz da porta da frente por fim esmoreceu. Fez-se silêncio. Montag sentiu a presença de alguém do lado de fora da porta, esperando, escutando. Depois, os passos se afastando pelo passeio e por sobre o gramado.

— Vejamos o que é isto — disse Montag.

Ele enunciou as palavras aos trancos e com um terrível constrangimento. Leu a esmo umas dez páginas e, por fim, chegou a esta passagem:

"Calcula-se que onze mil pessoas, em diversas épocas, tenham preferido enfrentar a morte a se sujeitar a quebrar seus ovos na extremidade mais estreita".

Mildred estava sentada defronte a ele no corredor.

— O que significa isso? Não significa *nada*! O capitão tinha razão!

— Ora essa — disse Montag. — Vamos começar tudo de novo, do começo.

A PENEIRA E A AREIA

Leram durante toda a longa tarde, enquanto a chuva fria de novembro caía do céu sobre a casa silenciosa. Instalaram-se no corredor porque o salão ficava muito vazio e desolado sem a parede iluminada de confetes alaranjados e amarelos, fogos de artifício, mulheres em malha dourada e homens em veludo preto tirando coelhos de quarenta quilos de cartolas prateadas. O salão estava morto e Mildred continuava a espiar lá para dentro com expressão vazia, enquanto Montag andava de um lado para o outro e voltava, agachava-se e lia uma página em voz alta até dez vezes seguidas.

— "Não se pode precisar o momento em que uma amizade se forma. Como ao encher gota a gota uma vasilha, há, no final, uma gota que a faz transbordar, assim, também, em uma série de gentilezas, há uma que, por fim, faz o coração transbordar."

Montag sentou-se, escutando a chuva.

— Foi assim com a garota da casa ao lado? Esforcei-me tanto para entender.

— Ela está morta. Falemos de alguém vivo, pelo amor de Deus.

Sem olhar para a mulher, Montag seguiu tremendo pelo corredor até a cozinha, onde parou por um longo momento observando a chuva bater nas vidraças, antes de voltar para o corredor, à luz cinza, esperando o tremor passar.

Abriu outro livro.

— "Este assunto favorito: eu mesmo."

Franziu o cenho olhando para a parede.

— "Este assunto favorito: eu mesmo."

— Esse eu entendo — disse Mildred.

— Mas o assunto favorito de Clarisse não era ela mesma. Eram todos os demais, e eu. Ela foi a primeira pessoa, em muitos e muitos anos, de quem realmente gostei. Foi a primeira pessoa que vi olhar diretamente para mim como se eu fosse importante. — Ele ergueu os dois livros. — Faz muito tempo que esses homens morreram, mas sei que suas palavras apontam, de um modo ou de outro, para Clarisse.

Do lado de fora da porta, na chuva, um leve som de arranhar.

Montag congelou. Viu Mildred empurrar as costas contra a parede e ofegar.

— Alguém... a porta... por que a voz... não fala...

— Eu a desliguei.

Sob a soleira, um farejar lento, perscrutador, uma exalação de vapor elétrico.

Mildred riu.

— É só um cachorro, é isso! Quer que eu o toque daqui?

— Fique onde está!

Silêncio. A queda da chuva fria. E o cheiro de eletricidade azul soprando sob a porta trancada.

— Voltemos ao trabalho — disse calmamente Montag.

Mildred bateu o pé num livro.

— Livros não são pessoas. Você lê e eu olho em volta, mas não há *ninguém*!

Ele olhou para o salão, morto e cinzento como as águas de um oceano que transbordaria de vida se eles acendessem o sol eletrônico.

— Agora — disse Mildred —, minha "família" é de pessoas. Elas me contam coisas: eu rio, eles riem! E as cores, então?!

— Sim, eu sei.

— E, além disso, se o capitão Beatty ficasse sabendo sobre esses livros... — Ela refletiu um pouco. Seu rosto foi ficando assustado e, depois, apavorado. — Ele pode chegar e queimar a casa e a "família". Isso é terrível! Pense em nosso investimento. Por que eu deveria ler? Para *quê*?

— Para quê! Ora! — disse Montag. — Na outra noite vi a pior serpente do mundo. Ela estava morta mas estava viva. Ela podia ver mas não podia ver. Você quer *ver* essa serpente? Ela está no Hospital de Emergência onde eles preencheram um relatório sobre todo o lixo que a cobra tirou de você! Gostaria de ir examinar o arquivo? Talvez você tenha de procurar em Guy Montag ou talvez em Medo ou Guerra. Gostaria de ir até a casa que queimou ontem à noite? E revirar as cinzas para encontrar os ossos da mulher que ateou fogo à sua própria casa? E quanto a Clarisse McClellan, onde vamos procurá-la? No necrotério! Escute!

Os bombardeiros cruzavam e tornavam a cruzar o céu sobre a casa, ofegando, murmurando, assobiando como um ventilador imenso, invisível, girando no vazio.

— Santo Deus — disse Montag. — Toda hora essas malditas coisas no céu! Por que diabos esses bombardeiros passam lá em cima a todo instante de nossas vidas! Por que ninguém quer falar sobre isso? Desde 1990, já fizemos e vencemos duas guerras atômicas! Será porque estamos nos divertindo tanto em casa que nos esquecemos do mundo? Será porque somos tão ricos e o resto do mundo tão pobre e simplesmente não damos a mínima para sua pobreza? Tenho ouvido rumores; o mundo está passando fome, mas nós estamos bem alimentados. Será verdade que o mundo trabalha duro enquanto nós brincamos? Será por isso que somos tão odiados? Ouvi rumores sobre ódio, também, esporadicamente ao longo dos anos. *Você* sabe por quê? *Eu* não, *com certeza* que não! Talvez os livros possam nos tirar um pouco dessas trevas. Ao menos *poderiam* nos impedir de cometer os mesmos malditos erros malucos! Não ouço esses idiotas do seu salão falando sobre isso. Meu Deus, Millie, você não *entende*? Uma hora por dia, duas horas, com esses livros, e talvez...

O telefone tocou. Mildred agarrou o aparelho.

— Ann! — Riu. — Sim, o Palhaço Branco, é hoje à noite!

Montag caminhou até a cozinha e jogou o livro no chão.

— Montag — disse ele —, você é realmente estúpido. Para onde iremos daqui? Entregaremos os livros, esqueceremos tudo? — Abriu o livro para ler alto e abafar a risada de Mildred.

Pobre Millie, pensou ele. Pobre Montag, é lama para você, também. Mas onde encontrar ajuda, onde encontrar um professor a esta hora?

Espere. Fechou os olhos. Sim, é claro. Estava se lembrando do parque verdejante de um ano antes. O pensamento o visitara muitas vezes nos últimos dias, mas agora ele se lembrava de como foi aquele dia no parque da cidade, quando vira o velho de terno preto se apressando a esconder algo em seu casaco.

...O velho saltou como se para correr. E Montag disse: "Espere!".

"Eu não fiz nada!", gritou o velho, tremendo.

"Ninguém disse que você fez."

Haviam se sentado à suave luz esverdeada sem dizer palavra por um momento, e então Montag falou sobre o clima e o velho respondeu com uma voz fraca. Foi um estranho e calmo encontro. O velho confessou ser professor de inglês aposentado, que havia quarenta anos fora descartado para o mundo, quando a última faculdade de ciências humanas fora fechada por falta de alunos e verba. Seu nome era Faber e, quando finalmente perdeu o medo de Montag, falou com uma voz cadenciada, olhando para o céu e as árvores e o parque verdejante, e, após uma hora de conversa, ele disse algo a Montag e Montag percebeu que era um poema sem rima. Depois, o velho ganhou ainda mais coragem e disse outra coisa, também um poema. Faber mantinha a mão sobre o bolso esquerdo do casaco e dizia as palavras com suavidade, e Montag sabia que, se estendesse a mão, poderia tirar um livro de poesia do casaco do homem. Mas não o fez. Suas mãos permaneceram sobre seus joelhos, entorpecidas e inúteis. "Eu não falo de *coisas*, senhor", disse Faber. "Falo do *sentido* das coisas. Sento-me aqui e sei que estou vivo."

Na verdade, foi só o que aconteceu. Uma hora de monólogo, um poema, um comentário e, então, sem tampouco admitir que Montag era bombeiro, Faber, com certo tremor, anotou seu endereço em um pedaço de papel. "Para o seu arquivo", disse ele, "caso você decida ficar com raiva de mim".

"Não estou com raiva", disse Montag, surpreso.

Mildred soltou uma risada estridente no corredor.

Montag foi até seu armário no quarto e abriu seu classificador no cabeçalho: FUTURAS INVESTIGAÇÕES (?). O nome de Faber estava ali. Ele não o havia entregado, nem o apagara.

Fez a chamada em um telefone reserva. Na outra ponta da linha, o fone chamou o nome de Faber umas dez vezes, até que o professor atendeu com uma voz débil. Montag se identificou e teve como resposta um prolongado silêncio.

— Sim, senhor Montag?

— Professor Faber, eu tenho uma pergunta um tanto estranha para lhe fazer. Quantos exemplares da Bíblia restam neste país?

— Não sei do que o senhor está falando.

— Eu quero saber se ainda resta *algum* exemplar.

— Isso é alguma cilada! Não posso falar com *qualquer um* ao telefone!

— Quantos exemplares de Shakespeare e Platão?

— Nenhum! O senhor sabe tão bem quanto eu. Nenhum!

Faber desligou.

Montag pôs o aparelho no lugar. Nenhum. Era uma coisa que ele sabia pelas listagens do quartel de bombeiros, é claro. Mas, por algum motivo, ele desejara ouvi-lo do próprio Faber.

No corredor, o rosto de Mildred transpirava animação.

— Enfim, as senhoras virão aqui!

Montag lhe mostrou um livro.

— Este é o Velho e o Novo Testamento e...

— Não comece de novo com isso!

— Talvez seja o último exemplar nesta parte do mundo.

— Você tem de devolver isso hoje à noite, não tem? O capitão Beatty *sabe* que você o pegou, não sabe?

— Não creio que ele saiba *qual* livro eu roubei. Mas como escolho um substituto? Devo devolver o senhor Jefferson? O senhor Thoreau? Qual é menos valioso? Se eu escolher um substituto e Beatty souber realmente qual livro eu roubei, adivinhará que temos uma biblioteca inteira aqui!

A boca de Mildred se contorceu.

— Viu o que está *fazendo*? Você vai nos arruinar! Quem é mais importante, eu ou essa Bíblia?

Ela estava agora começando a gritar, sentada ali como uma boneca de cera derretendo com seu próprio calor.

Montag ouvia a voz de Beatty. "Sente-se, Montag. Observe. Delicadamente, como as pétalas de uma flor. Acenda a primeira página, acenda a segunda página. Cada uma se torna uma borboleta preta. Linda, não é? Acenda a terceira página na segunda e assim por diante, fumaça em cadeia, capítulo a capítulo, todas as coisas estúpidas que as palavras significam, todas as falsas promessas, todas as noções de segunda mão e filosofias desgastadas pelo tempo." Ali estava Beatty, sentado, transpirando ligeiramente, o chão forrado de enxames de mariposas pretas, mortas numa única tempestade.

Mildred parou de gritar tão prontamente quanto começara. Montag não estava ouvindo.

— Há apenas uma coisa a fazer — disse ele. — Antes de entregar o livro a Beatty, hoje à noite, tenho de conseguir fazer uma cópia dele.

— Você vai estar aqui para ver o Palhaço Branco esta noite, quando as senhoras chegarem? — choramingou Mildred.

Montag parou diante da porta, de costas para Mildred.

— Millie?

Silêncio.

— O quê?

— Millie? O Palhaço Branco a ama?

Não houve resposta.

— Millie, a... — umedeceu os lábios —, a sua "família" a ama, a ama muito, a ama com todo o coração e com toda a alma, Millie?

De costas, ele sabia que ela estava piscando os olhos.

— Por que você faz uma pergunta estúpida dessas?

Ele sentiu vontade de chorar, mas nada aconteceu com seus olhos ou sua boca.

— Se você vir aquele cachorro lá fora — disse Mildred —, dê-lhe um pontapé por mim.

Ele hesitou, escutando à porta. Abriu-a e saiu.

A chuva havia cessado e o sol estava se pondo no céu claro. A rua, o gramado e a varanda estavam vazios. Montag exalou um profundo suspiro.

E fechou a porta com força.

Estava no metrô.

Estou entorpecido, pensou ele. Quando esse torpor realmente

começou em meu rosto? Em meu corpo? Na noite em que chutei o frasco de pílulas no escuro, como um passo em uma mina subterrânea.

O torpor passará, continuou a pensar. Levará tempo, mas eu chego lá, ou Faber o fará por mim. Em algum lugar, alguém me devolverá a antiga face e as mãos do jeito que eram. Mesmo o sorriso, o velho sorriso chamuscado, desapareceu. Sem ele, estou perdido.

O túnel passava voando por ele, ladrilhos bege, preto a jato, ladrilhos bege, preto a jato, algarismos e escuridão, mais escuridão e o total se perfazendo.

Uma vez, quando criança, ele se sentara em uma duna amarela à beira-mar num dia azul e quente de verão, tentando encher uma peneira com areia, porque um primo malvado lhe dissera: "Encha esta peneira que eu lhe dou uma moeda de dez centavos!". E quanto mais rápido ele despejava, mais rápido a areia passava pela peneira, silvando de calor. Suas mãos estavam cansadas, a areia fervia, a peneira estava vazia. Sentado ali, em pleno mês de julho, em total silêncio, sentiu as lágrimas lhe escorrerem pela face.

Agora que o vácuo subterrâneo o impelia pelos porões mortos da cidade, sacudindo-o, ele se lembrou da lógica terrível daquela peneira. Baixou os olhos e viu que levava a Bíblia aberta nas mãos. Havia gente no vagão, mas ele segurava o livro nas mãos e uma ideia tola lhe ocorreu: se você ler rapidamente e ler tudo, talvez parte da areia fique na peneira. Mas ele lia e as palavras vazavam, e ele pensou: dentro de algumas horas, Beatty ali e eu aqui lhe entregando este livro e, por isso, nenhuma frase deve me escapar, cada linha deve ser memorizada. Preciso fazer isso, sozinho.

Apertou o livro nas mãos.

Trombetas soaram.

— Dentifrício Denham.

Cale-se, pensou Montag. Olhai os lírios do campo.

— Dentifrício Denham.

Eles não trabalham...

— Dentifrício...

Olhai os lírios do campo, cale-se, cale-se.

— Denham!

Montag abriu bruscamente o livro, passando as páginas e olhando-as como se fosse cego, seguindo a forma de cada letra, sem piscar.

— Denham. Soletrando: D-E-N...

Eles não trabalham, nem...

Um silvo de areia ardente pela peneira vazia.

— *Denham resolve*!

Olhai os lírios, os lírios, os lírios...

— Creme dental Denham.

— Calado, calado, calado! — Foi uma súplica, um brado tão terrível que Montag se viu em pé, os passageiros do vagão barulhento espantados, afastando-se desse homem de rosto demente, inflamado, a boca seca tartamudeando, o livro se agitando em seu punho. As pessoas que, um minuto antes, estavam sentadas, batendo os pés ao ritmo do Dentifrício Denham, o Creme Dental Denham, Dentifrício Dentifrício Dentifrício Denham, um dois, um dois três, um dois, um dois três. Pessoas cujas bocas se agitavam levemente repetindo as palavras Dentifrício Dentifrício Dentifrício. Em retaliação, o rádio do trem vomitava sobre Montag uma tonelada de música feita de estanho, cobre, prata, cromo e bronze. O clangor reduziu as pessoas à submissão; não corriam, não havia lugar para onde correr; o grande trem a ar comprimido precipitava-se em seu poço na terra.

— Os lírios do campo.

— Denham.

— Eu disse *lírios*!

As pessoas olhavam, admiradas.

— Chamem o guarda.

— O sujeito está fora de si...

— Knoll View!

O trem soltou um silvo, parando.

— Knoll View! — Um grito.

— Denham. — Um sussurro.

A boca de Montag mal se movia.

— Os lírios...

A porta do trem sibilou e abriu. Montag ficou parado. A porta resfolegou, começou a fechar-se. Só então ele investiu pelo meio dos outros passageiros, gritando mentalmente, e mergulhou porta afora no último instante. Correu pelos ladrilhos brancos subindo os túneis, ignorando as escadas rolantes, porque queria sentir os pés se moverem, os braços se agitarem, pulmões se encherem e se esvaziarem, sentir a garganta seca com a passagem do ar. Uma voz vagava atrás dele, "Denham Denham Denham", e o trem silvou como uma cobra, desaparecendo em sua toca.

— Quem é?

— Montag.

— O que você quer?

— Me deixe entrar.

— Eu não fiz nada!

— Eu estou sozinho, droga!

— Você jura?

— Juro!

A porta se abriu com lentidão. Faber lançou um olhar furtivo para fora. Parecia muito velho à luz e muito frágil e amedrontado. Era como se não tivesse saído de casa durante anos. Ele quase não se distinguia das paredes brancas de gesso lá dentro. Seus lábios e sua face eram brancos, bem como os cabelos, e seus olhos haviam esmaecido, com um toque branco no vago tom azul. Seu olhar pousou sobre o livro embaixo do braço de Montag e nesse momento ele não parecia mais tão velho, nem tão frágil. Lentamente, seu medo desapareceu.

— Desculpe-me. É preciso tomar cuidado.

Não conseguia tirar os olhos do livro sob o braço de Montag.

— Então é verdade.

Montag entrou. A porta se fechou.

— Sente-se. — Faber vigiava, como se receoso de que o livro pudesse desaparecer se ele desviasse os olhos. Atrás de si, uma porta aberta dava para um quarto, onde restos de máquinas e ferramentas de aço estavam esparramados sobre o tampo de uma escrivaninha. Montag teve apenas um vislumbre antes que Faber, vendo a atenção de Montag se desviar, rapidamente se voltasse para fechar a porta do quarto e permanecesse com a mão trêmula na maçaneta. Seu olhar regressou vacilante a Montag, que agora estava sentado com o livro sobre o regaço. — O livro... onde você...?

— Eu o roubei.

Pela primeira vez Faber ergueu os olhos e olhou diretamente para o rosto de Montag.

— Você é corajoso.

— Não — disse Montag. — Minha mulher está morrendo. Uma amiga minha já morreu. Menos de vinte e quatro horas atrás, uma pessoa que poderia ter sido uma amiga foi queimada. Você é o único que conheço que talvez possa me ajudar. A ver. A ver...

As mãos de Faber coçavam sobre seus joelhos.

— Posso?

— Desculpe-me. — Montag lhe deu o livro.

— Faz muito tempo. Não sou um homem religioso. Mas faz muito tempo. — Faber folheou as páginas, parando para ler aqui e ali. — É exatamente como me lembro dele. Meu Deus, como mudaram tudo isso em nossos "salões" de hoje. Cristo agora é um da "família". Muitas vezes me pergunto se Deus reconhece Seu próprio filho do jeito que o vestimos, ou devo dizer despimos? Ele é agora uma guloseima em bastão, feita de açúcar cristal e sacarina, quando não está fazendo referências veladas a certos produtos comerciais de que todo fiel *absolutamente* necessita. — Faber cheirou o livro. — Sabe que os livros cheiram a noz-moscada ou alguma especiaria do estrangeiro? Quando era menino, eu adorava cheirá-los. Meu Deus, antigamente havia muitos livros maravilhosos, até que os deixamos partir. — Faber virou as páginas. — Senhor Montag, o senhor está olhando para um covarde. Eu vi o rumo que as coisas estavam tomando, muito tempo atrás. Eu não disse nada. Sou um dos inocentes que poderiam ter elevado a voz quando ninguém atentava para os "culpados", mas não falei e, com isso, eu mesmo me tornei um dos culpados. E quando finalmente montaram a estrutura para queimar os livros, usando os bombeiros, reclamei algumas vezes e desisti, pois não havia mais ninguém reclamando ou gritando junto comigo naquela época. Agora é tarde demais. — Faber fechou a Bíblia. — Bem... imagino que vá me dizer por que veio aqui.

— Ninguém mais presta atenção. Não posso falar com as paredes porque elas estão gritando para *mim*. Não posso falar com minha mulher; ela escuta as *paredes*. Eu só quero alguém para ouvir o que tenho a dizer. E talvez, se eu falar por tempo suficiente, minhas palavras façam sentido. E quero que você me ensine a entender o que leio.

Faber examinou o rosto magro e o queixo azulado de Montag.

— O que o abalou dessa forma? O que arrancou a tocha de suas mãos?

— Não sei. Temos tudo de que precisamos para ser felizes, mas não somos felizes. Alguma coisa está faltando. Olhei em volta. A única coisa que tive certeza que havia desaparecido eram os livros que queimei durante dez ou doze anos. Por isso, achei que os livros poderiam ajudar.

— Você é um romântico incurável — disse Faber. — Seria cômico se não fosse trágico. Não é de livros que você precisa, é de algumas coisas que antigamente estavam nos livros. As mesmas coisas *poderiam* estar nas "famílias das paredes". Os mesmos detalhes meticulosos, a mesma consciência poderiam ser transmitidos pelos rádios e televisores, mas não são. Não, não. Absolutamente não são os livros o que você está procurando! Descubra essa coisa onde puder, nos velhos discos fonográficos, nos velhos filmes e nos velhos amigos; procure na natureza e procure em você mesmo. Os livros eram só um receptáculo onde armazenávamos muitas coisas que receávamos esquecer. Não há nada de mágico neles. A magia está apenas no que os livros dizem, no modo como confeccionavam um traje para nós a partir de retalhos do universo. É claro que você não poderia saber disso, é claro que você ainda não pode entender o que quero dizer com tudo isso. Mas intuitivamente está certo, isso é o que conta. Três coisas estão faltando. A primeira: você sabe por que livros como este são tão importantes? Porque têm qualidade. E o que significa a palavra qualidade? Para mim significa textura. Este livro tem *poros*. Tem feições. Este livro poderia passar pelo microscópio. Você encontraria vida sob a lâmina, emanando em profusão infinita. Quanto mais poros, quanto mais detalhes de vida fielmente gravados por centímetro quadrado você conseguir captar numa folha de papel, mais "literário" você será. Pelo menos, esta é a *minha* definição. Detalhes *reveladores*. Detalhes *frescos*. Os bons escritores quase sempre tocam a vida. Os medíocres apenas passam rapidamente a mão sobre ela. Os ruins a estupram e a deixam para as moscas. Entende agora por que os livros são odiados e temidos? Eles mostram os poros no rosto da vida. Os que vivem no conforto querem apenas rostos com cara de lua de cera, sem poros nem pelos, inexpressivos. Estamos vivendo num tempo em que as flores tentam viver de flores, e não com a boa chuva e o húmus preto. Mesmo os fogos de artifício, apesar de toda a sua beleza, derivam de produtos químicos da terra. No entanto, de algum modo, achamos que podemos crescer alimentando-nos de flores e fogos de artifício, sem completar o ciclo de volta à realidade. Você conhece a lenda de Hércules e Anteu, o gigantesco lutador cuja força era invencível contanto que ficasse firmemente plantado na terra? Mas quando Hércules o ergueu no ar, deixando-o sem raízes, ele facilmente pereceu. Se não existe nessa lenda nenhuma lição para nós hoje, nesta cidade, em nosso tempo, então sou um completo demente. Bem, aí temos a primeira coisa de que precisamos. Qualidade, textura da informação.

— E a segunda?

— Lazer.

— Ah, mas já temos muitas horas de folga.

— Horas de folga, sim. Mas e tempo para pensar? Quando você não está dirigindo a cento e sessenta por hora, numa velocidade em que não consegue pensar em outra coisa senão no perigo, está praticando algum jogo ou sentado em algum salão onde não pode discutir com o televisor de quatro paredes. Por quê? O televisor é "real". É imediato, tem dimensão. Diz o que você deve pensar e o bombardeia com isso. Ele *tem* que ter razão. Ele *parece* ter muita razão. Ele o leva tão depressa às conclusões que sua cabeça não tem tempo para protestar: "Isso é bobagem!".

— Somente a "família" é "gente".

— Como disse?

— Minha mulher diz que os livros não são "reais".

— Graças a Deus que não. Você pode fechá-los e dizer: "Espere um pouco aí". Você faz com eles o papel de Deus. Mas quem consegue se livrar das garras que se fecham em torno de uma pessoa que joga uma semente num salão de tevê? Ele dá a você a forma que ele quiser! É um ambiente tão real quanto o mundo. Ele se *torna* a verdade e é a verdade. Os livros podem ser derrotados com a razão. Mas com todo o meu conhecimento e ceticismo, nunca consegui discutir com uma orquestra sinfônica de cem instrumentos, em cores, três dimensões, e ao mesmo tempo estar e participar desses incríveis salões. Como você vê, meu salão não passa de quatro paredes de gesso. E veja. — Faber exibiu dois pequenos tampões de borracha.

— Para minhas orelhas, quando ando nos jatos subterrâneos.

— O Dentifrício Denham; eles não tecem, nem fiam — disse Montag, os olhos cerrados. — E para onde vamos? Os livros nos ajudariam?

— Só se nos fosse dada a terceira coisa necessária. A primeira, como eu disse, é a qualidade da informação. A segunda, o lazer para digeri-la. E a terceira, o direito de realizar ações com base no que aprendemos da interação entre as duas primeiras. E tenho dúvidas de que um velhote e um bombeiro amargurado possam fazer muita coisa a essa altura do campeonato...

— Eu posso conseguir livros.

— Você estará se arriscando muito.

— Este é o lado bom de morrer; quando você não tem mais nada a perder, corre o risco que quiser.

— Pronto, você disse uma coisa interessante — riu Faber — sem que a tivesse lido!

— As coisas são assim nos livros? Mas isso me ocorreu de repente!

— Tanto melhor. Você não a enfeitou para mim nem para ninguém, nem mesmo para você.

Montag se inclinou para frente.

— Esta tarde decidi que se os livros valessem a pena, talvez pudéssemos conseguir uma gráfica e imprimir alguns exemplares extras...

— Nós, quem?

— Você e eu.

— Ah, não! — Faber se aprumou na poltrona.

— Mas deixe eu lhe contar meu plano...

— Se insistir em me falar, terei de lhe pedir que se retire.

— Mas você não está interessado?

— Não, se você começar com o tipo de conversa que poderia me levar a ser queimado. A única possibilidade de eu lhe dar ouvidos seria se de algum modo a própria estrutura dos bombeiros pudesse ser queimada. Agora, se você sugerir que imprimamos livros e arranjemos um jeito de escondê-los nas casas dos bombeiros de todo o país, de modo que se pudessem plantar sementes de suspeita entre esses incendiários, eu até aplaudiria.

— Plantar os livros, enviar um alarme e ver as casas dos bombeiros se incendiarem, é isso que você pretende?

Faber alçou as sobrancelhas e olhou para Montag como se estivesse diante de um novo homem.

— Eu estava brincando.

— Se você achasse que valia a pena tentar esse plano, eu teria de aceitar sua palavra de que isso ajudaria.

— Não se pode garantir coisas como essas! Afinal de contas, quando tivéssemos todos os livros de que precisássemos, ainda teríamos de encontrar o precipício mais alto de onde nos atirar. Mas o fato é que precisamos de uma pausa para tomar fôlego. *Precisamos* de conhecimento. E talvez em mil anos possamos escolher precipícios menores de onde saltar. Os livros servem para nos lembrar quanto somos estúpidos e tolos. São o guarda pretoriano de César, cochichando enquanto o desfile ruge pela avenida: "Lembre-se, César, tu és mortal". A maioria de nós não pode sair correndo por aí, falar com todo mundo, conhecer todas as cidades do mundo. Não temos tempo, dinheiro ou tantos amigos assim. As coisas que você está procurando, Montag, estão no mundo, mas a única possibilidade que o sujeito comum terá de ver noventa e nove por cento delas está num livro. Não peça garantias. E não espere ser salvo por *uma* coisa, uma pessoa, máquina ou biblioteca. Trate de agarrar a sua própria tábua e, se você se afogar, pelo menos morra sabendo que estava no rumo da costa.

Faber se levantou e começou a andar de um lado para o outro da sala.

— E então? — perguntou Montag.

— Tem certeza de que é isso mesmo o que pretende?

— Absoluta.

— É um plano insidioso, devo dizer. — Faber olhou com ansiedade para a porta do quarto. — Ver os postos de bombeiros pegando fogo em todo o país, destruídos como focos de traição. A salamandra devora a própria cauda! Ó, Senhor!

— Tenho uma lista de residências de bombeiros de todos os cantos. Com algum tipo de atividade clandestina...

— Não se pode confiar nas pessoas, este é o problema. Afora você e eu, quem mais ateará fogo?

— Não há professores como você, ex-escritores, historiadores, linguistas?...

— Morreram ou estão velhos demais.

— Quanto mais velhos melhor; passarão despercebidos. Você conhece dezenas, admita!

— Ah, existem muitos atores que durante anos não interpretaram Pirandello ou Shaw ou Shakespeare porque as peças desses autores têm *consciência* demais do mundo. Poderíamos usar a raiva deles. E poderíamos usar a raiva honesta dos historiadores que há quarenta anos não escrevem uma linha sequer. Na verdade, poderíamos organizar cursos sobre reflexão e leitura.

— Sim!

— Mas isso apenas mexeria nas bordas. A cultura inteira está aos pedaços. O esqueleto precisa ser derretido e remodelado. Meu Deus, não é simples como apanhar um livro que há meio século se deixou de lado. Lembre-se, os bombeiros raramente são necessários. O próprio público deixou de ler por decisão própria. Vocês, bombeiros, de vez em quando garantem um circo em volta do qual multidões se juntam para ver a bela chama de prédios incendiados, mas, na verdade, é um espetáculo secundário, e dificilmente necessário para manter a ordem. São muito poucos os que ainda querem ser rebeldes. E desses poucos, a maioria, como eu, facilmente se intimida. Você consegue dançar mais depressa que o Palhaço Branco, gritar mais alto que o "Senhor Bugiganga" e a "família" do salão? Se puder, conseguirá o que quer, Montag. Em todo caso, você é um tolo. As pessoas estão é se *divertindo*.

— Cometendo suicídio! Assassinando!

Uma frota de bombardeiros voava em sentido leste durante todo o tempo em que conversavam, e só agora os dois pararam para escutar, sentindo nas entranhas a vibração do grande ruído dos jatos.

— Paciência, Montag. Deixe que a guerra desligue as "famílias". Nossa civilização está voando aos pedaços. Afaste-se da centrífuga.

— Alguém precisa estar pronto para quando tudo explodir.

— O quê? Homens citando Milton? Dizendo: eu me lembro de Sófocles? Lembrando aos sobreviventes que o homem também tem seu lado bom? Tudo o que farão será juntar pedras para atirarem uns nos outros. Montag, vá para casa. Vá para a cama. Por que desperdiçar suas últimas horas correndo dentro da gaiola e negando que é um esquilo?

— Então você não se importa mais?

— Eu me importo tanto que estou doente.

— E não vai me ajudar?

— Boa noite, boa noite.

As mãos de Montag apanharam a Bíblia. De repente, tomou consciência do que suas mãos fizeram e pareceu surpreso.

— Você gostaria de ser dono deste livro?

— Eu daria meu braço direito — disse Faber.

Montag ficou ali parado, esperando para ver o que aconteceria. Suas mãos, por si mesmas, como dois homens trabalhando juntos, começaram a rasgar as páginas do livro. Destacaram a folha de guarda e depois a primeira e segunda páginas.

— Imbecil, o que está fazendo! — Faber saltou, como se tivesse sido golpeado. Investiu contra Montag. Montag o repeliu e deixou que as mãos continuassem. Mais seis folhas caíram ao chão. Ele as apanhou e as amassou, fazendo uma bola com elas diante do olhar parado de Faber.

— Não, oh, não faça isso! — disse o velho.

— Quem pode me impedir? Sou um bombeiro. Posso queimar você!

O velho ficou parado, olhando para ele.

— Você não faria isso.

— Mas poderia!

— O livro. Não rasgue mais. — Faber afundou numa poltrona, o rosto muito pálido, a boca tremendo. — Não aumente mais o meu cansaço. O que você quer?

— Preciso que você me ensine.

— Está bem, está bem.

Montag soltou o livro. Começou a desembolar o papel amassado e a alisá-lo, enquanto o velho assistia, exausto.

Faber agitou a cabeça como se estivesse despertando.

— Montag, você tem algum dinheiro?

— Um pouco. Quatrocentos, quinhentos dólares. Por quê?

— Traga-os. Conheço um homem que, meio século atrás, imprimia o boletim de nossa faculdade. Foi no ano em que cheguei para o novo semestre e encontrei apenas um estudante inscrito para o curso "O Teatro de Ésquilo a O'Neill". Pode imaginar, a bela estátua de gelo que era, derretendo-se ao sol? Lembro-me dos jornais morrendo como enormes mariposas. Ninguém os *queria* de volta. Ninguém sentia falta deles. E depois o governo, percebendo o quanto era vantajoso que o povo apenas lesse sobre lábios apaixonados e murros no estômago, fechou o círculo com vocês, os comedores de fogo. Pois é, Montag, temos um gráfico desempregado. Poderíamos começar com alguns livros e esperar que a guerra rompa o esquema e nos dê o empurrão de que precisamos. Algumas bombas e as "famílias" nas paredes de todas as casas se calarão como ratos! No silêncio, nossos sussurros no palco talvez sejam ouvidos.

Ficaram ambos olhando para o livro na mesa.

— Tenho tentado me lembrar — disse Montag. — Mas, que droga, some assim que viro a cabeça. Meu Deus, como eu queria ter algo a dizer ao capitão. Ele leu o bastante para ter resposta para tudo, ou pelo menos é o que parece. A voz dele é melosa. Receio que ele me convença a voltar a ser o que eu era. Apenas uma semana atrás, ao bombear o querosene com a mangueira, eu pensava: Nossa, como é divertido!

O velho fez um gesto compreensivo com a cabeça.

— Os que não constroem precisam queimar. Isso é tão antigo quanto a história e os delinquentes juvenis.

— Então é o que sou.

— Há um pouco disso em todos nós.

Montag se dirigiu para a porta da frente.

— Tem alguma forma de você me ajudar hoje à noite, com o capitão dos bombeiros? Preciso de um guarda-chuva para me proteger. Tenho muito medo de me afogar se ele voltar a falar comigo.

O velho não disse nada, mas lançou outro olhar, ansioso, para o seu quarto. Montag percebeu o olhar.

— E então?

O velho respirou fundo, conteve um pouco a respiração e a deixou sair. Inspirou de novo, os olhos fechados, a boca comprimida e, por fim, exalou.

— Montag...

O velho por fim se virou e disse:

— Venha comigo. Na verdade, minha vontade era deixá-lo sair o quanto antes de minha casa. Sou realmente um velho covarde.

Faber abriu a porta do quarto e conduziu Montag até um pequeno cômodo onde havia uma mesa com várias ferramentas de metal em meio a uma massa de fios de arame microscópicos, rolos, bobinas e cristais minúsculos.

— O que é isto? — perguntou Montag.

— A prova de minha terrível covardia. Vivi sozinho durante muitos anos, projetando imagens nas paredes com a minha imaginação.

Meu *hobby* tem sido mexer com eletrônica, radiotransmissão. Minha covardia é tamanha, complementando o espírito revolucionário que vive em sua sombra, que fui obrigado a projetar *isto*.

Ele apanhou um pequeno objeto de metal verde, pouco menor que uma bala calibre 22.

— Eu paguei isso tudo... como? Investindo na Bolsa, é claro, o último refúgio no mundo para o perigoso intelectual desempregado. Bem, investi na Bolsa, construí tudo isso e esperei. Esperei, temeroso, durante metade de minha vida, que alguém falasse comigo. Não me atrevia a falar com ninguém. Aquele dia no parque, quando nos sentamos lado a lado, eu sabia que algum dia você poderia vir aqui; se com fogo ou amizade, era difícil prever. Durante meses fiquei com esta coisinha pronta. Mas quase deixei você ir embora, de *tanto* medo que sinto!

— Parece uma radioconcha.

— E alguma coisa mais! Ela *escuta*! Se você colocar isto na orelha, Montag, posso ficar sentado aqui no conforto de minha casa, aquecendo meus ossos assustados e ouvir e analisar o mundo dos bombeiros, localizar suas fraquezas sem correr perigo. Sou a abelha rainha, protegida na colmeia. Você será o zangão, o ouvido ambulante. Mais tarde, eu poderia espalhar ouvidos por todas as partes da cidade, com vários homens escutando e avaliando. Se os zangões morrerem, ainda estarei seguro em casa, controlando meu medo com o máximo de conforto e o mínimo de riscos. Vê como me apego à minha segurança, e o quanto sou desprezível?

Montag enfiou o projétil verde no ouvido. O velho introduziu um objeto parecido em sua própria orelha e moveu os lábios.

— Montag!

A voz estava na cabeça de Montag.

— Eu *ouvi* você!

O velho riu.

— Sua voz também está chegando bem! — Faber sussurrava, mas a voz na cabeça de Montag era clara. — Vá para o quartel de bombeiros quando estiver na hora. Estarei com você. Escutemos juntos esse capitão Beatty. Ele pode ser um dos nossos. Só Deus sabe. Eu passarei coisas para você dizer. Daremos a ele um bom espetáculo. Você me odeia por essa minha covardia eletrônica? Aqui estou eu mandando-o sair para a noite, enquanto fico, belo e folgado, atrás da linha de fogo, ouvindo sua cabeça ser cortada.

— Cada um faz o que pode — disse Montag, depositando a Bíblia nas mãos do velho. — Tome. Correrei o risco de devolver outro no lugar deste. Amanhã...

— Vou ver o gráfico desempregado, sim. *Isso* eu posso fazer.

— Boa noite, professor.

— Boa noite, nada. Estarei com você o resto da noite, como um mosquitinho zumbindo em sua orelha quando você precisar de mim. Mas, em todo caso, boa noite e boa sorte.

A porta se abriu e fechou. Montag estava novamente na rua escura, olhando para o mundo.

Era possível sentir a guerra se preparando no céu naquela noite. O modo como as nuvens se afastavam e voltavam e a aparência das estrelas, um milhão delas nadando entre as nuvens, como os discos inimigos, e a sensação de que o céu poderia cair sobre a cidade e transformá-la em pó de giz, e a lua se elevar em chamas vermelhas; era assim que a noite parecia estar.

Montag saiu do metrô com o dinheiro no bolso (tinha ido ao banco, que ficava aberto a noite toda, robôs atendendo nos guichês dos caixas) e, enquanto caminhava, ouvia a radioconcha num ouvido... "Mobilizamos um milhão de homens. Se a guerra vier teremos uma vitória rápida..." Uma enxurrada de música engolfou a voz, que se foi.

"Dez milhões de homens mobilizados", cochichou a voz de Faber na outra orelha. "Mas *diga* apenas um milhão. É mais alegre."

— Faber?

"Sim?"

— Não estou pensando. Apenas estou fazendo como me mandam, como sempre. Você disse "pegue o dinheiro" e eu peguei. Realmente não pensei nisso. Quando começo a fazer as coisas por mim mesmo?

"Você já começou, ao dizer o que acabou de dizer. Você terá de confiar em minha palavra."

— Eu confiei na palavra dos outros!

"Sim, e olhe para onde estamos indo. Você terá de viajar às cegas por algum tempo. Apoie-se aqui em meu braço."

— Eu não quero mudar de lado só para receber *ordens* do que fazer. Não há razão para mudar se for para isso.

"Você já está sendo prudente!"

Montag sentia os pés carregando-o pela calçada rumo a sua casa.

— Continue falando.

"Quer que eu leia? Posso ler para que você se lembre. Eu só durmo cinco horas por noite. Não tenho nada para fazer. Por isso, se você preferir, posso ler para você dormir à noite. Dizem que é possível reter o conhecimento que é sussurrado em nossos ouvidos quando estamos dormindo."

— Faça isso.

"Aqui vai." Longe, na noite, do outro lado da cidade, o leve farfalhar de uma página virada. "O Livro de Jó."

A lua subia enquanto Montag caminhava, os lábios num movimento quase imperceptível.

Estava começando uma ceia leve às nove da noite, quando a chamaram na porta da frente e Mildred correu do salão como um nativo fugindo de uma erupção do Vesúvio. A sra. Phelps e a sra. Bowles passaram pela porta da frente e desapareceram para dentro da boca do vulcão, com martínis nas mãos. Montag parou de comer. As mulheres eram como um monstruoso lustre de cristal tilintando em mil penduricalhos; ele viu seus sorrisos arreganhados irradiando-se pelas paredes da casa, e agora estavam gritando uma com a outra por sobre o alarido geral.

Quando Montag se deu conta, estava à porta do salão com a comida ainda na boca.

— Não é que todas estão encantadoras!
— Encantadoras.
— Você está linda, Millie!
— Linda.
— Todas estão elegantes.
— Elegantes!

Montag continuou a observá-las.

"Paciência", sussurrou Faber.

— Eu não deveria estar aqui — sussurrou Montag, quase para si mesmo. — Eu deveria estar levando o dinheiro para você!

"Amanhã haverá bastante tempo. Tome cuidado!"

— Este programa não é *sensacional*? — gritou Mildred.
— Sensacional!

Numa das paredes, uma mulher sorria e simultaneamente bebia suco de laranja. Como ela consegue fazer as duas coisas ao mesmo tempo?, pensou Montag embasbacado. Nas outras paredes, uma radiografia da mesma mulher revelava as contrações na viagem da bebida refrescante até o deliciado estômago! Bruscamente, o salão decolou num voo de espaçonave rumo às nuvens, mergulhou em um mar verde-limão onde peixes azuis comiam peixes vermelhos e amarelos. Um minuto depois, um desenho animado mostrava os Três Palhaços Brancos se esquartejando mutuamente ao som de enormes gargalhadas. Dois minutos mais e o salão resvalou da cidade para os carros a jato circulando ferozmente numa arena, colidindo e recuando e colidindo entre si novamente. Montag viu vários corpos voarem pelo ar.

— Millie, você viu *aquilo*?!

— Eu vi, eu *vi*!

Montag enfiou a mão numa fenda da parede e puxou o interruptor. As imagens escorreram como se a água tivesse vazado de uma gigantesca tigela de cristal com peixes histéricos.

As três mulheres lentamente se viraram e olharam para Montag com indisfarçada irritação e, depois, antipatia.

— Quando vocês acham que a guerra irá começar? — disse ele. — Notei que seus maridos não estão aqui hoje.

— Ah, eles vão e voltam, vão e voltam — disse a sra. Phelps. — Finnegan vive indo e voltando. O Exército chamou Pete ontem. Ele estará de volta na semana que vem. Assim disse o Exército. Uma guerra rápida. Quarenta e oito horas, segundo disseram, e todos estarão voltando para casa. Foi o que o Exército disse. Uma guerra rápida. Pete foi chamado ontem e disseram que ele estaria de volta na semana que vem. Bem rápido...

As três mulheres se agitaram e olharam nervosas para as paredes cor de lama, vazias.

— Eu não estou preocupada — disse a sra. Phelps. — Pete que fique com toda a preocupação. — Deu um risinho afetado. — O velho Pete que fique com toda a preocupação. Não eu. Eu não estou preocupada.

— Sim — disse Millie. — O velho Pete que fique com toda a preocupação...

— É sempre o marido de outra que morre, como se diz.

— Também foi o que ouvi. Nunca ouvi falar de homem nenhum que tenha morrido na guerra. Pulando de prédio, sim, como o marido de Glória na semana passada. Mas em guerras? Nunca.

— Em guerras, nunca — disse a sra. Phelps. — Aliás, eu e Pete sempre dissemos: nada de choro, nada disso. Já é o terceiro casamento para nós dois e somos independentes. O negócio é ser independente, sempre dissemos isso. Ele já disse: se eu for morto, siga em frente e não chore. Case-se novamente e não pense mais em mim.

— Por falar nisso — disse Mildred —, vocês assistiram àquele romance rápido de Clara Dove ontem à noite nas paredes de vocês? Bem, é a história de uma mulher que...

Montag não dizia nada. Só ficava olhando as feições das mulheres como certa vez olhara para a face dos santos em uma igreja estranha em que entrara quando criança. Os semblantes daquelas criaturas esmaltadas não significavam nada para ele, embora falasse com elas e ficasse muito tempo naquela igreja, tentando ser daquela religião, tentando saber qual era aquela religião, tentando inalar bastante daquele incenso bruto e da poeira especial do lugar para que seu sangue se sentisse tocado e envolvido pelo significado daqueles homens e mulheres de olhos de porcelana e lábios cor de rubi. Mas não houve nada, nada; era só um passeio por mais uma loja e seu dinheiro ali era estrangeiro e sem valor; e sua paixão era fria, mesmo quando tocou a madeira, o gesso e a cerâmica. Tal como agora, em seu próprio salão, com essas mulheres se contorcendo nas cadeiras sob seu olhar, acendendo cigarros, soprando fumaça, tocando os cabelos queimados e examinando as unhas ardentes como se tivessem pegado fogo só por ele as ter olhado. O silêncio deixava suas faces cada vez mais assombradas. Inclinaram-se para a frente ao ouvirem o som de Montag engolindo finalmente a comida. Ficaram a escutar sua respiração febril. As três paredes vazias do salão eram agora como as frontes pálidas de gigantes adormecidos, sem sonhos. Montag sentiu que se tocasse aquelas três frontes arregaladas sentiria um leve suor salgado nas pontas dos dedos. A transpiração se acumulava com o silêncio e o tremor subliminar no salão, bem como dentro das mulheres, que ardiam de tensão. A qualquer momento elas emitiriam um longo silvo e explodiriam.

Montag moveu os lábios.

— Vamos conversar.

As mulheres se sobressaltaram e olharam espantadas.

— Como vão seus filhos, senhora Phelps? — perguntou ele.

— Você sabe que não tenho filhos! Deus sabe que ninguém em seu juízo perfeito teria filhos! — disse a sra. Phelps, sem saber ao certo por que estava com raiva desse homem.

— Eu não diria isso — disse a sra. Bowles. — Eu tive *dois* filhos, de cesariana. Não há por que passar por toda aquela agonia por causa de um bebê. O mundo precisa se reproduzir, a raça precisa prosseguir. Afora isso, às vezes eles se parecem com a gente, e isso é gostoso. Duas cesarianas fizeram o que era preciso, com certeza. Ah, o meu médico disse: "Não há necessidade de cesariana, a sua bacia é saudável, tudo está normal". Mas eu *fiz questão*.

— Com ou sem cesariana, filho é uma desgraça; você perdeu o juízo — disse a sra. Phelps.

— Meus filhos ficam na escola nove dias seguidos e depois eles têm um dia de folga. Eu os aguento em casa três dias por mês; não é nada de mais. A gente põe as crianças no "salão" e liga o interruptor. É como lavar roupa: é só enfiar as roupas sujas na máquina e fechar a tampa. — A sra. Bowles riu. — Para elas tanto faz me dar um chute ou um beijo. Graças a Deus, eu também sei chutar!

As mulheres mostraram a língua, rindo.

Mildred esperou um pouco e, então, vendo que Montag ainda estava à porta do salão, bateu palmas.

— Vamos falar de política, para Guy ficar contente!

— Parece ótimo — disse a sra. Bowles. — Como todo mundo, eu votei na última eleição e apoiei o presidente Noble, é claro. Acho que ele é um dos homens mais bonitos que já chegaram à Presidência.

— Ah, mas também com o homem que a oposição lançou para disputar com ele!

— Não era grande coisa, não é mesmo? Meio baixinho e feioso, não fazia direito a barba nem sabia se pentear muito bem.

— O que deu na oposição para lançá-lo como candidato? Não se pode lançar um baixinho desses contra um homem alto. Além disso...

ele resmungava. Metade do tempo eu não conseguia ouvir uma palavra do que ele dizia. E quando eu *ouvia*, não entendia!

— E além disso era gordo, e nem disfarçava com as roupas. Não admira que a maioria esmagadora dos votos fosse para Winston Noble. Até os nomes ajudaram. Basta comparar Winston Noble com Hubert Hoag por uns dez segundos para adivinhar o resultado.

— Ora essa! — protestou Montag. — O que vocês sabem sobre Hoag e Noble?

— Ora, não faz seis meses que eles estavam bem ali naquela parede. Um deles não parava de beliscar o nariz; aquilo me deixava louca.

— Então, senhor Montag — disse a sra. Phelps —, o senhor acha que iríamos votar num homem desses?

Mildred disparou com raiva:

— Não fique aí parado na porta, Guy. Isso dá nos nervos da gente.

Mas Montag já havia saído, e voltou alguns instantes depois, trazendo um livro na mão.

— Guy!

— Que se dane, que se dane!

— O que é isso aí; não é um livro? Pensei que hoje em dia os treinamentos especiais só fossem feitos por meio de filmes — disse a sra. Phelps, piscando os olhos. — O senhor está estudando a teoria do bombeiro?

— Pro inferno com a teoria — disse Montag. — Isto é poesia.

"Montag." Um sussurro.

— Deixe-me em paz! — Montag se sentia girando num grande turbilhão de rugidos e zumbidos.

"Montag, espere, não..."

— Você *ouviu* o que elas disseram, ouviu esses monstros falando de monstros? Meu Deus, como tagarelam sobre as pessoas e seus próprios filhos e como falam sobre seus maridos e sobre a guerra! Diabo, eu ouço essas coisas e não consigo acreditar!

— Eu não disse palavra nenhuma sobre *guerra*, o senhor sabe — disse a sra. Phelps.

— Quanto à poesia, eu odeio — disse a sra. Bowles.

— Você já ouviu alguma?

"Montag", rangia, distante, a voz de Faber. "Você vai estragar tudo. Cale a boca, seu tolo!"

As três mulheres estavam em pé.

— Sentem-se!

Elas se sentaram.

— Eu vou para casa — balbuciou a sra. Bowles.

"Montag, Montag, por favor, em nome de Deus, o que está tentando fazer?", rogou Faber.

— Por que não nos lê um poema desse seu livrinho — disse a sra. Phelps, acenando afirmativamente com a cabeça. — Acho que seria muito interessante.

— Isso não é certo — lamentou a sra. Bowles. — Não podemos fazer isso!

— Bem, olhe para o senhor Montag, ele quer, eu sei que ele quer. E se escutarmos com atenção, o senhor Montag ficará contente e depois talvez possamos seguir adiante. — E olhou, inquieta, para o longo vazio das paredes que as cercavam.

"Montag, pare com isso ou eu corto a ligação, abandono você." O inseto esmurrava sua orelha. "De que adianta, o que você vai provar com isso?"

— Assustá-las para valer, é o que vou fazer, deixá-las com um medo infernal!

Mildred olhou para o ar vazio.

— Guy, com *quem* você está falando?

Uma agulha prateada espetou-lhe o cérebro.

"Montag, escute, só há uma saída: faça de conta que é uma brincadeira, disfarce, finja que não está com raiva de nada. Depois... vá até seu incinerador na parede e jogue o livro lá dentro!"

Mas Mildred antecipou-se a isso, e disse com uma voz vacilante:

— Senhoras, uma vez por ano, todo bombeiro tem permissão para trazer um livro para casa, dos velhos tempos, para mostrar a sua família como isso era estúpido, como esse tipo de coisa pode deixar uma pessoa nervosa, maluca. A surpresa de Guy para esta noite é ler para vocês uma amostra de como as coisas eram confusas para que nenhuma de nós tenha de aborrecer nossa cabecinha com esse lixo novamente, não é *isso*, querido?

Ele esmagou o livro nos punhos.

"Diga 'sim'."

Sua boca se moveu como a de Faber:

— Sim.

Mildred arrebatou-lhe o livro das mãos com uma risada.

— Toma! Leia este. Não, espere. Aqui está aquele realmente engraçado, que você me leu em voz alta, hoje. Senhoras, vocês não entenderão nenhuma palavra. É só blablablá. Vai, Guy, essa página, querido.

Ele olhou para a página aberta.

Uma mosca agitou as asas suavemente em sua orelha:

"Leia."

— Qual é o título, querido?

— *A praia de Dover*. — Sua boca estava entorpecida.

— Agora leia numa voz clara e agradável e vá *devagar*.

A sala estava uma fornalha, Montag era todo fogo e ao mesmo tempo frieza; elas estavam sentadas no meio de um deserto vazio, nos três sofás e ele, em pé, oscilava de um pé para o outro, esperando a sra. Phelps terminar de endireitar a bainha do vestido e a sra. Bowles de ajeitar os cabelos. Então ele começou a ler num tom de voz baixo, vacilante, que se firmava à medida que ele passava de um verso para o outro, e sua voz atravessava o deserto, para dentro da brancura e em torno das três mulheres sentadas ali no grande vazio abrasivo.

— "O Mar da Fé
Antigamente era enorme, e nas margens de toda a terra
Estendia-se como as dobras ondulantes de um lenço brilhante.
Mas, agora, ouço apenas
Seu longo e melancólico rugido que recua
E se retira ao sopro
Do vento noturno, pelas vastas margens lúgubres
E seixos desnudados do mundo."

As poltronas rangeram sob as três mulheres, Montag concluiu a leitura:

— "Ah, amor, sejamos fiéis
Um ao outro! pois o mundo, que parece
Estender-se diante de nós como uma terra de sonhos,
Tão diverso, tão belo, tão novo,
Não tem realmente alegria, nem amor, nem luz,
Nem certeza, nem paz, nem remédio para a dor;
E estamos aqui como numa planície sombria
Varrida por alarmes confusos de luta e fuga,
Onde cegos exércitos travam combate na noite."

A sra. Phelps estava chorando.
As outras no meio do deserto observavam o choro da primeira tornar-se muito alto à medida que seu rosto se contorcia e deformava. Ficaram sentadas, sem tocá-la, confusas diante de sua manifestação. Ela chorava de modo incontrolável. O próprio Montag estava atônito e abalado.

— Ora, ora — disse Mildred. — Já passou, Clara. Ora, vamos, Clara, recomponha-se! Clara, o que há de *errado*?

— Eu... eu — soluçou a sra. Phelps — não sei, não sei, eu só... não sei, ai, ah...

A sra. Bowles se levantou e olhou duro para Montag.

— Está vendo? Eu sabia, era isso que eu queria provar! Eu sabia que aconteceria! Eu sempre disse: poesia e lágrimas, poesia e suicídio e choro e sensações ruins, poesia e doença; é *tudo* uma besteira sentimental! Agora estou convencida. O senhor é nojento, senhor Montag, o senhor é *nojento*!

"Agora...", disse Faber.

Montag sentiu-se virar e caminhar até a fenda na parede e deixar o livro cair pela calha de latão, em cujo fundo as chamas o aguardavam.

— Palavras tolas, palavras tolas, terríveis palavras tolas e danosas — disse a sra. Bowles. — Por que as pessoas querem magoar as outras? Já não basta o sofrimento existente e o senhor vem provocar as pessoas com coisas como essa!

— Clara, vamos, Clara — implorou Mildred, puxando-lhe o braço. — Venha, vamos nos alegrar, você agora liga a "família". Vá em frente. Agora vamos rir e nos divertir, pare de chorar, vamos fazer uma festa!

— Não — disse a sra. Bowles. — Vou direto para casa. Se você quiser visitar minha casa e minha família, tudo bem. Mas nunca mais na vida entrarei na casa maluca desse bombeiro!

— Vá para casa. — Montag fixou os olhos nela, calmo. — Vá para casa e pense no seu primeiro marido, de quem se divorciou, e no seu segundo marido, morto num acidente de carro, e no seu terceiro marido, prestes a estourar os miolos. Vá para casa e pense nos dez abortos que você fez, vá para casa e pense nisso e, também, nas suas malditas cesarianas e nos filhos que sentem ódio mortal de você! Vá para casa e pense como tudo isso aconteceu e no que você fez para pôr um fim nisso. Vá para casa, vá para casa! — gritou ele. — Antes que eu lhe bata e a expulse daqui a pontapés!

As portas bateram e a casa ficou vazia. Montag parou sozinho no centro do inverno, com as paredes do salão da cor de neve suja.

No banheiro, a água corria. Ele ouviu Mildred sacudir na mão as pílulas para dormir.

"Montag, seu tolo, tolo, ah, meu Deus, seu tolo estúpido..."

— Cale-se! — Arrancou a cápsula verde da orelha e a enfiou no bolso.

A cápsula continuou a chiar, baixinho:

"... tolo... tolo."

Montag procurou pela casa e encontrou os livros atrás do refrigerador, onde Mildred os havia empilhado. Faltavam alguns e ele percebeu que ela iniciara seu processo lento e pessoal de desmontar a dinamite da casa, cartucho por cartucho. Mas ele agora não estava irado, só exausto e confuso consigo mesmo. Levou os livros para o quintal e os escondeu nos arbustos junto à cerca. Só por esta noite, pensou ele, caso ela decida queimar mais alguns.

Ele tornou a entrar em casa.

— Mildred? — chamou ele à porta do quarto escuro. Não havia nenhum som.

Lá fora, atravessando o gramado, a caminho do trabalho, Montag tentou não reparar no quanto a casa de Clarisse McClellan estava completamente às escuras e deserta...

A caminho do centro da cidade, estava tão inteiramente só com seu terrível erro que sentiu necessidade do estranho calor e bondade que acompanhavam o som familiar e suave de uma voz falando no meio da noite. No intervalo de umas poucas horas, ele tinha a impressão de conhecer Faber a vida inteira. Montag sabia agora que havia nele duas pessoas; que ele era, acima de tudo, o Montag que não sabia de nada, que nem sequer sabia que era um tolo, mas apenas desconfiava. E sabia que ele era também o velho que conversava com ele e falava com ele enquanto o trem era sugado de um extremo para o outro da cidade noturna num único e longo suspiro nauseante de movimento. Nos dias que viriam, e nas noites em que não havia lua, e noites em que havia uma lua muito brilhante iluminando a terra, o velho continuaria com essa e aquela conversa, gota a gota, pedra a pedra, floco a floco de neve. Sua mente afinal melhoraria e ele não seria mais Montag, dizia-lhe este velho, assegurava-lhe, prometia-lhe. Ele seria Montag-mais-Faber, fogo mais água e, um dia, depois de tudo misturado e acalmado e trabalhado em silêncio, não haveria nem fogo nem água, mas vinho. A partir de duas coisas distintas e opostas, uma terceira. E um dia ele olharia para trás para o tolo e identificaria o tolo. Já agora ele podia sentir o começo da longa viagem, o desligamento, o afastamento da pessoa que ele havia sido.

Era bom ouvir o murmúrio de besouro, o zumbido sonolento de mosquito e as delicadas filigranas murmurantes da voz do velho, a princípio admoestando-o e, depois, consolando-o tarde da noite quando ele saía do metrô vaporoso para o mundo do quartel de bombeiros.

"Compaixão, Montag, compaixão. Não os azucrine nem implique com eles; há bem pouco tempo você também era um *deles*. Eles estão seguros de que continuarão. Mas não é verdade. Não sabem que tudo isso é um enorme meteoro ardente que produz uma bela chama no espaço, mas que algum dia terá de *colidir*. Só veem a chama, a bela fogueira, como você viu."

"Montag, os velhos que ficam em casa, receosos, cuidando de seus ossos quebradiços como casca de amendoim, não têm nenhum direito de criticar. No entanto, você quase pôs tudo a perder logo no começo. Fique atento! Estou com você, lembre-se disso. Entendo o que aconteceu. Tenho de admitir que sua raiva cega me revigorou. Meu Deus, como me senti jovem! Mas agora, quero que você se sinta velho, quero que um pouco de minha covardia passe para você esta noite. Nas próximas horas, quando estiver com o capitão Beatty, pise em ovos, deixe que *eu* o ouça para você, deixe que *eu* sinta a situação. A sobrevivência é a nossa meta. Esqueça aquelas coitadas e tolas mulheres..."

— Eu as deixei mais infelizes do que se sentiram em anos, acho — disse Montag. — Fiquei chocado ao ver a senhora Phelps chorar.

Talvez elas tenham razão, talvez seja melhor não enfrentar as coisas e simplesmente correr e se divertir. Eu não sei. Sinto-me culpado...

"Não, não há por que se sentir assim! Se não houvesse guerra, se houvesse paz na terra, eu diria: Tudo bem, *divirtam-se*! Mas, Montag, você não deve voltar a ser só um bombeiro. *Nem tudo* está bem com o mundo."

Montag transpirava.

"Montag, você está ouvindo?"

— Meus pés — disse Montag. — Não consigo movê-los. Sinto-me tão idiota. Não posso dar mais nem um passo!

"Escute. Calma, agora", disse o velho brandamente. "Eu sei, eu sei. Você está com medo de cometer erros. *Não tenha*. Os erros podem ser proveitosos. Quando eu era jovem, Montag, eu atirava minha ignorância na cara das pessoas. Elas me surravam com varas. Quando cheguei aos quarenta, minha faca cega já estava muito bem afiada para mim. Se você esconder sua ignorância, ninguém lhe baterá e você nunca irá aprender. Agora, mova os pés e os leve direto para o quartel de bombeiros! Somos gêmeos, não estamos mais sozinhos, não estamos isolados em diferentes salões, sem nenhum contato. Se você precisar de ajuda quando Beatty o interrogar, estarei aqui, em seu tímpano, tomando notas!"

Montag sentiu o pé direito, depois o esquerdo, movendo-se.

— Velho — disse ele —, fique comigo.

O Sabujo Mecânico havia desaparecido. O canil estava vazio e o quartel estava imobilizado em total silêncio. A Salamandra alaranjada dormia com o ventre cheio de querosene e os lança-chamas cruzados em seus flancos. Montag atravessou o silêncio, tocou o mastro de metal e deslizou subindo pelo ar escuro, olhando para trás, para o canil deserto, o coração batendo, parando, batendo. No momento, Faber era uma mariposa cinza adormecida em sua orelha.

Beatty estava em pé próximo ao poço, esperando, mas de costas, como se não estivesse à espera.

— Bem — disse ele aos homens que jogavam baralho —, aqui vem um animal estranhíssimo, que em todas as línguas é conhecido como idiota.

Beatty estendeu a mão, a palma para cima, como para receber um presente. Montag pôs o livro nela. Sem sequer olhar para o título, Beatty arremessou o livro no cesto de lixo e acendeu um cigarro.

— "Os que têm um ar de inteligência são ainda os mais tolos." Bem-vindo de volta, Montag. Espero que fique conosco, agora que sua febre diminuiu e sua doença passou. Está disposto a uma rodada de pôquer?

Sentaram-se e as cartas foram distribuídas. Diante de Beatty, Montag sentia as mãos culpadas. Seus dedos eram como furões que houvessem feito algum mal e, agora, jamais descansavam, sempre agitados, crispados e escondidos nos bolsos, ao abrigo do olhar flamejante de Beatty. Se o mero hálito de Beatty passasse por suas mãos, Montag sentia que poderiam murchar, retorcer-se nas beiradas e jamais ser trazidas de volta à vida; ficariam sepultadas para sempre nas mangas de seu casaco, esquecidas. Pois eram mãos que haviam agido por conta própria, sem nenhuma participação sua; fora nelas que a consciência inicialmente se manifestara para afanar os livros, apropriar-se de Jó, Ruth e William Shakespeare. E, agora, no quartel de bombeiros, as mãos pareciam enluvadas em sangue.

Duas vezes em meia hora Montag teve de sair do jogo e ir ao banheiro lavar as mãos. Quando voltou, escondeu as mãos sob a mesa.

Beatty riu.

— Queremos suas mãos à vista, Montag. Não que não confiamos em você, entenda, mas...

Todos riram.

— Enfim — disse Beatty —, a crise passou e está tudo bem, a ovelha voltou ao redil. Somos todos ovelhas que às vezes se extraviam. A verdade é a verdade, até o fim das contas, é o que proclamamos. Os que se acompanham de nobres pensamentos nunca estão sozinhos, bradamos para nós mesmos. "Suave alimento de uma ciência suavemente enunciada", dizia Sir Philip Sidney. Mas, por outro lado: "Palavras são como folhas, e onde mais abundam, é raro encontrar embaixo muitos frutos da razão". Alexander Pope. O que acha disso, Montag?

— Não sei.

"Cuidado", sussurrou Faber, vivendo em outro mundo, muito distante.

— Ou disto: "Conhecer pela metade é uma coisa perigosa. Beba até perder o fôlego, ou não mate a sede na fonte das musas; ali as correntes rasas intoxicam o cérebro, mas, em grande parte, beber nos deixa sóbrios novamente"? Pope. O mesmo ensaio. Onde você fica, depois disso?

Montag mordeu o lábio.

— Eu lhe digo — disse Beatty, sorrindo diante de suas cartas. — Isso o deixa embriagado por algum tempo. Leia algumas linhas e lá vai você voando pelo precipício. Bum, você está pronto para explodir o mundo, cortar cabeças, esmagar mulheres e crianças, destruir a autoridade. Eu sei, já passei por isso tudo.

— Estou bem — disse Montag, nervoso.

— Pare de corar. Minha intenção não é provocá-lo, de verdade. Sabe, eu tive um sonho uma hora atrás. Deitei para tirar uma soneca e sonhei que você e eu, Montag, entramos numa violenta discussão sobre livros. Você espumava de raiva, gritava citações para mim. Eu aparava calmamente cada investida. *O poder*, eu disse. E você, citando o doutor Johnson, respondeu: "O conhecimento vale mais que o poder!". E eu disse: "Bem, meu caro rapaz, o doutor Johnson também disse que "Nenhum sábio no mundo trocará uma certeza por uma incerteza". Fique com os bombeiros, Montag. Tudo o mais não passa de um caos sinistro!

"Não dê ouvidos", sussurrou Faber. "Ele está tentando confundir você. Ele é escorregadio. Tome cuidado!"

Beatty deu um riso seco.

— E você disse, citando: "A verdade virá à luz, o assassinato não ficará oculto por muito tempo!". E gritei, bem-humorado: "Meu Deus, ele só está falando de seu cavalo!". E ainda: "O Diabo é capaz de citar as Escrituras para atingir seus fins". E você gritou: "Esta época preza mais um idiota engalanado do que um santo em farrapos na escola da sabedoria!", e eu sussurrei suavemente: "A dignidade da verdade se perde no excesso de protestos". E você gritou: "As carcaças sangram à visão do assassino!". E eu disse, acariciando sua mão: "O quê, eu lhe provoco estomatites?". E você gritou, estridente: "Conhecimento é poder!" e "Um anão nos ombros de um gigante vê mais longe que os dois!", e eu resumi minha opinião com rara serenidade interior: "A insensatez que consiste em tomar uma metáfora por prova, uma verborragia por uma fonte de verdades capitais, e a si mesmo por oráculo, é inata em nós", disse certa vez o senhor Valéry.

A cabeça de Montag girou, provocando-lhe náuseas. Ele se sentia impiedosamente surrado na testa, nos olhos, no nariz, nos lábios, no queixo, nos ombros, nos braços frouxos. Sentia vontade de gritar: "Não! Cale-se, você está confundindo as coisas, pare!". Os dedos graciosos de Beatty investiram para agarrar seu pulso.

— Meu Deus, que pulso! Eu o irritei, não é, Montag? Jesus, seu pulso parece bater como os tambores ao fim da guerra. Nada além de sirenes e sinos! Devo falar um pouco mais? Gosto de seu olhar de pânico. Swahili, hindu, literatura inglesa, posso falar tudo isso. Um tipo excelente de discurso silencioso, Willie!

"Montag, espere um pouco!" A mariposa agitou a orelha de Montag. "Ele está tentando turvar a água!"

— Ah, você ficou morto de medo — disse Beatty —, porque eu empregava um recurso terrível, usando os mesmos livros a que você se apegava, para rebater cada uma de suas cartadas, cada ponto! Que traidores os livros podem ser! Você pensa que eles o estão apoiando, e eles se viram contra você. Além disso, outros podem usá-los e lá está você, perdido no meio do pântano, em um grande atoleiro de substantivos, verbos e adjetivos. E bem no fim do meu sonho, cheguei com a Salamandra e disse: "Vem comigo?". E você subiu e voltamos para o quartel de bombeiros em beatífico silêncio, tudo de volta à paz. Beatty soltou o pulso de Montag, deixou a mão cair frouxa sobre a mesa. "Tudo bem quando acaba bem."

Silêncio. Montag continuou sentado como uma estátua de pedra branca. O eco do golpe final sobre seu crânio se extinguiu lentamente na caverna negra em que Faber aguardava que os ecos cessassem. E então, quando a poeira agitada se assentou na mente de Montag, Faber começou a falar, em voz baixa:

"Tudo bem, ele disse o que tinha a dizer. Você precisa guardar o que ele disse. Também direi o que tenho a dizer nas próximas horas. E você precisa guardar também. Depois, você tentará comparar os dois registros e tomará sua decisão sobre de qual lado quer saltar, ou cair. Mas quero que a decisão seja sua, não minha nem do capitão. Mas lembre-se de que o capitão está alinhado com os inimigos mais perigosos da verdade e da liberdade, com o rebanho impassível da maioria. Meu Deus, a terrível tirania da maioria. Todos temos nossas opiniões a dar. Cabe agora a você decidir com qual ouvido quer escutar."

Montag abriu a boca para responder a Faber, mas o sino do quartel o poupou de cometer esse erro na presença dos outros. O alarme oral instalado no teto os chamou. Houve uma rápida sucessão de cliques enquanto a teleimpressora do boletim de alarme digitava o endereço no outro lado da sala. Com as cartas de pôquer em uma das mãos rosadas, o capitão Beatty caminhou com exagerada lentidão até o aparelho e destacou o endereço quando o boletim ficou pronto. Lançou-lhe um olhar superficial e o enfiou no bolso. Voltou à mesa e se sentou. Os outros olharam para ele.

— Isso pode esperar exatamente quarenta segundos enquanto tiro todo o dinheiro de vocês — disse Beatty, satisfeito.

Montag baixou suas cartas.

— Cansado, Montag? Está saindo do jogo?

— Sim.

— Espere um pouco. Não, pensando bem, podemos terminar esta mão depois. Deixem as cartas viradas para baixo e preparem o material. Agora é o dobro. — E Beatty se levantou novamente. — Montag, você não parece bem. Eu não gostaria nada de pensar que sua febre está voltando...

— Vou ficar bem.

— Você vai ficar ótimo. Este é um caso especial. Vamos, mexa-se!

Saltaram no ar e agarraram o poste metálico como se fosse a última oportunidade de salto sobre a passagem de uma onda da maré abaixo, para descobrirem, desalentados, que o poste os deslizara para a escuridão, a explosão, tosse e sucção do dragão gasoso que rugia ao despertar!

— Eia!

Dobraram uma esquina ao som de trovão e sirene, com baque de pneus, guinchar de borracha, a massa de querosene espadanando no reservatório cintilante de bronze, como comida no estômago de um gigante; com os dedos de Montag saltando do corrimão prateado, oscilando no espaço frio e com o vento revirando seus cabelos, assobiando entre seus dentes. O tempo todo Montag pensava nas mulheres, as mulheres de palha em seu salão nesta mesma noite, com seus cernes arrancados por um vento de néon, e o gesto estúpido de ler um livro para elas. Como aquilo se parecia com a tentativa de apagar incêndios com pistolas de água, igualmente ridícula e demente! Uma raiva substituindo outra. Uma raiva deslocando outra. Quando ele cessaria de sentir tamanha raiva e se acalmaria, ficando realmente em paz?

— Lá vamos nós!

Montag ergueu os olhos. Beatty nunca dirigia, mas nesta noite era ele ao volante, jogando impetuosamente a Salamandra pelas esquinas, inclinando-se para a frente no trono do motorista. As abas de seu volumoso impermeável batendo atrás de si e fazendo-o parecer um grande morcego negro voando acima do motor, sobre os números de bronze, apanhando o vento em cheio.

— Então vamos lá fazer esse mundo feliz, Montag!

A face rosada e fosforescente de Beatty brilhava na densa escuridão e ele sorria furiosamente.

— Chegamos!

A Salamandra parou com estrondo, fazendo os homens escorregarem e baterem desajeitados uns contra os outros. Montag continuou a fixar os olhos úmidos no frio anteparo brilhante a que seus dedos estavam agarrados.

Não posso fazer isso, pensou ele. Como posso executar essa nova tarefa, como continuar a queimar coisas? Não posso entrar nessa casa.

Beatty, inalando o vento pelo qual se precipitara, tocava o cotovelo de Montag.

— Tudo bem, Montag.

Os homens corriam como aleijados em suas botas canhestras, silenciosos como aranhas.

Por fim, Montag ergueu os olhos e se virou.

Beatty estava observando seu rosto.

— Algum problema, Montag?

— Ora essa — disse Montag lentamente —, paramos em frente à *minha* casa?

O BRILHO INCENDIÁRIO

Por toda a rua, luzes se acenderam
e as portas das casas se abriram

para observar o circo armado. Montag e Beatty olhavam admirados, um com insípida satisfação, o outro incrédulo, para a casa diante deles, o picadeiro central no qual os comedores de fogo fariam malabarismos com as tochas e engoliriam suas chamas.

— Bem — disse Beatty —, agora você conseguiu. O velho Montag queria voar perto do sol, e agora que queimou as asas, ele se pergunta por quê. Não lhe dei pistas suficientes quando mandei o Sabujo rondar sua casa?

O rosto de Montag estava totalmente entorpecido e sem expressão; sentia sua cabeça girar como um bloco de pedra, voltando-se para a casa vizinha imersa em trevas no meio de seu canteiro brilhante de flores.

Beatty fungou.

— Ah, não! Não me diga que você foi enganado pelas encenações daquela idiotazinha, foi? Flores, borboletas, folhas, crepúsculos, que droga! Está tudo na ficha dela. Quem diria? Acertei na mosca.

Veja só o ar doentio de seu rosto. Alguns talos de capim e as fases da lua. Quanto lixo! O que ela fez de bom com aquilo tudo?

Montag sentou-se no frio para-lama do Dragão, movendo a cabeça meia polegada para a esquerda, meia para a direita, esquerda, direita, esquerda, direita, esquerda…

— Ela via tudo. Ela nunca fez mal a ninguém. Apenas deixava as pessoas em paz.

— Em paz, uma droga! Ela vinha azucrinar você, não vinha? Uma daquelas malditas samaritanas com seus silêncios indignados, beatíficos, cujo único talento é fazer os outros se sentirem culpados. Maldição, elas se erguem como o sol da meia-noite para fazer você suar na cama!

A porta da frente se abriu; Mildred desceu os degraus, correndo, uma valise nas mãos crispadas com a rigidez de um sonâmbulo, enquanto um táxi silvava parando junto à calçada.

— Mildred!

Ela passou correndo com seu corpo rígido, o rosto empoado, a boca invisível, sem batom.

— Mildred, não foi você quem deu o alarme!

Ela atirou a valise no táxi, embarcou e sentou-se, resmungando:

— A família, coitada da família, ah, tudo acabado, tudo, tudo, tudo agora acabou…

Beatty agarrou o ombro de Montag enquanto o carro arrancava e desaparecia, a mais de cem por hora, no final da rua.

Houve um estrondo como o despedaçar de um sonho moldado em vidro torcido, espelhos e prismas de cristal. Montag cambaleou como se ainda outra tempestade incompreensível tivesse desabado sobre ele, e viu Stoneman e Black brandindo machados, estilhaçando vidraças para garantir circulação de ar.

O roçar de uma mariposa cara-de-caveira contra uma tela fria e negra.

"Montag, aqui é Faber. Pode me ouvir? O que está acontecendo?"

— Está acontecendo *comigo* — disse Montag.

— Que surpresa desagradável — disse Beatty. — Pois todos hoje pensam, têm absoluta *certeza* de que nada acontecerá *comigo*. Os outros morrem. Eu continuo. Não há consequências nem responsabilidades. Mas acontece que *há*. Mas não falemos delas, não é? No momento em que as consequências o alcançam, é tarde demais, não é, Montag?

"Montag, você pode fugir, correr?", perguntou Faber.

Montag andou, mas não sentia os pés tocarem o cimento e, depois, a relva noturna. Beatty acionou seu acendedor e deixou-se fascinar pela pequena chama alaranjada.

— O que há de tão encantador no fogo? Seja qual for a nossa idade, o que nos atrai nele? — Beatty soprou a chama e a acendeu novamente. — É o moto-perpétuo; a coisa que o homem queria inventar mas nunca conseguiu. Ou o movimento quase perpétuo. Se a gente o deixasse queimando, ele superaria a duração de nossa vida. O que é o fogo? É um mistério. Os cientistas nos oferecem jargões pomposos sobre fricção e moléculas. Mas realmente não sabem. Sua verdadeira beleza é que ele destrói a responsabilidade e as consequências. Se um problema se torna um estorvo pesado demais, para a fornalha com ele. Agora, Montag, você se tornou um estorvo. E o fogo tirará você de cima dos meus ombros, de modo limpo, rápido, seguro; nada de restos que apodreçam mais tarde. Antibiótico, estético, prático.

Montag ficou olhando para a estranha residência, agora mais insólita pelo avançado da hora, pelos murmúrios dos vizinhos, pelos restos de vidro esparramados e, ali no assoalho, as capas rasgadas e espalhadas como penas de cisne, os incríveis livros que pareciam tão estúpidos e indignos de tanta preocupação, pois não passavam de letras negras, papel amarelado e costuras desfiadas.

Mildred, naturalmente. Devia estar observando quando ele escondera os livros no jardim e os trouxera de volta para dentro. Mildred. Mildred.

— Quero que você faça esse trabalho sozinho, Montag. Não com querosene e um fósforo, mas peça por peça, com um lança-chamas. A casa é sua, a limpeza é sua.

"Montag, você não pode correr? Fugir?"

— Não! — gritou Montag, desamparado. — O Sabujo! É por causa do Sabujo!

Faber ouviu e Beatty, achando que a conversa fosse com ele, respondeu.

— Sim, o Sabujo está em algum lugar aqui por perto, por isso não tente nada. Está pronto?

— Pronto. — Montag soltou a trava de segurança do lança-chamas.

— Fogo!

Uma grande golfada de chamas brotou e projetou os livros contra a parede. Montag entrou no quarto e disparou duas vezes, e as camas gêmeas se consumiram num grande sussurro fervilhante, com mais calor, paixão e luz do que ele seria capaz de imaginar que pudessem conter. Ele queimou as paredes do quarto e o armário de cosméticos porque queria mudar tudo, as cadeiras, as mesas e, na sala de jantar, os talheres de prata e os pratos de plástico, tudo o que mostrasse que ele havia morado ali nessa casa vazia com uma mulher estranha que amanhã mesmo o esqueceria, que havia partido e já o esquecera totalmente, ouvindo sua radioconcha despejando sons e sons dentro dela enquanto ela atravessava a cidade, sozinha. E, tal como antes, era bom queimar. Sentiu-se inundado pelas chamas, sequestrado, rendido, rasgado ao meio e o problema insensato eliminado. Se não havia solução, agora tampouco havia problema. O fogo era o melhor para tudo!

— Os livros, Montag!

Os livros saltavam e dançavam como pássaros assados, as asas flamejantes de penas vermelhas e amarelas.

Em seguida, passou para o salão, onde os grandes monstros idiotas jaziam adormecidos em seus pensamentos brancos e seus sonhos nevados. Despejou uma rajada de fogo em cada uma das três paredes brancas e o vácuo saltou sibilando em sua direção. O vazio compôs um assobio ainda mais vazio, um grito desconexo. Montag tentou pensar no vácuo no qual nulidades haviam se apresentado, mas não conseguiu. Conteve a respiração para que o vácuo não entrasse em seus pulmões. Rompeu aquela terrível vacuidade, recuou e deu de presente ao cômodo inteiro uma imensa flor de chamas de tom amarelo-brilhante. O revestimento plástico à prova de fogo se rompeu em tudo e a casa começou a estremecer nas chamas.

— Quando tiver acabado com tudo — disse Beatty atrás dele —, considere-se preso.

A casa desabou em brasas rubras e cinza negra. Acomodou-se em sonolentas cinzas róseas e um penacho de fumaça se elevou sobre ela, pairando e oscilando lentamente de um lado para o outro no céu. Eram três e meia da madrugada. A multidão se recolheu de volta às casas; as grandes tendas do circo haviam se reduzido a um amontoado de carvão e entulho e o espetáculo estava encerrado.

Montag ficou com o lança-chamas nas mãos frouxas, grandes ilhas de suor encharcando suas axilas, o rosto manchado de fuligem. Os outros bombeiros aguardavam atrás dele, no escuro, o rosto fracamente iluminado pelas brasas ainda vivas da fundação.

Montag começou a falar duas vezes e depois, finalmente, conseguiu articular o pensamento.

— Foi minha mulher quem acionou o alarme?

Beatty assentiu com a cabeça.

— Mas as amigas dela deram um alarme anterior, que deixei passar. De um modo ou de outro, você receberia o seu. Foi muito estúpido ficar abertamente citando poesia daquele jeito. Foi um gesto estúpido e esnobe. Basta que um homem conheça alguns versos e ele já se acha o Senhor da Criação. Você se julga capaz de andar sobre as águas com seus livros. Ora, o mundo pode muito bem passar sem eles. Veja só onde eles o levaram, com lama até o pescoço. Basta que eu agite a lama com meu dedo mínimo para que você se afogue!

Montag não conseguia se mover. Um grande terremoto chegara com o fogo e arrasara a casa e Mildred estava ali, em algum lugar sob os escombros. A vida inteira de Montag estava ali embaixo e ele não conseguia se mexer. O terremoto ainda estava dentro dele, sacudindo, abalando e tremendo, e ele continuava ali, os joelhos semicurvados sob o grande peso do cansaço, da perplexidade e da indignação, permitindo que Beatty o golpeasse sem sequer erguer a mão.

"Montag, seu idiota, Montag, seu tolo; por que você fez isto?"

Montag não ouviu, estava muito distante, correndo com sua mente, havia partido, deixando aquele corpo morto coberto de fuligem oscilando perante outro tolo delirante.

"Montag, saia daí!", disse Faber.

Montag se pôs a escutar.

Beatty acertou-lhe um golpe na cabeça que o fez cambalear para trás. A cápsula verde na qual a voz de Faber cochichava e gritava caiu na calçada. Beatty a apanhou, sorrindo com sarcasmo. Aproximou-a de sua orelha, nela enfiando apenas metade do aparelho.

Montag ouviu a voz distante chamando:

"Montag, você está bem?"

Beatty desligou a cápsula verde e a jogou para dentro de seu bolso.

— Ora, então há mais coisas aqui do que eu imaginava. Vi você inclinar a cabeça, na escuta de algo. Primeiro, achei que você estivesse com uma radioconcha. Mas, depois, quando você fez cara de esperto, comecei a cismar. Vamos rastrear isto e localizar seu amigo.

— Não — disse Montag.

Ele abriu a trava de segurança do lança-chamas. Beatty imediatamente lançou um olhar para os dedos de Montag e seus olhos se arregalaram de modo quase imperceptível. Montag percebeu a surpresa que havia neles e ele próprio olhou de relance para suas mãos a fim de ver o que elas haviam feito dessa vez. Rememorando aquilo mais tarde, não conseguiu saber se foram suas mãos ou a reação de Beatty que lhe deram o ímpeto final para o assassinato. O último estrondo da avalanche desabara em volta de seus ouvidos, sem atingi-lo.

Beatty abriu seu sorriso mais charmoso.

— Bem, essa é uma maneira de conseguir uma plateia. Aponte uma arma para um homem e o obrigue a ouvir seu discurso. Vamos lá. Qual será o discurso dessa vez? Por que não vomita Shakespeare para mim, seu trôpego esnobe? "Não há terror em tuas ameaças, Cássio, pois estou tão fortemente armado de honestidade que elas passam por mim como um vento à toa, que não respeito!" Que tal? Vá em frente agora, seu literato de segunda, puxe o gatilho. — Deu um passo na direção de Montag.

Montag disse apenas:

— Nós nunca queimamos *direito*...

— Me dá isso aqui, Guy — disse Beatty com um sorriso fixo.

E logo ele não passava de uma chama gritante, um boneco gesticulante e desarticulado, não mais humano ou conhecido, uma chama em contorções sobre o gramado, enquanto Montag atirava um jato contínuo de fogo líquido sobre ele. Houve um silvo como se uma grande cusparada atingisse uma trempe de fogão vermelha em brasa, uma babugem e espuma como se o sal tivesse sido derramado sobre uma monstruosa lesma negra para provocar uma terrível liquefação e uma fervura de espuma amarela. Montag fechou os olhos, gritou, gritou e lutou para levar as mãos aos ouvidos para tapar e interromper o som. Beatty rolava, contorcia-se sem parar e, por fim, torceu-se sobre si mesmo como uma boneca de cera carbonizada e emudeceu.

Os outros dois bombeiros ficaram imóveis.

Montag conteve sua náusea o bastante para direcionar o lança-chamas.

— Virem-se!

Os dois se viraram, a face pálida, o suor escorrendo; golpeou-lhes a cabeça, fazendo voar os capacetes e nocauteando-os. Caíram e ficaram inertes.

O movimento de uma única folha seca de outono.

Ele se virou e ali estava o Sabujo Mecânico.

Estava a meio caminho no gramado, saindo das sombras, movendo-se com tamanha leveza que Montag sentiu como se uma nuvem sólida de fumaça enegrecida se deslocasse em silêncio em sua direção.

O cão deu um único e último salto no ar na direção de Montag, cerca de um metro acima de sua cabeça, as pernas de aranha esticadas, a agulha de procaína se projetando furiosamente de seu único dente raivoso. Montag o acertou com uma corola de fogo, uma única flor maravilhosa que se enrolou em pétalas amarelas, azuis e laranja no cão de metal, envolveu-o numa nova carapaça enquanto ele caía sobre Montag e o atirava junto com a arma de fogo uns três metros para trás contra o tronco de uma árvore. Montag sentiu o cão se debater e agarrar sua perna, cravando a agulha por um momento antes que o fogo atingisse o Sabujo no ar, rompesse as juntas de seus ossos metálicos e detonasse seu interior num único jorro de cor vermelha como um rojão amarrado ao nível da rua. Montag ficou deitado olhando a coisa morta-viva se debater e morrer. Ainda assim, a fera parecia querer voltar a ele e terminar de aplicar a injeção que começava a fazer efeito na carne de sua perna. Montag sentiu um misto de alívio e horror, como se tivesse recuado no momento exato para que seu joelho não fosse esmagado pelo para-lama de um carro a cento e cinquenta por hora. Teve medo de se levantar, receoso de não conseguir nem se manter em pé, com uma perna anestesiada. Um torpor num torpor que se abria para um torpor...

E agora?...

A rua vazia, a casa queimada como uma peça antiga de cenário de teatro, as outras casas escuras, o Sabujo aqui, Beatty ali, os dois outros bombeiros mais adiante, e a Salamandra?... Contemplou a imensa máquina. Aquilo também tinha de desaparecer.

Bem, pensou ele, vamos ver quanto você está fora de combate. De pé, agora. Devagar, devagar... *assim*.

Levantou-se e tinha apenas uma perna. A outra era como um toco de pinheiro queimado que ele estivesse carregando como penitência por algum obscuro pecado. Quando colocou seu peso nela, uma torrente de agulhas de prata chicoteou-lhe a panturrilha e subiu até o joelho. Montag chorou de dor. Agora, vamos! Vamos, você não pode ficar aqui!

Algumas luzes tornaram a acender-se aqui e acolá pela rua; Montag não sabia se era por causa dos incidentes recém-terminados ou por causa do silêncio anormal que seguiu à luta. Manquitolou em volta das ruínas, agarrando e puxando a perna ruim que se retardava, conversando, implorando e gritando ordens para ela, xingando-a, insistindo com ela para que trabalhasse para ele nesse momento vital. Ele ouviu várias pessoas chamando e gritando no escuro. Chegou até o pátio atrás da casa. Beatty, pensou ele, você agora não é problema. Você sempre dizia: não enfrentem um problema, queimem-no. Bem, agora fiz as duas coisas, Adeus, capitão.

E, no escuro do beco, continuou a cambalear.

Cada vez que firmava o peso na perna, era como se levasse nela um tiro de espingarda e Montag pensava: você é um tolo, um tolo maldito, um idiota, um terrível idiota, um maldito idiota; olhe só essa sujeira. Onde está o esfregão, olhe só essa sujeira: o que você vai fazer? Com esse maldito orgulho e mau humor, você pôs tudo a perder, logo no começo você vomitou em todo mundo e em você mesmo. Mas tudo de uma vez, uma coisa em cima da outra, Beatty, as mulheres, Mildred, Clarisse, tudo. Mas nada de desculpa, não há desculpa. Um idiota, um maldito idiota, vá entregar-se!

Não, salvaremos o que pudermos, faremos o que resta fazer. Se temos de queimar, vamos levar mais alguns conosco. É isso!

Lembrou-se dos livros e voltou. Só para o caso de haver uma chance mínima.

Encontrou alguns livros onde os havia deixado, próximo à cerca do jardim. Mildred, graças a Deus, não havia notado alguns. Quatro livros ainda jaziam ocultos onde ele os colocara. Vozes protestavam na noite e fachos de faróis giravam a esmo. Outras Salamandras rugiam, os motores distantes, e carros de polícia abriam caminho pela cidade com suas sirenes.

Montag apanhou os quatro livros restantes e andou aos trancos e barrancos pelo beco e subitamente caiu, com a impressão de que sua cabeça houvesse sido decepada e apenas seu corpo estivesse ali. Alguma coisa dentro de si o havia sobressaltado e o fizera parar, derrubando-o. Ficou deitado onde havia caído e soluçou, as pernas dobradas, o rosto cegamente comprimido contra o cascalho.

Beatty queria morrer.

Em meio ao choro, Montag percebeu que era essa a verdade. Beatty desejara morrer. Simplesmente ficara ali parado, sem realmente tentar se salvar, apenas parado ali, fazendo piadas, provocando, pensou Montag, e a ideia foi suficiente para sufocar seus soluços e o levar a uma pausa para respirar. Estranho, muito estranho, desejar tanto a morte a ponto de deixar um homem com uma arma e então, em lugar de calar a boca e ficar vivo, continuar gritando com ele e fazendo troça dele até irritá-lo e então...

A distância, pés correndo.

Montag se sentou. Vamos dar o fora daqui. Vamos, levante-se, levante-se, você não pode só ficar sentado! Mas ele ainda estava chorando e aquilo tinha de terminar. Já estava terminando. Ele não desejara matar ninguém, nem mesmo Beatty. Sua carne se enrugava e encolhia como se ele tivesse mergulhado em ácido. Sentiu-se sufocado. Viu Beatty, uma tocha, imóvel, pairando sobre a grama. Mordeu as juntas dos dedos. Sinto muito, sinto muito, ó Deus, sinto....

Tentou juntar todas as peças, retornar ao padrão normal de vida de alguns dias antes, antes da peneira e da areia, do Dentifrício Denham, vozes de mariposa, de vaga-lumes, alarmes e excursões, coisas demais para poucos dias, na verdade, demais para uma vida inteira.

Pés corriam no extremo distante do beco.

— Levante-se! — disse a si mesmo. — Droga, levante-se! — disse para a perna e levantou-se. As dores eram estacas cravadas na rótula e, depois, apenas agulhas de costura e, em breve, alfinetes comuns de segurança. Depois que se arrastou por mais cinquenta outros saltos e tropeços, enchendo a mão com lascas de tábuas de cercas, as espetadas eram como se alguém estivesse borrifando água fervente naquela perna. E a perna finalmente voltou a ser sua. Ele receara que a corrida pudesse fraturar o tornozelo entorpecido. Agora, inalando toda a noite para dentro de sua boca aberta e exalando-a pálida, com todo o negror que lhe restava pesado dentro de si mesmo, retomou um passo regular de caminhada. Levava os livros nas mãos.

Pensou em Faber.

Faber estava lá atrás, no monte fumegante de alcatrão que já não tinha mais nome nem identidade. Ele havia queimado Faber também. Subitamente sentiu-se tão chocado com isso que teve a impressão de que Faber estivesse realmente morto, assado como uma barata naquela pequena cápsula verde jogada e perdida no bolso de um homem que agora não passava de um esqueleto no qual se entrelaçavam tendões asfálticos.

Não se esqueça, pensou ele, queime-os ou eles o queimarão. Nesse momento a coisa é simples assim.

Procurou nos bolsos, o dinheiro estava num deles e, no outro, encontrou a radioconcha comum na qual a cidade falava consigo mesma na manhã fria e sombria.

"Alerta policial. Procurado: Fugitivo na cidade. Cometeu assassinato e crimes contra o Estado. Nome: Guy Montag. Ocupação: Bombeiro. Foi visto pela última vez..."

Manteve o passo firme por seis quadras no beco que, depois, desembocou numa via expressa ampla com as dez faixas vazias. Parecia um rio sem barcos, congelado ali à luz intensa dos elevados postes luminosos; achou que uma pessoa poderia morrer afogada ao atravessá-lo; era largo demais, aberto demais. Era um imenso palco sem cenário, convidando-o a atravessar correndo, a ser facilmente visto sob a forte iluminação, facilmente apanhado, facilmente alvejado.

A radioconcha zumbiu em seu ouvido.

"... procurem um homem correndo... procurem um fugitivo... procurem homem sozinho, a pé... procurem..."

Montag recuou para as sombras. Mais adiante havia um posto de gasolina, uma imensa cuba de porcelana branca e brilhante e dois carros prateados estacionados para abastecer. Agora ele precisava estar limpo e apresentável se desejasse andar, não correr, atravessar calmamente aquele amplo bulevar, como se estivesse passeando. Teria uma margem extra de segurança se lavasse o rosto e penteasse o cabelo antes de seguir seu caminho para chegar... *aonde?*

Sim, pensou, ele, para *onde* estou correndo?

Para lugar nenhum. Não há lugar nenhum para ir, nem mesmo um amigo a quem recorrer. Exceto Faber. Foi quando percebeu que, de fato, estava correndo na direção da casa de Faber, impulsivamente. Mas Faber não poderia escondê-lo; só a tentativa já seria suicídio. Mas ele sabia que iria ver Faber assim mesmo, por uns poucos minutos. A casa de Faber seria o lugar em que ele poderia realimentar sua crença, que rapidamente se esvaía, em sua própria capacidade de sobreviver. Ele só queria saber que havia no mundo um homem como Faber. Queria ver o homem vivo e não queimado lá atrás como um corpo enquistado em outro corpo. E parte do dinheiro devia ser deixada com Faber, é claro, para ser gasta depois de Montag desaparecer. Talvez ele pudesse chegar até o interior e viver à margem dos rios ou em suas proximidades, perto das estradas, nos campos e colinas.

Um grande ruído turbilhonante o fez olhar para o céu.

Os helicópteros da polícia estavam levantando voo, tão distantes que parecia que alguém havia soprado a flor cinza de um dente-de-leão seco. Mais de vinte deles se agitavam, oscilando, indecisos, no raio de uns cinco quilômetros, como borboletas perplexas com o outono e, então, faziam voos rasantes para o solo, um a um, aqui, acolá, pousando suavemente nas ruas onde, reconvertidos em viaturas, rodavam estridentes pelas avenidas ou, de forma igualmente repentina, saltavam de volta para o ar, continuando sua busca.

E ali estava o posto de gasolina, os frentistas ocupados com os fregueses. Chegando pelos fundos, Montag entrou no banheiro masculino. Através da parede de alumínio, ouviu uma voz no rádio anunciar: "Foi declarada a Guerra". Lá fora a gasolina estava sendo bombeada. Os homens nas viaturas conversavam e os frentistas falavam sobre motores, a gasolina, o dinheiro devido. Montag continuou a tentar se convencer de que a notícia tão calmamente anunciada no rádio o abalara, mas nada aconteceu. A guerra teria de esperar que ele chegasse até ela em seu arquivo pessoal, dentro de uma hora ou duas.

Lavou as mãos e o rosto e se enxugou com uma toalha, fazendo pouco barulho. Saiu do banheiro, fechou a porta com cuidado e caminhou para dentro da escuridão e, por fim, parou novamente à margem da avenida vazia.

Ali, na fria manhã, a avenida estendia-se como uma enorme pista de boliche, uma partida que ele teria de vencer. A avenida era tão limpa quanto a superfície de uma arena dois minutos antes da entrada de vítimas anônimas e matadores desconhecidos. O mero calor do corpo de Montag fazia estremecer o ar que circundava o vasto rio de concreto; era-lhe quase impossível crer que sua temperatura pudesse provocar a vibração de todo o ambiente imediato. Ele era um alvo fosforecente; sabia disso e o sentia. E agora devia iniciar sua breve caminhada.

Três quadras adiante, alguns faróis brilharam. Montag inspirou profundamente. Seus pulmões eram como arbustos em chamas em seu peito. Sua boca estava ressecada pela corrida. A garganta tinha gosto de ferro ensanguentado e havia aço enferrujado em seus pés.

E quanto àquelas luzes ali? Assim que começasse a andar, teria de calcular a velocidade com que aquelas viaturas chegariam até ele. Bem, a que distância ficava a outra calçada? A uns cem metros, parecia. Provavelmente menos, mas, de qualquer modo, era preciso tomar essa distância como base e, calculando seu passo de passeio, o percurso até lá poderia levar até trinta, quarenta segundos. E as viaturas? Quando partissem, poderiam cobrir três quadras em cerca de quinze segundos. Portanto, mesmo que na metade do caminho ele começasse a correr...?

Avançou o pé direito e depois o esquerdo e novamente o direito. Entrou na avenida vazia.

Ainda que a rua estivesse inteiramente vazia, é claro, não dava para ter certeza de uma travessia segura, pois um carro poderia surgir subitamente no horizonte a quatro quadras adiante e o atropelar antes que ele tivesse tempo de retomar o fôlego.

Decidiu não contar os passos. Não olhou nem para a esquerda nem para a direita. A luz dos postes de iluminação parecia tão clara e denunciadora quanto o sol do meio-dia, e igualmente quente.

Pôs-se a escutar o som do carro que ganhava velocidade a duas quadras de distância à sua direita. Seus faróis móveis subitamente varreram a avenida e seu facho apanhou Montag.

Continue andando.

Montag pisou em falso, agarrou mais firme os livros e obrigou-se a não se imobilizar. Num impulso, deu alguns passos de corrida, depois falou em voz alta consigo mesmo e retomou seu andar de passeio. Estava agora no meio da rua, mas o ronco dos motores da viatura aumentava à medida que ela ganhava mais velocidade.

Claro que era a polícia. Estão me vendo. Mas devagar, agora, calma, não se vire, não olhe, não pareça preocupado. Ande, é isso, ande, ande.

O carro acelerava. Rugia. Aumentava a velocidade. Silvava. Aumentava seu som de trovão. Vinha deslizando. Seguia uma única trajetória sibilante, disparo de um rifle invisível. Estava a cento e noventa por hora. Aumentou pelo menos para uns duzentos e dez. Montag cerrou as mandíbulas. Parecia que o calor dos faróis queimava sua face, agitava suas pálpebras e inundava todo o seu corpo de um suor azedo.

Começou a arrastar estupidamente os pés e a conversar consigo mesmo, e então simplesmente desatou a correr, abrindo o passo o máximo que podia. Meu Deus! Meu Deus! Deixou cair um livro, interrompeu o passo, quase voltou, mudou de ideia, investiu adiante, gritando no vazio de concreto, o besouro no encalço de seu alimento em fuga, a sessenta metros de distância, trinta, vinte e cinco, vinte e quatro, vinte e três, Montag arfando, agitando os braços, as pernas subindo, abrindo, descendo, subindo, abrindo, descendo, mais perto, mais perto, uivando, buzinando, os olhos agora queimados de branco enquanto sua cabeça se torcia para encarar o facho de luz, ora a viatura era engolida em sua própria luz, ora não era mais que uma tocha em grande velocidade em sua direção; toda som, toda brilho. Agora — quase em cima dele!

Montag tropeçou e caiu.

Estou morto! Acabou!

Mas a queda mudou tudo. Um segundo antes de alcançá-lo, o louco besouro deu uma guinada e desviou. Foi embora. Montag ficou deitado, o rosto voltado para o chão. Fiapos de risada chegaram até ele na fumaça azul do escapamento da viatura.

Tinha o braço direito avançado à frente, a mão espalmada. Defronte à ponta de seu dedo médio, ele via, agora que erguia aquela mão, uma faixa negra de uns dois milímetros no lugar em que o pneu tocara ao passar. Olhou para aquela linha negra, incrédulo, levantando-se.

Não era a polícia, pensou.

Olhou para a avenida. Estava vazia agora. Um carro cheio de crianças, de várias idades. Crianças, entre os doze e os dezesseis anos, talvez, assobiando, gritando, aplaudindo, avistaram um homem, uma visão extraordinária, um homem passeando, uma raridade, e disseram: "Vamos pegá-lo!". Sem saber que ele era o fugitivo sr. Montag. Apenas um punhado de crianças saindo para uma longa noite de oitocentos ou mil quilômetros de algazarra em algumas poucas horas enluaradas, a face gelada com o vento e voltando ou não para casa na alvorada, vivas ou não, nisso estava a aventura.

Elas teriam me matado, pensou Montag, titubeando no ar ainda convulsionado que o envolvia em poeira, roçando-lhe o rosto esfolado. Sem motivo algum, elas teriam me matado.

Caminhou rumo à calçada oposta ordenando a cada um dos pés que se movesse e continuasse. De algum modo ele havia apanhado os livros esparramados, não se lembrava de ter se curvado ou tê-los tocado. Continuou a passá-los de uma mão para a outra como se fossem cartas num jogo de pôquer que ele não conseguia avaliar.

Gostaria de saber se foram as que mataram Clarisse.

Parou e sua mente disse aquilo novamente, bem alto.

Gostaria de saber se foram as que mataram Clarisse!

Sentiu vontade de correr atrás delas gritando.

Seus olhos se umedeceram.

O que o salvara fora a queda. O motorista daquele carro, ao ver Montag caído, instintivamente considerara a probabilidade de que passar sobre o corpo a tamanha velocidade poderia fazer o carro capotar e jogá-los para fora. Se ele tivesse continuado como um alvo *vertical*?...

Montag engoliu em seco.

Bem mais adiante na avenida, a quatro quadras dali, o carro havia diminuído a marcha, girado em duas rodas, e agora corria de volta, inclinando-se para a contramão da rua, ganhando velocidade.

Mas Montag já se fora, oculto na segurança do beco escuro, a meta da longa jornada iniciada uma hora, ou teria sido um minuto, atrás? Parou, tiritando na noite, olhando para trás enquanto o carro passava e deslizava de volta ao centro da avenida, num turbilhão de risos logo dispersos.

Mais adiante, enquanto andava no escuro, Montag viu os helicópteros caindo, caindo, como os primeiros flocos de neve no longo inverno que se aproximava...

Havia silêncio na casa.

Montag se aproximou pelos fundos, avançando lentamente por uma trilha orvalhada com um forte aroma de narcisos, rosas e grama molhada. Tocou a porta de tela nos fundos, estava aberta, esgueirou-se para dentro, andou pela varanda, ouvidos atentos.

Senhora Black, está dormindo aí?, pensou. Sei que isso não é bom, mas seu marido fazia isso com os outros e jamais se preocupou nem teve a menor dúvida. E agora, considerando que a senhora é mulher de um bombeiro, é a sua casa e a sua vez, por todas as casas que seu marido queimou e pelas pessoas que ele feriu sem pensar.

A casa não respondeu.

Montag escondeu os livros na cozinha e afastou-se da casa de volta ao beco. Olhou para trás e a casa ainda estava escura e silenciosa, adormecida.

Atravessando a cidade, os helicópteros flutuando como pedaços de papel picados no céu, ele acionou o alarme em uma cabine telefônica solitária ao lado de uma loja ainda fechada àquela hora. Depois, parou sentindo o ar frio da noite, aguardando, e ouviu, a distância, as sirenes de incêndio começarem a soar e as Salamandras chegando, vindo para queimar a casa do sr. Black, enquanto ele estava fora, trabalhando, para deixarem sua mulher tremendo no ar matinal enquanto o teto desabava e se desfazia nas chamas. Mas, no momento, ela ainda dormia.

Boa noite, senhora Black, pensou ele.

— Faber!

Outra batida, um sussurro e uma longa espera. Então, após um minuto, uma pequena luz bruxuleou dentro da casinha de Faber. Após outra pausa, a porta dos fundos se abriu.

Ficaram olhando um para o outro à meia-luz, Faber e Montag, como se cada um não acreditasse na existência do outro. Então Faber se mexeu e estendeu a mão, agarrando Montag e arrastando-o para dentro. Fez ele se sentar, voltou até a porta, à escuta. O gemido das sirenes se perdia na distância pela madrugada. Faber entrou e fechou a porta.

— Fui um completo idiota — disse Montag. — Não posso ficar muito tempo. Estou a caminho só Deus sabe de onde.

— Pelo menos você foi um idiota pelas coisas certas — disse Faber. — Pensei que estivesse morto. A cápsula de áudio que lhe dei...

— Está queimada.

— Ouvi o capitão conversando com você e, de repente, mais nada. Quase saí procurando por você.

— O capitão está morto. Ele descobriu a cápsula de áudio, ouviu sua voz, ia rastreá-la. Eu o matei com o lança-chamas.

Faber se sentou e por um momento não disse nada.

— Meu Deus, como isso aconteceu? — disse Montag. — Numa noite está tudo bem e na seguinte estou me afogando. Quantas vezes um homem pode afundar e ainda continuar vivo? Não consigo respirar. Beatty está morto, e antes ele era meu amigo, e Millie se foi. Pensei que ela fosse minha mulher, mas agora não sei. E a casa está toda queimada. Não tenho mais trabalho e, na fuga, plantei um livro na casa de um bombeiro. Deus do céu, as coisas que fiz numa única semana!

— Você fez o que tinha de fazer. Há muito que estava para acontecer.

— Sim, acredito, já que não há mais no que acreditar. Isso estava para acontecer. Durante muito tempo eu o pressentia, guardava algo, ficava fazendo uma coisa e sentindo outra. Meu Deus, estava tudo ali. É incrível que não transparecesse em mim, como se não estivesse na cara. E agora aqui estou, atrapalhando também sua vida. Podem me seguir até aqui.

— Pela primeira vez em muitos anos, sinto-me vivo — disse Faber. — Sinto que estou fazendo o que deveria ter feito há muito tempo. Por um momento, não estou com medo. Talvez seja porque estou finalmente fazendo a coisa certa. Talvez seja porque fiz uma coisa audaciosa e não queira bancar o covarde diante de você. Imagino que terei de fazer coisas até mais violentas, expondo-me ainda mais, para não falhar na tarefa e me apavorar novamente. Quais são seus planos?

— Continuar fugindo.

— Você sabe que estamos em guerra?

— Ouvi dizer.

— Meu Deus, não é engraçado? — disse o velho. — A guerra parece tão distante porque estamos com nossos próprios problemas.

— Nem tive tempo para pensar. — Montag tirou cem dólares do bolso. — Quero que fique com isso. Use-o como lhe for útil depois que eu sair.

— Mas...

— Pode ser que ao meio-dia eu já esteja morto. Guarde com você.

Faber aceitou.

— É melhor você tomar o rumo do rio, se puder. Siga ao longo dele e, se conseguir chegar até as velhas linhas férreas que seguem para o interior, siga por elas. Embora hoje em dia quase tudo seja transportado por via aérea e a maior parte das ferrovias esteja abandonada, os trilhos ainda estão lá, enferrujando. Ouvi dizer que ainda existem acampamentos de andarilhos espalhados por todo o campo, aqui e ali. São chamados de acampamentos itinerantes e, se você continuar caminhando até bem longe e abrir o olho, dizem que há muitos bacharéis de Harvard nas trilhas daqui até Los Angeles. A maioria é procurada e caçada nas cidades. Acho que ainda sobrevivem. Não há muitos deles e imagino que o governo nunca os considerou perigosos o bastante para ir atrás deles. Você poderia se esconder com eles por algum tempo e depois entrar em contato comigo em St. Louis. Estou partindo para lá no ônibus das cinco desta manhã para encontrar-me com um gráfico aposentado. Finalmente, eu também sairei da toca. Este dinheiro será bem empregado. Obrigado e que Deus o abençoe. Não quer dormir alguns minutos?

— É melhor eu me apressar.

— Vamos checar.

Faber levou Montag rapidamente para o quarto e afastou para o lado a moldura de um quadro revelando uma tela de televisão do tamanho de um cartão-postal.

— Eu sempre quis algo bem pequeno, algo que eu pudesse esconder na palma da mão, se necessário, nada que pudesse me denunciar, nada grande demais. Aí, veja só. — E ligou o aparelho.

"Montag", disse o monitor de tevê que se acendeu. "M-O-N-T-A-G." O nome era soletrado por uma voz. "Guy Montag. Ainda está foragido. Helicópteros da polícia o estão procurando. Um novo Sabujo Mecânico foi trazido de outro distrito..."

Montag e Faber se entreolharam.

"... o Sabujo Mecânico *nunca* falha. Desde a primeira vez que foi utilizado em rastreamento, essa incrível invenção jamais cometeu erros. Esta noite, esta emissora terá o orgulho de acompanhar o Sabujo por meio de câmera montada em helicóptero quando ele começar a buscar seu alvo..."

Faber serviu dois copos de uísque.

— Vamos precisar disso.

Beberam.

"... o nariz do Sabujo Mecânico é tão sensível que é capaz de rememorar e identificar dez mil ingredientes olfativos de dez mil indivíduos diferentes sem necessidade de reajuste!"

Tomado de um leve tremor, Faber olhou para sua casa, as paredes, a porta, a maçaneta e o sofá em que Montag agora estava sentado. Montag percebeu. Ambos olharam rapidamente pela casa e Montag sentiu suas narinas se dilatarem, e ele percebeu que estava tentando seguir seu próprio rastro. Seu olfato subitamente estava aguçado o bastante para sentir a trilha que ele havia deixado no ar do quarto e o suor de sua mão na maçaneta, gotículas invisíveis mas tão numerosas quanto os cristais de um lustre. Ele era uma nuvem luminosa, um fantasma que tornava novamente impossível respirar. Viu Faber conter sua própria respiração, com medo de inalar aquele fantasma para dentro de seu próprio corpo e, talvez, de ser contaminado pelas exalações e odores invisíveis de um foragido.

"O Sabujo Mecânico está agora pousando de helicóptero no local do incêndio!"

E ali, no pequeno monitor, estava a casa incendiada, a multidão, e alguma coisa coberta por um lençol. E do céu, flutuando, o helicóptero descia como uma flor grotesca.

Com que então eles precisam encenar seu jogo, pensou Montag. O circo deve prosseguir, mesmo com a guerra começando dentro de uma hora...

Ele observou a cena, fascinado, sem querer se mover. Parecia muito remota e não lhe dizer respeito; era uma peça à parte e independente, maravilhosa de assistir e não deixava de causar um estranho prazer. Isso é tudo por minha causa, pensou ele. Meu Deus, isso tudo está acontecendo só por *minha causa.*

Se ele quisesse, podia se retardar ali, confortavelmente instalado, e acompanhar todas as fases da caçada, por becos, ruas, vias expressas vazias, atravessando terrenos e parques, com pausas aqui e acolá para os necessários comerciais, de outros becos até a casa em chamas do sr. e sra. Black, e assim por diante, até, finalmente, a esta casa, onde Faber e ele estavam sentados, bebendo, enquanto o Sabujo Mecânico farejava até a última pista, silencioso como o plano da própria morte, deslizando até parar do lado de fora daquela janela. Então, se quisesse, Montag poderia se levantar, caminhar até a janela e, sem tirar o olho do monitor de tevê, abrir a janela, inclinar-se para fora, olhar para trás e ver a si mesmo dramatizado, descrito, representado, parado ali, retratado na pequena tela brilhante da televisão, um drama a ser assistido objetivamente, sabendo que, em outros salões de tevê, ele estaria em tamanho natural, em cores, perfeito em três dimensões! E se mantivesse o olhar bem aberto, rapidamente veria a si mesmo, um instante antes de cair no esquecimento, recebendo a injeção para o bem de inúmeros espectadores que, arrancados do sono alguns minutos mais cedo pelas frenéticas sirenes de seus telões, vinham observar a grande caçada, o festival de um homem só.

Teria ele tempo para um discurso? Quando o Sabujo o apanhasse, diante de dez, vinte ou trinta milhões de pessoas, poderia ele resumir a vida inteira de sua última semana em uma única frase ou palavra que permanecesse com eles por muito tempo depois que o Sabujo se virasse, com ele preso em suas tenazes de metal e se afastasse trotando na escuridão, enquanto a câmera permanecia estacionada, observando a criatura ir sumindo na distância, num esplêndido *fade-out*! O que ele poderia dizer numa única palavra, em poucas palavras, para lhes marcar a ferro todos os seus rostos e os despertar?

— Olhe — sussurrou Faber.

De um helicóptero saía algo que não era máquina, nem animal, nem morto, nem vivo, brilhando com uma pálida luminosidade verde. A coisa parou perto das ruínas fumegantes da casa de Montag, e os homens lhe trouxeram o lança-chamas que ele descartara e o colocaram sob o focinho do Sabujo. Ouviram-se pequenos roncos, cliques e zumbidos.

Montag meneou a cabeça, levantou-se e bebeu o resto do uísque.

— Está na hora. Sinto muito por isso.

— Pelo quê? Por mim? Minha casa? Eu mereço tudo. Corra, pelo amor de Deus. Talvez eu possa atrasá-los aqui...

— Espere. Não adianta nada você ser descoberto. Quando eu partir, queime a coberta desta cama em que toquei. Queime a cadeira da sala de estar no incinerador de parede de seu quarto. Esfregue a mobília com álcool, limpe as maçanetas. Queime o tapete do salão. Ligue o ar-condicionado no máximo em todos os cômodos e, se você tiver, pulverize inseticida. Depois, ligue no máximo os aspersores do jardim para que lavem as calçadas. Com um pouco de sorte, poderemos matar o rastro, pelo menos até *aqui*.

Faber apertou-lhe a mão.

— Vou cuidar disso. Boa sorte. Se estivermos ambos com saúde, na semana que vem, ou na outra, faça contato. General Delivery de St. Louis. Lamento desta vez não poder ir com você por fone de ouvido. Aquilo foi muito bom para nós dois. Mas meu equipamento era limitado. Na verdade, nunca pensei que fosse utilizá-lo. Que idiotice de minha parte. Não penso em nada. Estúpido, estúpido. Por isso, não tenho outra cápsula verde, do tipo certo, para colocar em sua cabeça. Agora, vá!

— Só uma coisa. Depressa. Pegue uma valise, encha-a com suas roupas mais sujas, um terno velho, quanto mais sujo melhor, uma camisa, um velho tênis e meias...

Faber se foi e voltou num minuto. Lacraram a valise de papelão com fita adesiva.

— Para conservar o antigo odor do sr. Faber, é claro — disse Faber, transpirando com a tarefa.

Montag espalhou uísque no lado de fora da valise.

— Não quero aquele Sabujo farejando dois cheiros de uma vez. Posso levar esse uísque? Precisarei dele mais tarde. Nossa, espero que isso funcione!

Trocaram outro aperto de mãos e, ao saírem pela porta, deram uma olhada na tevê. O Sabujo estava a caminho, seguido pelas câmeras dos helicópteros. Silencioso, ele farejava o grande vento noturno. Estava correndo pelo primeiro beco.

— Adeus!

E Montag saiu habilmente pela porta dos fundos, correndo com a valise semivazia. Atrás dele ouviu o sistema de irrigação do jardim saltar, enchendo o ar escuro com uma chuva miúda e, depois, com um jorro firme por toda parte, lavando as calçadas e escorrendo para o beco. Ele levou algumas gotas dessa chuva consigo, em seu rosto. Pensou ter ouvido o velho dizer adeus, mas não teve certeza.

Afastou-se correndo muito depressa da casa, rumo ao rio.

Montag corria.

Podia sentir o Sabujo, como o outono, aproximar-se frio, seco e ligeiro, como um vento que não agitava a grama, não chocalhava as janelas nem perturbava as sombras das folhas nas calçadas brancas quando passava. O Sabujo não tocava o mundo. Carregava seu silêncio consigo, de sorte que Montag podia sentir o silêncio acumulando uma pressão atrás de si por toda a cidade. Montag sentiu a pressão aumentando e continuou a correr.

Parava para tomar fôlego, a caminho do rio, para espiar por janelas fracamente iluminadas de casas despertas, e via as silhuetas de pessoas lá dentro assistindo a seus telões e, nelas, o Sabujo Mecânico, um hálito de vapor de néon que avançava como uma aranha, aparecendo e sumindo, aparecendo e sumindo! Estava agora numa rua, virou em outra e mais outra, e entrou no beco rumo à casa de Faber!

Passe, pensou Montag, não pare, continue, não entre!

Na parede do salão aparecia a casa de Faber, com os chafarizes pulsando no ar noturno.

O Sabujo fez uma pausa, hesitante.

Não! Montag agarrou-se ao peitoril da janela. Por aqui! *Aqui*!

A agulha de procaína se projetava e recolhia, para fora e para dentro. Uma gota límpida do narcótico caiu da agulha enquanto ela desaparecia no focinho do Sabujo.

Montag conteve o fôlego, como um punho cerrado, em seu peito.

O Sabujo Mecânico se virou e se afastou correndo da casa de Faber, e novamente voltou ao beco.

Montag deu uma olhada rápida para o céu. Os helicópteros estavam mais perto, uma grande nuvem de insetos atraídos por uma única fonte de luz.

Com esforço, Montag se lembrou mais uma vez de que não se tratava de nenhum episódio de ficção a ser assistido em sua corrida até o rio; na verdade, era seu próprio jogo de xadrez que ele estava testemunhando, lance a lance.

Gritou para dar a si mesmo o empurrão necessário para longe dessa última janela de casa e da fascinante sessão que ali se desenrolava. Diabo! E partiu novamente. O beco, uma rua, o beco, uma rua, e o cheiro do rio. Perna para a frente, para baixo, para a frente e para baixo. Logo seriam vinte milhões de Montags correndo, se as câmeras o captassem. Vinte milhões de Montags correndo, correndo como uma antiga comédia de cinema mudo, policiais, ladrões, perseguidores e perseguidos, caçadores e caçados, ele já vira mil vezes a cena. Atrás dele agora vinte milhões de Sabujos latindo em silêncio, ricocheteando nas paredes, saltando da parede da direita para a do centro e para a da esquerda, sumindo, parede direita, parede do centro, parede da esquerda, sumindo!

Montag enfiou a radioconcha no ouvido:

"A polícia recomenda que toda a população da área de Elm Terrace faça o seguinte: cada pessoa em cada casa de cada rua deve abrir a porta da frente ou dos fundos ou olhar pelas janelas. O fugitivo não conseguirá escapar se todos no próximo minuto olharem de suas casas. Preparem-se!"

Claro! Por que não fizeram aquilo antes! Por que, em todos esses anos, esse jogo não havia sido tentado? Todos em pé, todos para fora! Ele não deixaria de ser visto! O único homem correndo sozinho na cidade à noite, o único homem pondo suas pernas à prova!

"Contando até dez agora! Um! Dois!"

Ele sentiu a cidade se levantar.

"Três!"

Sentiu a cidade voltar-se para suas milhares de portas.

Mais depressa! Perna para cima, perna para baixo!

"Quatro!"

As pessoas sonâmbulas em seus corredores.

"Cinco!"

As mãos nas maçanetas!

O cheiro do rio era fresco e era como o de chuva grossa. Sua garganta queimava e seus olhos ardiam com a corrida. Montag gritou como se o grito pudesse catapultá-lo, fazendo-o voar pelos últimos cem metros.

"Seis, sete, oito!"

As maçanetas giraram em cinco mil portas.

"Nove!"

Correu para longe da última fila de casas, descendo uma ladeira que dava para um negror sólido, móvel.

"Dez!"

As portas se abriram.

Ele imaginou milhares de milhares de rostos espiando para quintais, becos e para o céu, faces ocultas por cortinas, pálidas, faces assustadas pela noite, como animais pardos espiando de cavernas elétricas, faces com olhos cinza e descoloridos, línguas cinzentas e pensamentos cinzentos despontando pela carne entorpecida da face.

Mas ele estava no rio.

Tocou a água, só para ter certeza de que era real. Entrou na água e despiu-se totalmente, no escuro, lavando o tronco, os braços, as pernas e a cabeça com o licor puro; bebeu e inalou um pouco pelo nariz. Depois, vestiu as roupas velhas e os sapatos de Faber. Atirou suas próprias roupas no rio e viu-as sendo levadas pela corrente. Em seguida, segurando a valise, avançou para dentro do rio até não encontrar mais pé, e foi tragado pela escuridão.

Estava trezentos metros a jusante quando o Sabujo chegou ao rio. Lá em cima, as imensas pás dos helicópteros cortavam o ar, pairando hesitantes. Uma tempestade de luz desabou sobre o rio, e Montag mergulhou sob a grande iluminação como se o sol tivesse rompido as nuvens. Ele sentiu o rio impeli-lo mais adiante em seu curso, para a escuridão. Então as luzes se desviaram de volta para a terra, os helicópteros deram uma guinada para a cidade novamente, como se tivessem apanhado outro rastro. Haviam partido. O Sabujo se fora. Agora havia somente o rio frio e Montag flutuando em uma súbita calmaria, distante da cidade e das luzes e da caçada, distante de tudo.

Sentiu como se tivesse deixado para trás um palco e muitos atores. Sentiu como se tivesse abandonado a grande sessão espírita e todos os fantasmas murmurantes. Estava passando de uma irrealidade assustadora para uma realidade irreal, porque nova.

A terra negra passava deslizando e ele seguia para o campo entre as colinas. Pela primeira vez em uma década, as estrelas estavam surgindo acima dele, em grandes procissões de fogo em revolução. Viu uma grande carruagem de estrelas se formar no céu e ameaçar despencar-se e esmagá-lo.

Flutuou de costas quando a maleta se encheu de água e afundou; o rio era suave e pachorrento, afastando-se das pessoas que comiam sombras no café da manhã, vapores no almoço e gases no jantar. O rio era muito real; ele o sustinha confortavelmente e finalmente lhe concedia o tempo, o lazer, para pensar neste mês, neste ano e em toda uma sucessão de anos. Montag ouviu seu coração bater mais lento. Seus pensamentos já não corriam com a mesma velocidade de seu sangue.

Agora via a lua baixa no céu. A lua ali, e a luz da lua provocada pelo quê? Pelo sol, é claro. E o que ilumina o sol? Seu próprio fogo. E o sol continua, dia após dia, ardendo sem parar. O sol e o tempo. O sol e o tempo e o fogo. O fogo. O rio o transportava, embalando-o suavemente. O fogo. O sol e todos os relógios da terra. Tudo se juntava e se tornava uma coisa só em sua mente. Após um longo tempo de flutuação na terra e um breve tempo de flutuação no rio, ele sabia por que jamais voltaria a queimar nada na vida.

O sol ardia todo dia. Queimava o Tempo. O mundo se precipitava num círculo e girava sobre seu eixo e, de qualquer modo, o tempo já estava ocupado queimando os anos e as pessoas sem nenhuma ajuda dele. Assim, se *ele* queimava coisas com os bombeiros, e se o sol queimava o Tempo, isso significava que *tudo* queimava!

Um deles tinha de parar de queimar. Por certo o sol não pararia. Dessa forma, era como se tivesse de ser Montag e as pessoas com quem ele havia trabalhado até algumas horas antes. Em algum lugar, o ato de salvar e guardar teria de começar novamente, e alguém tinha de se encarregar de salvar e guardar, de um modo ou de outro, nos livros, nos discos, na cabeça das pessoas, do jeito que fosse, desde que fosse seguro, livre de mariposas, traças, ferrugem e mofo, e de homens com fósforos. O mundo estava cheio de fogo de todos os tipos e tamanhos. Agora, muito em breve, a associação dos tecelões de amianto abriria suas portas.

Sentiu o calcanhar bater em terra, roçar seixos e pedras, raspar a areia. O rio o levara para uma praia.

Contemplou a imensa criatura negra sem olhos nem luz, sem forma, apenas com uma dimensão que se estendia por mais de mil quilômetros, sem se conter, com suas colinas relvadas e florestas à sua espera.

Hesitou em deixar o fluxo consolador da água. Receava que o Sabujo pudesse estar ali. Subitamente as árvores talvez se abrissem sob uma grande ventania de helicópteros.

Mas lá no alto havia apenas o vento normal do outono, passando como outro rio. Por que o Sabujo não estava correndo? Por que a busca se desviara para a terra? Montag ficou à *escuta*. Nada. Nada.

Millie, pensou ele. Todo esse campo aqui. Escute só! Nada e nada. É tanto silêncio, Millie, que me pergunto como você se sentiria aqui? Será que gritaria: Cale-se, cale-se? Millie, Millie. E Montag ficou triste.

Millie não estava ali, e tampouco o Sabujo, mas o cheiro seco de feno que o vento trazia de algum campo distante atraiu Montag para a terra. Lembrou-se de uma fazenda que visitara quando era muito novo, uma das raras vezes em que descobriu que em algum lugar por trás dos sete véus da irrealidade, para além das paredes dos salões e do fosso de metal da cidade, as vacas ruminavam capim, os porcos se sentavam em poças quentes ao meio-dia e os cães latiam para ovelhas brancas numa colina.

Agora, o cheiro seco de feno, o movimento das águas levavam-no a pensar em dormir sobre feno fresco num celeiro solitário, distante das rodovias barulhentas, atrás de uma tranquila casa de fazenda e sob um antigo catavento que zumbia como o som dos anos que passavam, implacáveis. Ele ficaria deitado no sótão do celeiro a noite inteira, atento ao ruído de animais distantes e de insetos e árvores, aos pequenos movimentos e alvoroços.

Durante a noite, pensou, sob o sótão do celeiro, ele ouviria um som, como o de passos, talvez. Ficaria tenso e se sentaria. O som se afastaria. Ele se recostaria e olharia pela janela do sótão, muito tarde da noite, e veria as luzes se apagarem na casa da fazenda, até que uma mulher, muito jovem e bela, se sentaria a uma janela sem luz, trançando os cabelos. Era difícil vê-la, mas sua face era como a da garota agora tão distante em seu passado, muito tempo antes, a garota que havia conhecido as estações e jamais se queimara com os pirilampos, a garota que sabia o que os dentes-de-leão queriam dizer quando esfregados em seu queixo. Depois, ela sairia da janela quente e surgiria novamente no andar de cima, em seu quarto embranquecido pela lua. E então, ao som da morte, o som dos jatos rasgando o céu em dois pedaços negros acima do horizonte, ele se deitaria no sótão, escondido e seguro, observando aquelas novas e estranhas estrelas sobre a margem da terra, fugindo da cor suave da aurora.

De manhã ele não precisaria de sono, pois todos os cálidos odores e visões de uma noite completa no campo o teriam feito repousar e adormecer, ainda que seus olhos estivessem arregalados e sua boca, quando se lembrasse dela, quase se abrisse num sorriso.

E ali, na base da escada para o sótão do feno, à sua espera, estaria a coisa incrível. Ele desceria cautelosamente, ao tom lilás da primeira hora da manhã, tão plenamente consciente do mundo que ficaria com medo e se postaria sobre o pequeno milagre e, por fim, se curvaria para tocá-lo.

Um copo de leite fresco e algumas maçãs e peras depositadas ao pé dos degraus.

Isso era tudo o que ele queria agora. Alguns sinais de que o imenso mundo o aceitaria e lhe daria o longo tempo de que necessitava para pensar em todas as coisas que precisavam ser pensadas.

Um copo de leite, uma maçã, uma pera.

Montag saiu do rio.

A terra se precipitou em sua direção, como se a maré subisse. Foi esmagado pela escuridão e pela forma do campo e de um milhão de odores trazidos pelo vento que gelava seu corpo. Recuou, sob o impacto da mutação de escuridão, sons e cheiros, as orelhas zumbindo. Rodopiou. As estrelas se derramaram sobre sua visão como meteoros flamejantes. Ele queria mergulhar de volta ao rio e deixar que ele o carregasse a esmo e em segurança para algum lugar mais abaixo. Essa terra escura se elevando era como aquele dia de sua infância, em que estava nadando e, sem saber de onde, a maior onda na história de suas lembranças o lançara com violência em lama salgada e escuridão verde, a água queimando-lhe a boca e o nariz, revirando seu estômago, gritando! Água demais!

Terra demais.

Vindo da parede negra diante dele, um sussurro. Uma forma. Na forma, dois olhos. A noite olhando para ele. A floresta o observava.

O Sabujo!

Depois de tanta correria, alvoroço e transpiração, e de quase se afogar, depois de chegar até ali, depois de tanto esforço e de se achar seguro e suspirar com alívio e, por fim, sair para a terra, só para encontrar...

O Sabujo!

Montag lançou um último grito de agonia, como se isso fosse demais para qualquer homem.

O vulto se dissipou. Os olhos desapareceram. As pilhas de folhas voaram numa chuva seca.

Montag estava sozinho na imensidão.

Um veado. Montag sentiu o cheiro almiscarado como perfume misturado com sangue e a exalação viscosa do hálito do animal, todos os odores de cardamomo, musgo e ambrósia nesta noite gigantesca em que as árvores investiam para ele, retrocediam, investiam, retrocediam, ao ritmo do coração, atrás de seus olhos.

Devia haver um bilhão de folhas na terra. Montag mergulhou os pés nelas, um rio seco cheirando a cravos quentes e poeira morna. E os outros cheiros! De toda a terra se elevava um cheiro como o de batata cortada, crua, fria e branca por ter ficado exposta à lua na maior parte da noite. Havia um cheiro como o de picles num pote e outro como o de salsa à mesa. Havia um leve aroma amarelo como o de um vidro de mostarda. Havia um aroma como o de cravos vermelhos do quintal da casa vizinha. Montag abaixou a mão e sentiu o capim se elevar como se uma criança a roçasse. Seus dedos cheiravam a alcaçuz.

Continuou respirando e, quanto mais inalava a terra, mais se enchia de todos os seus detalhes. Ele não estava vazio. Havia ali mais do que o suficiente para enchê-lo. Sempre haveria mais do que o suficiente.

Caminhou na maré rasa de folhas, tropeçando.

E, em meio à estranheza, algo familiar.

Seu pé acertou em algo que retiniu um som surdo.

Passou a mão pelo chão, um metro para cá, outro para lá.

A linha férrea.

Os trilhos que vinham da cidade e se enferrujavam pelo campo, atravessando florestas e bosques, agora abandonados, ao lado do rio.

Esse era o caminho que o levaria para qualquer que fosse o seu destino. Essa era a única coisa familiar, o amuleto mágico de que poderia precisar por mais algum tempo, para tocar, sentir sob os pés, enquanto prosseguia pelos arbustos de amoras e os lagos de sensações olfativas e táteis, entre o farfalhar e as quedas de folhas.

Caminhou pelos trilhos.

E ficou surpreso ao sentir a súbita certeza de um fato que ele não poderia provar.

Certa vez, muito tempo antes, Clarisse havia caminhado por ali, por onde ele agora caminhava.

Meia hora depois, com frio e movendo-se com cuidado pelos trilhos, sentindo plenamente todo o corpo, o rosto e a boca, os olhos cheios de obscuridade, os ouvidos repletos de sons, as pernas arranhadas por ervas e urtigas, ele avistou uma fogueira.

O fogo desapareceu, depois voltou novamente, como um olho que piscasse. Montag parou, receando poder apagar as chamas com o mero hálito de sua respiração. Mas o fogo estava lá, e ele se aproximou atento, desde muito longe. Precisou de uns quinze minutos até chegar bem perto e parar atrás de um arbusto para olhá-lo. Aquele pequeno movimento de cor branca e vermelha, um fogo estranho porque significava uma coisa diferente para ele.

Não estava queimando. Estava *aquecendo*.

Montag viu muitas mãos estendidas para o calor, mãos sem braços, ocultos na escuridão. Acima das mãos, rostos inertes, movidos, agitados e iluminados apenas pela luz do fogo. Nunca pensara que o fogo pudesse ter tal aspecto. Nunca em sua vida imaginara que o fogo, além de tirar, pudesse dar. Até o seu cheiro era diferente.

Não sabia quanto tempo ficara parado, mas havia uma sensação tola, porém deliciosa, de se ver como um animal saído da floresta, atraído pelo fogo. Ele era um ser de cerdas e olhar aquoso, de couro, focinho e cascos, era um ser de chifres e sangue que talvez recendesse como o outono, se fosse posto a sangrar no solo. Ficou ali parado por muito, muito tempo, escutando o cálido crepitar das chamas.

Havia um silêncio compacto em volta daquele fogo, e esse silêncio estava na face dos homens, e o tempo estava presente, tempo suficiente para alguém se sentar ao lado daqueles trilhos enferrujados sob as árvores, olhar para o mundo e virá-lo de cabeça para baixo com os olhos, como se o mundo estivesse mantido no centro da fogueira, uma peça de aço que aqueles homens estivessem todos forjando. Não era somente o fogo que era diferente. Era o silêncio. Montag continuou a caminhar rumo a esse silêncio especial que concernia ao mundo inteiro.

E então surgiram as vozes, e estavam conversando, e Montag não conseguiu ouvir nada do que diziam, mas o som se elevava e descia calmamente, e as vozes estavam virando o mundo de ponta-cabeça e olhando para ele; as vozes conheciam a terra e as árvores e a cidade que assentara a via ao lado do rio. As vozes falavam de tudo, não havia nada sobre o que não pudessem falar, isso ele sabia pela simples cadência, pelo movimento e o constante ímpeto de curiosidade e admiração que nelas estavam presentes.

E então um dos homens ergueu os olhos e o viu, pela primeira ou talvez pela sétima vez, e uma voz chamou Montag:

— Tudo bem, você já pode sair daí!

Montag recuou para as sombras.

— Está tudo bem — disse a voz. — Você é bem-vindo aqui.

Montag caminhou lentamente na direção do fogo e dos cinco velhos ali sentados, que vestiam calças e jaquetas jeans azul-escuras, além de camisas da mesma cor. Ele não sabia o que lhes dizer.

— Sente-se — disse o homem que parecia ser o líder do pequeno grupo. — Toma café?

Montag observou a escura mistura fumegante ser despejada num copo retrátil de alumínio, que lhe foi imediatamente passado. Ele o bebeu cautelosamente e sentiu que olhavam para ele com curiosidade. Sentiu os lábios se queimarem, mas isso era bom. As faces à sua volta eram barbadas, mas as barbas eram limpas, alinhadas e as mãos asseadas. Haviam se levantado como para saudar um convidado, e agora estavam sentados novamente. Montag bebericou o café.

— Obrigado — disse ele. — Muito obrigado.

— Não há de quê, Montag. Meu nome é Granger. — E mostrou um pequeno frasco de fluido sem cor. — Beba isto, também. Vai mudar a composição química de sua transpiração. Daqui a meia hora você terá o cheiro de duas outras pessoas. Com o Sabujo atrás de você, é melhor esvaziar a garrafa.

Montag bebeu o líquido amargo.

— Você vai feder como um lince, mas tudo bem — disse Granger.

— Você sabe o meu nome — disse Montag.

Granger acenou com a cabeça na direção de uma tevê portátil ao lado da fogueira.

— Assistimos à caçada. Imaginamos que você seguiria para o sul ao longo do rio. Quando ouvimos você tropeçando pela floresta como um alce tonto, não nos escondemos como normalmente fazemos. Imaginamos que você estivesse no rio, quando as câmeras dos helicópteros voltaram a mostrar a cidade. Aliás, é engraçado, a caçada ainda continua. Mas em sentido contrário.

— Em sentido contrário?

— Vamos dar uma olhada.

Ganger ligou o aparelho. A imagem, um pesadelo condensado, logo passou de mão em mão na floresta, um turbilhão de cores e movimentos. Uma voz gritou:

"A caçada continua no norte da cidade! Helicópteros da polícia estão convergindo para a Avenida 87 com o parque Elm Grove!"

Granger fez um gesto afirmativo com a cabeça.

— Estão simulando. Você os despistou no rio. Eles não podem admitir isso. Sabem que não conseguirão manter a audiência por muito tempo. O espetáculo precisa chegar ao fim, depressa! Se começassem a vasculhar toda a extensão do rio, poderiam levar a noite inteira. Por isso, estão em busca de um bode expiatório para chegar a um final sensacional. Observe. Apanharão Montag nos próximos cinco minutos!

— Mas como...

— Observe.

A câmera, assentada embaixo de um helicóptero, focalizava uma rua vazia.

— Está vendo? — sussurrou Granger. — Vai ser você. Lá no final da rua está a nossa vítima. Vê como a câmera se aproxima? Construindo a cena. Suspense. Tomada longa. Neste momento, um pobre-diabo qualquer está prestes a sair para um passeio. Uma raridade. Um tipo estranho. Não pense que a polícia não conhece os hábitos de sujeitos excêntricos como esse, homens que caminham de madrugada, pelo prazer de caminhar, ou por insônia. Seja como for, a polícia já o tem mapeado há meses, anos. Nunca se sabe quando esse tipo de informação poderá ser útil. E hoje, como se vê, será realmente muito útil. Salvará as aparências. Meu Deus, olhe aquilo!

Os homens junto à fogueira se inclinaram para a frente.

No monitor, um homem dobrava uma esquina. Subitamente, o Sabujo Mecânico se precipitou para dentro do quadro. Os holofotes do helicóptero lançaram uma dúzia de fachos brilhantes formando uma jaula em torno do homem.

Um voz gritou:

"Lá está Montag! A busca terminou."

O inocente parou, perplexo, um cigarro aceso na mão. Olhou espantado para o Sabujo, sem saber o que era. Provavelmente jamais chegou a saber. Olhou para o céu e para as sirenes que soavam. A câmera aproximou a imagem. O Sabujo saltou no ar com um ritmo e um senso de precisão incrivelmente belos. Sua agulha se projetou. Ficou suspensa por um momento no vazio, como se a dar à imensa plateia o tempo para apreciar tudo, a expressão de terror no rosto da vítima, a rua vazia, o animal de aço como um projétil farejando o alvo.

"Montag, não se mova!", disse uma voz do céu.

A câmera baixou sobre a vítima ao mesmo tempo que o Sabujo. Ambos o alcançaram simultaneamente. A vítima foi capturada pelo Sabujo e pela câmera num grande abraço de aranha. O homem gritou, gritou e gritou!

As luzes se apagaram.

Silêncio.

Escuridão.

Montag soltou um grito no silêncio e se virou para o lado.

Silêncio.

Depois, após um momento em que os homens continuaram sentados em volta do fogo, a face sem expressão, um locutor dizia na tela escura:

"A busca terminou, Montag está morto; foi reparado um crime contra a sociedade."

Escuridão.

"Agora levaremos vocês até o Salão das Estrelas no Hotel Lux para uma meia hora de *Antes do amanhecer*, um programa de…"

Granger desligou o aparelho.

— Eles não deixaram que o rosto do sujeito ficasse em foco. Você notou? Nem seus melhores amigos seriam capazes de dizer que não era você. Eles borraram a imagem na medida certa para deixar que a imaginação trabalhasse. Droga — sussurrou ele. — Droga.

Montag não disse nada, mas agora, voltando-se, olhou fixo para a tela vazia, tremendo.

Granger tocou o braço de Montag.

— Bem-vindo de volta da terra dos mortos.

Montag fez que sim com a cabeça. Granger prosseguiu:

— Talvez seja bom agora você conhecer todos nós. Este é Fred Clement, ex-ocupante da cadeira Thomas Hardy, em Cambridge, antes que a universidade se tornasse uma escola de engenharia nuclear. Este é o doutor Simmons, da UCLA, especialista em Ortega y Gasset; o professor West, aqui, deu uma grande contribuição à ética, hoje uma disciplina arcaica, para a Universidade de Colúmbia, há um bocado de tempo. O reverendo Padover, aqui, trinta anos atrás, fazia sermões e perdeu seu rebanho de um domingo para o outro por causa de suas opiniões. Agora já faz algum tempo que anda vadiando conosco. Quanto a mim, escrevi um livro chamado *Os dedos na luva: o relacionamento correto entre o indivíduo e a sociedade*, e agora aqui estou! Bem-vindo, Montag!

— Não faço parte do mundo de vocês — disse, por fim, Montag, devagar. — O tempo todo fui um idiota.

— Estamos habituados a isso. Todos cometemos o tipo *certo* de erro; caso contrário, não estaríamos aqui. Quando éramos indivíduos com nossa vida independente, tudo o que tínhamos era raiva. Agredi um bombeiro quando ele veio queimar minha biblioteca, anos atrás. Desde então, estou fugindo. Quer se juntar a nós, Montag?

— Sim.

— O que você tem a oferecer?

— Nada. Achei que tinha parte do Eclesiastes e talvez um pouco do Apocalipse, mas nem isso tenho agora.

— O Eclesiastes seria ótimo. Onde estava ele?

— Aqui — disse Montag, tocando a cabeça.

— Ah — Granger sorriu, e fez um aceno afirmativo com a cabeça.

— O que foi? Não está certo? — perguntou Montag.

— Melhor do que certo: perfeito! — Granger se voltou para o reverendo. — Temos um Eclesiastes?

— Um. Um homem chamado Harris, em Youngstown.

— Montag — Granger tocou firmemente o ombro de Montag. — Ande com cuidado. Conserve sua saúde. Se alguma coisa acontecer com Harris, *você* será o Eclesiastes. Veja como você ficou importante de um minuto para cá!

— Mas eu me esqueci!

— Não, nada jamais se perde. Temos meios para despertar sua memória.

— Mas eu tentei me lembrar!

— Não tente. Ela virá quando precisarmos dela. Todos nós possuímos memória fotográfica, mas passamos a vida aprendendo a bloquear as coisas que estão realmente lá *dentro*. Simmons trabalhou nisso durante vinte anos e agora dispomos de um método pelo qual podemos evocar tudo o que já tenhamos lido. Montag, algum dia você gostaria de ler a *República* de Platão?

— Claro!

— *Eu* sou a *República* de Platão. Gostaria de ler Marco Aurélio? O senhor Simmons é Marco Aurélio.

— Como vai? — disse o sr. Simmons.

— Olá — disse Montag.

— Quero que conheça Jonathan Swift, autor daquele pernicioso livro político, *As viagens de Gulliver*! E esse sujeito aqui é Charles Darwin, e este aqui é Schopenhauer, este outro é Einstein, e este aqui ao meu lado é o senhor Albert Schweitzer, um filósofo realmente muito gentil. Estamos todos aqui, Montag. Aristófanes, Mahatma Gandhi, Gautama Buda, Confúcio, Thomas Love Peacock, Thomas Jefferson e o senhor Lincoln, se você quiser. Somos também Mateus, Marcos, Lucas e João.

Todos riram, tranquilos.

— Não pode ser — disse Montag.

— Mas é — replicou Granger, sorrindo. — E também somos queimadores de livros. Lemos os livros e os queimamos, por medo de que sejam encontrados. Não compensava microfilmá-los; estávamos sempre viajando, não queríamos enterrar o filme para voltar mais tarde. Sempre haveria o risco de sermos descobertos. O melhor é guardá-los na cabeça, onde ninguém virá procurá-los. Somos todos fragmentos e obras de história, literatura e direito internacional. Byron, Tom Paine, Maquiavel ou Cristo, tudo está aqui. E a noite avança. A guerra começou. E estamos aqui, a cidade está lá, toda envolta em sua própria capa de mil cores. O que acha, Montag?

— Acho que eu estava cego tentando fazer as coisas do meu jeito, plantando livros nas casas de bombeiros e enviando alarmes.

— Você fez o que tinha de fazer. Realizado numa escala nacional, isso poderia ter funcionado maravilhosamente. Mas nosso método é mais simples e, conforme pensamos, melhor. Tudo o que queremos fazer é manter o conhecimento que, pensamos, precisamos manter intacto e seguro. Ainda não estamos prontos para incitar ou enfurecer ninguém. Pois, se formos destruídos, o conhecimento estará morto, talvez para sempre. Somos cidadãos-modelo, à nossa maneira; caminhamos pelos velhos trilhos, passamos a noite nas colinas e as pessoas das cidades nos deixam em paz. De vez em quando somos detidos e revistados, mas não há nada em nós que possa nos incriminar. A organização é flexível, muito solta e fragmentária. Alguns de nós fizeram cirurgia plástica no rosto e nas impressões digitais. Neste exato momento, estamos com uma tarefa terrível; estamos esperando que a guerra comece e termine o mais rápido possível. Não é agradável, mas, por outro lado, não estamos no controle, somos a minoria excêntrica que clama no deserto. Quando a guerra terminar, talvez possamos ser de alguma valia para o mundo.

— Vocês realmente acham que eles ouvirão?

— Se não ouvirem, teremos simplesmente de esperar. Passaremos os livros adiante a nossos filhos, de boca em boca, e deixaremos que nossos filhos, por sua vez, sirvam a outras pessoas. É claro que muito se perderá dessa maneira. Mas não se pode *obrigar* as pessoas a escutarem. Elas precisam se aproximar, cada uma no seu momento, perguntando-se o que aconteceu e por que o mundo explodiu sob seus pés. Isso não irá demorar muito.

— Quantos de vocês existem?

— Milhares nas estradas, nos trilhos abandonados, hoje à noite, vagabundos por fora, bibliotecas por dentro. A princípio, nada foi planejado. Cada homem tinha um livro de que desejava se lembrar e se lembrou. Depois, durante um período de cerca de vinte anos, fomos nos encontrando, em viagens, e passamos a estreitar a rede frouxa e a definir um plano. A coisa mais importante que tínhamos de incutir em nós mesmos foi que não éramos importantes, não devíamos ser pedantes; não devíamos nos sentir superiores a ninguém mais no mundo. Não somos nada além de capas empoeiradas de livros, sem nenhuma outra importância. Alguns de nós vivem em pequenas cidades. O capítulo um de *Walden*, de Thoreau, em Green River, o capítulo dois em Willow Farm, no Maine. Ora, existe uma cidade em Maryland, com apenas vinte e sete pessoas, e nenhuma bomba jamais atingirá aquela cidade, que são os ensaios completos de um homem chamado Bertrand Russell. É como se fosse possível ler a cidade, tantas páginas por pessoa. E quando a guerra terminar, algum dia, algum ano, os livros poderão ser escritos novamente, as pessoas serão convocadas, uma a uma, para recitar o que sabem, e os imprimiremos novamente até a próxima Idade das Trevas, quando poderemos ter de começar tudo de novo. Mas é isso o maravilhoso no homem; ele nunca fica desanimado ou desgostoso a ponto de desistir de fazer tudo novamente, porque ele sabe muito bem que isso é importante e *vale a pena*.

— O que faremos esta noite? — perguntou Montag.

— Esperaremos — disse Granger. — E nos mudaremos um pouco mais para a jusante do rio, só por precaução.

E começou a jogar poeira e terra sobre a fogueira.

Os outros vieram dar uma mão, Montag também, e, ali, na mata, todos se uniram para apagar o fogo.

Pararam ao lado do rio à luz das estrelas.

Montag viu o mostrador luminoso de seu relógio à prova d'água. Cinco. Cinco horas da manhã. Mais um ano passado numa única hora e a alvorada aguardando além da outra margem do rio.

— Por que confia em mim? — perguntou Montag.

Um homem se mexeu no escuro.

— Basta olhar para o seu aspecto. Você não tem se olhado no espelho ultimamente. Além disso, a cidade jamais se importou conosco a ponto de montar uma caçada como esta para nos encontrar. Uns malucos com versos na cabeça não podem atingi-los, e eles sabem disso e nós sabemos disso; todo mundo sabe disso. Enquanto a maioria da população não andar por aí citando a Magna Carta e a Constituição, tudo bem. Os bombeiros são suficientes para cuidar disso, de vez em quando. Não, as cidades não nos incomodam. E você está com uma aparência péssima.

Caminharam ao longo da margem do rio rumo ao sul. Montag tentava ver a face dos homens, as velhas faces de que ele se lembrava à luz da fogueira, enrugadas e cansadas. Ele procurava uma clareza, uma decisão, um triunfo sobre o amanhã que não parecia haver ali. Talvez ele tivesse esperado que o rosto daqueles homens se iluminasse e cintilasse com o conhecimento que carregavam, brilhasse como lanternas, com luz própria. Mas toda a luz viera da fogueira, e esses homens não pareciam diferentes de quaisquer outros que houvessem corrido um longo percurso, realizado uma longa busca, visto boas coisas sendo destruídas e, agora, muito tarde, tivessem se juntado para esperar o fim da festa e o apagar das luzes. Não estavam nada certos de que as coisas que traziam na cabeça pudessem fazer cada aurora futura brilhar com uma luz mais pura, não tinham certeza de nada, exceto de que os livros estavam arquivados atrás de seus olhos serenos, de que os livros estavam aguardando, com suas páginas ainda por separar, pelos leitores que talvez viessem nos anos futuros, alguns com dedos limpos e outros com as mãos sujas.

Enquanto caminhavam, Montag olhava de soslaio de um rosto a outro.

— Não julgue um livro pela capa — disse alguém.

E todos riram delicadamente, seguindo rio abaixo.

Houve um som estridente e os jatos vindo da cidade haviam passado lá em cima muito antes de os homens erguerem os olhos. Montag olhou para trás, para a cidade, agora muito distante e apenas um brilho frágil.

— Minha mulher está lá.

— Lamento ouvir isso. As cidades irão passar por maus momentos nos próximos dias — disse Granger.

— É curioso, mas não sinto falta dela, quase não sinto nada — disse Montag. — Mesmo se ela morrer, percebi isso há pouco, não acho que ficarei triste. Não está certo. Deve haver algo errado comigo.

— Escute — disse Granger, tomando seu braço e caminhando com ele, puxando os arbustos para o lado para lhe dar passagem. — Meu avô morreu quando eu era garoto. Ele era escultor. Também era um homem muito generoso, com muito amor para dar ao mundo, e ajudou a reduzir a miséria de nossa cidade; e ele fazia brinquedos para nós e fez milhões de coisas na vida; sempre tinha as mãos ocupadas. E quando morreu, subitamente percebi que não estava chorando por ele, mas por todas as coisas que ele fazia. Eu chorava porque ele nunca mais as faria novamente, nunca mais esculpiria outra peça de madeira ou nos ajudaria a criar pombos no quintal, nem tocaria violino do jeito que tocava ou nos contaria piadas com aquele seu jeito pessoal. Ele fazia parte de nós e, quando morreu, todas essas coisas morreram com ele, e não havia ninguém para fazê-las do jeito que ele fazia. Ele era único. Era um homem importante. Jamais superei sua morte. Muitas vezes penso: quantas esculturas maravilhosas jamais vieram à luz porque ele morreu. Quantas piadas estão perdidas para o mundo e quantos pombos suas mãos deixarão de tocar. Ele moldava o mundo. Ele *fazia* coisas para o mundo. O mundo sofreu uma perda de dez milhões de ações generosas na noite em que ele morreu.

Montag caminhou em silêncio.

— Millie, Millie — sussurrou ele. — Millie.

— O quê?

— Minha mulher, minha mulher. Pobre Millie, pobre, pobre Millie. Não consigo me lembrar de nada. Penso nas mãos dela mas não as vejo fazendo coisa alguma. Elas apenas estão ali suspensas, de ambos os lados, ou descansam em seu regaço, ou seguram um cigarro, mas isso é tudo.

Montag se virou e olhou para trás.

— O que você deu para a cidade, Montag?

— Cinzas.

— O que os outros davam uns aos outros?

— Nada.

Granger parou ao lado de Montag, também olhando para trás.

— Todos devem deixar algo para trás quando morrem, dizia meu avô. Um filho, um livro, um quadro, uma casa ou parede construída, um par de sapatos. Ou um jardim. Algo que sua mão tenha tocado de algum modo, para que sua alma tenha para onde ir quando você morrer. E quando as pessoas olharem para aquela árvore ou aquela flor que você plantou, você estará ali. Não importa o que você faça, dizia ele, desde que você transforme alguma coisa, do jeito que era antes de você tocá-la, em algo que é como você depois que suas mãos passaram por ela. A diferença entre o homem que apenas apara gramados e um verdadeiro jardineiro está no toque, dizia ele. O aparador de grama podia muito bem não ter estado ali; o jardineiro estará lá durante uma vida inteira.

Granger fez um gesto com a mão.

— Certa vez, há cinquenta anos, meu avô me mostrou alguns filmes sobre os foguetes v-2. Você já viu alguma vez o cogumelo de uma bomba atômica, de uma altitude de trezentos mil metros? É uma cabeça de alfinete, não é nada. Com a imensidão ao redor. Meu avô passou o filme do foguete v-2 umas dez vezes, e depois manifestou a esperança de que, algum dia, nossas cidades fossem mais espalhadas, deixando mais espaço para o verde, a terra e o campo, para lembrar às pessoas que nos cabia um pequeno espaço na terra, e que sobrevivemos nessa vastidão que pode tomar de volta o que ela deu com a mesma facilidade com que sopra seu hálito sobre nós ou envia o mar para nos dizer que não somos tão grandes assim. Quando nos esquecermos quanto a natureza está próxima na noite, dizia meu avô, algum dia ela vai entrar e nos pegar, pois teremos esquecido quão terrível e real ela pode ser. Percebe? — Granger voltou-se para Montag. — Faz muitos anos que meu avô morreu, mas se você levantasse a tampa de meu crânio, por Deus, você encontraria, nas circunvoluções de meu cérebro, as marcas profundas de seus polegares. Ele me tocou. Como eu já disse, ele era escultor. "Odeio um romano chamado Status Quo!", disse-me ele. "Encha seus olhos de admiração", dizia ele, "viva como se fosse cair morto daqui a dez segundos. Veja o mundo. Ele é mais fantástico do que qualquer sonho que se possa produzir nas fábricas. Não peça garantias, não peça segurança, jamais houve semelhante animal. E se houvesse, seria parente do grande bicho-preguiça pendurado de cabeça para baixo numa árvore o dia inteiro, todos os dias, a vida inteira dormindo. Para o inferno com isso", dizia ele, "balance a árvore e derrube o grande bicho-preguiça de bunda no chão".

— Olhe! — exclamou Montag.

E a guerra começou e terminou naquele instante.

Mais tarde, os homens em volta de Montag não sabiam dizer se tinham visto realmente alguma coisa. Talvez um ínfimo floreio de luz e movimento no céu. Talvez as bombas estivessem lá, e os jatos, a dezesseis mil metros, nove mil metros, dois mil metros acima, pelo mais breve instante, como grãos atirados aos céus por uma enorme mão semeadora, e as bombas caindo a esmo na manhã, com rapidez assustadora e, ao mesmo tempo, com súbita lentidão, sobre a cidade que haviam deixado para trás. O bombardeio, para todos os efeitos, havia terminado quando os jatos haviam localizado seu alvo, alertado seu bombardeiro a oito mil quilômetros por hora; tão rápida quanto o sussurro de uma foice, a guerra havia terminado. Uma vez lançada a bomba, tudo estava terminado. Agora, passados três segundos, todo o tempo na história, antes do impacto das bombas, as próprias naves inimigas já haviam dado meia-volta em torno do mundo visível, como projéteis em que um selvagem ilhéu talvez não acreditasse porque eram invisíveis. No entanto, o coração é subitamente despedaçado, o corpo cai em movimentos distintos e o sangue se espanta ao ver-se libertado no ar; o cérebro dissipa suas poucas e preciosas memórias e, atônito, morre.

Era impossível crer nisso. Era apenas um gesto. Montag viu o safanão de um grande punho de metal sobre a cidade distante, e sabia que o grito dos jatos que viria a seguir diria, após o ato, *desintegre, não deixe pedra sobre pedra, pereça. Morra.*

Montag segurou as bombas no céu por um único momento, com sua mente e suas mãos estendendo-se desamparadas em sua direção.

— Corra! — gritou ele para Faber. — Corra! — gritou para Clarisse. E para Mildred: — Saia, saia daí!

Mas Clarisse, lembrou-se ele, estava morta. E Faber já *havia* saído da cidade. Nos vales profundos do campo, em algum lugar, o ônibus das cinco da manhã estava em marcha, passando de uma desolação para outra. Mas a desolação ainda não havia chegado, ainda planava no ar, inelutável. Antes que o ônibus tivesse percorrido mais cinquenta metros na rodovia, seu destino seria insignificante e seu ponto de partida se teria transformado de metrópole em ferro-velho.

E Mildred...

Saia daí, corra!

Ele a viu em seu quarto de hotel, em algum lugar agora, no meio segundo restante, com as bombas a um metro, meio metro, três centímetros de seu prédio. Viu-a inclinando-se para as grandes paredes reluzentes de cor e movimento onde a família falava e falava com ela sem parar, onde a família conversava fiado, tagarelava e dizia seu nome e sorria para ela, sem dizer nada da bomba que estava a três centímetros, agora a dois centímetros, agora a um centímetro do telhado do hotel. Inclinando-se para a tela da parede como se toda a fome de olhar encontrasse ali o segredo de seu mal-estar e insônia. Mildred, inclinando-se ansiosamente, irritadamente, como se a mergulhar, atirar-se, cair naquela imensidão coruscante para se afogar em sua cintilante felicidade.

A primeira bomba atingiu o alvo.

— Mildred!

Talvez, quem poderia saber, as grandes emissoras, com seus feixes de cor e luz, conversa e bate-papo, tivessem sido as primeiras a perecer.

Montag, atirando-se de bruços ao chão, viu ou sentiu, ou imaginou ver ou sentir as telas das paredes escurecerem no rosto de Millie, ouviu-a gritar, porque, na milionésima fração de tempo restante, ela viu sua própria face ali refletida, num espelho, em lugar de uma bola de cristal, e era uma face tão rudemente vazia, tão solitária no aposento, sem tocar nada, faminta e autofágica, que ela, por fim, a reconheceu como sua própria face e ergueu rapidamente o olhar para o teto como se ele e toda a estrutura do hotel desabassem sobre ela, carregando-a com um milhão de quilos de tijolos, metais, gesso e madeira, ao encontro de outras pessoas nas células abaixo, tudo em seu trajeto rápido rumo ao porão, onde a explosão se livra deles a seu próprio modo irracional.

Eu me lembro. Montag se agarrou à terra. Eu me lembro. Chicago. Chicago, muito tempo atrás. Millie e eu. *Foi lá* que nos conhecemos. Agora me lembro. Chicago. Há muito tempo.

O impacto abalou o ar ao longo do rio, derrubou os homens como uma fileira de dominós, agitou e aspergiu a água para o ar, soprou a poeira e fez as árvores uivarem com uma ventania que passou rumo ao sul. Montag se agarrou mais ao chão, encolhendo-se, comprimindo os olhos. Piscou uma vez os olhos. Nesse instante, em lugar das bombas, viu a cidade no ar. Haviam trocado de posição. Durante outro desses instantes impossíveis, a cidade ergueu, reconstruída e irreconhecível, mais alta do que já havia esperado ou se empenhado em ser, mais alta do que os homens a haviam construído, ereta pela última vez em sedimentos de concreto despedaçado e partículas de metal rasgado, em um mural suspenso como uma avalanche invertida, um milhão de cores, um milhão de esquisitices, uma porta onde deveria estar uma janela, uma cúpula no lugar de uma base, uma lateral no lugar dos fundos e, em seguida, a cidade rolou sobre si mesma e tombou morta.

O som de sua morte chegou depois.

Ali deitado, os olhos pregados de poeira, um fino cimento úmido de pó em sua boca agora fechada, ofegando e chorando, Montag pensou novamente: Eu me lembro, eu me lembro, eu me lembro de mais uma coisa. O que é? Sim, sim, parte do Eclesiastes. Parte do Eclesiastes e do Apocalipse. Parte daquele livro, uma parte dele, depressa agora, depressa, antes que se vá, antes que o choque o consuma, antes que o vento morra. O Eclesiastes. Aqui. Montag falou consigo mesmo em silêncio, deitado de bruços na terra trêmula, repetiu muitas vezes as palavras e elas saíam perfeitas, sem esforço, e não havia Dentifrício Denham em parte alguma, era apenas o Pregador, sozinho, parado ali em sua mente, olhando para ele...

— Pronto — disse uma voz.

Os homens jaziam ofegantes como peixes fora d'água. Agarravam-se à terra como crianças se agarram a coisas familiares, quer estejam frias ou mortas, seja o que for que tenha acontecido ou esteja por acontecer, seus dedos se agarravam ao barro e todos gritavam para evitar que seus tímpanos explodissem, para impedir que sua sanidade explodisse, as bocas abertas, Montag gritando com eles, um protesto contra o vento que açoitava seus rostos e cortava seus lábios, fazendo seus narizes sangrarem.

Montag observou a grande poeira se assentar e o grande silêncio baixar sobre o mundo. E ali deitado, parecia-lhe ver cada grão de poeira e cada lâmina de capim e ouvir cada choro, grito e sussurro se erguendo agora no mundo. O silêncio se estendia na poeira que se dissipava, e com ele todo o lazer que poderiam desejar para olhar ao redor e deixar os sentidos se impregnarem da realidade intensa desse dia.

Montag olhou para o rio. Continuaremos seguindo o rio. Olhou para os velhos trilhos da ferrovia. Ou iremos por aquele caminho. Ou caminharemos agora pelas estradas e teremos tempo para pôr as coisas dentro de nós. E algum dia, depois que elas se decantarem em nós por muito tempo, sairão por nossas mãos e bocas. E muitas delas estarão erradas, mas o suficiente estará certo. Começaremos a caminhar hoje e veremos o mundo e o modo como ele caminha e fala, o modo como ele realmente é. Agora quero ver tudo. E embora nada do que entrar fará parte de mim quando entrar, após algum tempo tudo se juntará lá dentro e se fundirá em mim. Olhe o mundo lá fora, Deus, meu Deus, olhe lá, fora de mim, para lá de meu rosto, e a única maneira de realmente tocá-lo é colocá-lo onde ele finalmente seja eu, onde ele fique no sangue, onde seja bombeado mil, dez mil vezes por dia. Eu o guardarei para que nunca se esgote. Eu me agarrarei firme ao mundo algum dia. Já pus um dedo nele; é um começo.

O vento morria.

Os outros continuaram deitados mais um pouco, na margem matinal do sono, ainda despreparados para se levantar e começar as obrigações do dia: o fogo, as refeições, os milhares de detalhes na hora de pôr um pé depois do outro e uma mão depois da outra. Continuaram deitados piscando as pálpebras empoeiradas. Montag os ouvia respirar depressa, depois desacelerar e, então, devagar...

Montag ergueu o tronco e ficou sentado.

No entanto, não foi além disso. Os outros fizeram quase o mesmo. O sol tocava o horizonte negro apenas com uma frágil ponta avermelhada. O ar era frio e cheirava a chuva próxima.

Em silêncio, Granger levantou-se, esfregou os braços e as pernas, praguejando, praguejando sem parar ao respirar, as lágrimas pingando de seu rosto. Cambaleou rio acima para olhar seu curso.

— Está arrasada — disse ele, um longo momento depois. — A cidade parece um monte de farinha. Foi-se. — E muito depois disso: — Eu me pergunto, quantos sabiam que aconteceria? Gostaria de saber quantos se surpreenderam?

E no resto do mundo, pensou Montag, quantas outras cidades mortas? E aqui em nosso país, quantas? Cem? Mil?

Alguém riscou um fósforo e acendeu um pedaço de papel seco tirado do bolso, levando a chama para baixo de um pequeno monte de capim e folhas e, após um momento, acrescentou pequenos gravetos que estavam úmidos e estalaram, mas, por fim, arderam. O fogo cresceu no começo da manhã, à medida que o sol saía, e os homens lentamente deixavam de olhar rio acima e eram atraídos para a fogueira, ressabiados, sem ter o que dizer e, ao se curvarem, o sol coloria suas nucas.

Granger desdobrou um papel impermeável que continha um pedaço de bacon.

— Vamos comer e depois voltaremos a caminhar rio acima. Precisam de nós daquele lado.

Alguém providenciou uma pequena frigideira, o toucinho foi colocado dentro e a frigideira foi levada ao fogo. Após um momento, o bacon começou a se agitar e a dançar, e sua crepitação encheu o ar da manhã com seu aroma. Os homens observavam silenciosamente o ritual.

Granger olhou para dentro do fogo.

— Fênix.

— O quê?

— Nos tempos antes de Cristo, havia uma ave estúpida chamada Fênix que, a cada cem anos, construía uma pira e se consumia em suas chamas. Deve ter sido prima-irmã do homem. Mas, toda vez que se queimava, ressurgia das cinzas e novamente renascia. E parece que estivemos fazendo e refazendo inúmeras vezes a mesma coisa, só que com uma vantagem que a Fênix nunca teve. Nós sabemos a estupidez que acabamos de cometer. Conhecemos todas as coisas estúpidas que estivemos fazendo nos últimos mil anos. Desde que não nos esqueçamos disso, que sempre tenhamos algo para nos lembrar disso, algum dia deixaremos de construir as malditas piras funerárias e de saltar dentro delas. A cada geração, escolheremos mais algumas pessoas que se lembrem disso.

Granger tirou a frigideira do fogo, deixou o bacon esfriar e então o comeram, lenta e pensativamente.

— Agora, vamos subir o rio — disse Granger. — E nos concentrar num só pensamento: não somos importantes, não somos nada. Algum dia, a carga que estamos carregando conosco poderá ajudar alguém. Mas, mesmo quando tínhamos os livros à mão, muito tempo atrás, não usávamos o que tirávamos deles. Continuávamos a insultar os mortos. Continuávamos a cuspir nos túmulos de todos os infelizes que morreram antes de nós. Durante a próxima semana iremos encontrar muitas pessoas solitárias, tal como no próximo mês e no próximo ano. E quando nos perguntarem o que estamos fazendo, poderemos dizer: estamos nos lembrando. É aí que, no longo prazo, acabaremos vencendo. E algum dia a lembrança será tão intensa que construiremos a maior escavadeira da história e cavaremos o maior túmulo de todos os tempos e nele jogaremos e enterraremos a guerra. Agora, em marcha. Primeiro, construiremos uma fábrica de espelhos, e durante o próximo ano não produziremos nada além de espelhos, e daremos uma longa olhada neles.

Acabaram de comer e apagaram o fogo. O dia irradiava luz sobre eles como se um lampião lilás tivesse recebido mais pavio. Nas árvores, os pássaros que haviam voado para longe rapidamente voltavam e pousavam.

Montag começou a caminhar e, após um momento, descobriu que os outros haviam ficado para trás dele, rumo ao norte. Ficou surpreso e se afastou para o lado para deixar Granger passar, mas Granger olhou para ele e acenou com a cabeça para que continuasse em frente. Montag seguiu adiante. Olhou para o rio, para o céu e para os trilhos enferrujados que seguiam para onde estavam as fazendas, onde os celeiros continuavam cheios de feno, onde muitas pessoas haviam passado a noite vindas da cidade. Mais tarde, em um ou seis meses, mas certamente não mais do que um ano, ele andaria novamente por aqui, sozinho, e continuaria a andar até encontrar as pessoas.

Mas agora havia uma longa caminhada matinal até o meio-dia, e se os homens estavam calados era porque havia muito no que pensar e muito do que se lembrar. Talvez mais tarde na manhã, quando o sol estivesse alto e os tivesse aquecido, começariam a conversar, ou apenas a dizer as coisas de que se lembravam, para se certificarem de que elas estavam lá, para terem certeza absoluta de que estavam mais seguras dentro deles. Montag sentiu o lento jorro das palavras, sua lenta vibração. E quando chegasse sua vez, o que ele diria, o que ele poderia oferecer num dia como este, para tornar a viagem um pouco mais fácil? Para tudo há uma estação. Sim. Um tempo para destruir e um tempo para construir. Sim. Um tempo para calar e um tempo para falar. Sim, tudo isso. Mas, o que mais? O que mais? Uma coisa, uma coisa...

E do outro lado do rio, está a árvore da vida que produz doze frutos, dando o seu fruto de mês em mês; e suas folhas servem para curar as nações.

Sim, pensou Montag, será o que guardarei para o meio-dia. Para o meio-dia...

Para quando chegarmos à cidade.

Ray Bradbury

Luz ardente

Cinco pulos curtos e depois um enorme salto.

*Originalmente publicado como prólogo à edição de 1993 de *Fahrenheit 451*, pela Simon & Schuster. Tradução de Eric Novello.

Cinco pequenos fogos de artifício e então uma explosão.

Esse é um bom resumo para a gênese de *Fahrenheit 451*.

Cinco histórias curtas, escritas ao longo de um período de dois ou três anos, me levaram a investir nove dólares e cinquenta centavos para alugar uma máquina de escrever numa sala de escrita no porão de uma biblioteca para terminar o romance curto em apenas nove dias.

Como assim?

Primeiro, os pulinhos, os pequenos fogos de artifício:

Em um conto chamado "Fogueira", nunca vendido para uma revista, imaginei os longos pensamentos literários de um homem na noite antes de o mundo terminar. Escrevi múltiplas histórias assim cerca de quarenta e cinco anos atrás, não como previsões, mas como avisos que às vezes eram excessivamente martelados. Em "Fogueira", meu herói criou listas com seus grandes amores. Parte foi descrito desta maneira:

"O que mais perturbava William Peterson eram Shakespeare e Platão, além de Aristóteles, Jonathan Swift e William Faulkner, e os poemas de, bem, Robert Frost, talvez, e John Donne e Robert Herrick.

Todos esses, veja só, arremessados na Fogueira. Depois disso, ele pensou em pedaços de lenha (pois é o que eles se tornariam), pensou nas esculturas maciças de Michelangelo, El Greco e Renoir e assim por diante. Pois amanhã estariam todos mortos, Shakespeare e Frost, assim como Huxley, Picasso, Swift e Beethoven, e sua biblioteca extraordinária e ele mesmo, bem ordinário..."

Pouco depois de "Fogueira", escrevi uma história que acho muito mais imaginativa, passada no futuro próximo: "Fênix brilhante". Nela, a bibliotecária de uma cidade é ameaçada por um intolerante patriótico local por causa de algumas dúzias de livros que ele queria queimados. Quando os incendiários chegam para encharcar de querosene os livros, a bibliotecária os convida a entrar, e em vez de enrolá-los, utiliza armas de certa forma sutis e absolutamente óbvias para derrotá-los. Conforme andamos pela biblioteca e encontramos os leitores habitando o espaço, torna-se óbvio que existe mais no olhar e entre as orelhas deles do que se poderia supor. Enquanto o Censor Chefe queima livros no quintal do lado de fora da biblioteca, ele toma café com a bibliotecária da cidade e fala com o garçom num café do outro lado da rua, que chega trazendo um bule fumegante.

— Olá, Keats — eu disse.

— Temporada de névoa e inutilidade melodiosa — disse o garçom.

— Keats? — disse o Censor Chefe. — Seu nome não é *Keats*!

— Que bobagem — eu disse. — Esse é um restaurante grego. Certo, Platão?

O garçom encheu meu copo novamente.

— As pessoas sempre têm algum campeão que colocam acima delas e cultivam até a grandiosidade... É essa e nenhuma a raiz do surgimento de um tirano. De início, quando aparece, ele é um protetor.

Mais tarde, saindo do restaurante, Barnes colidiu com um velho que quase caiu. Eu segurei seu braço.

— Professor Einstein — eu disse.

— Sr. Shakespeare — ele respondeu.

Enquanto a biblioteca fecha e um homem alto sai, eu digo:

— Boa noite, Sr. Lincoln...

E ele responde:

— Oitenta e sete anos atrás...

O intolerante incendiário de livros, ao ouvir isso, entende que a cidade inteira escondeu os livros memorizando-os. Há livros por toda parte, escondidos nas cabeças das pessoas! Ele enlouquece, e a história termina.

Ela é seguida por outras histórias com tendências similares:

"Os exilados", que mostra os personagens de todos os livros de Oz, Tarzan e Alice, e todos os personagens em histórias estranhas escritas por Hawthorne e Poe, exilados em Marte onde, um a um, seus fantasmas derretem, viram fumaça e saem voando para a morte final quando os últimos livros na Terra são incinerados.

Em "Usher II", meu herói reúne todos os incendiários de livros intelectuais da Terra, almas tristes que acreditam que a fantasia é ruim para a mente, coloca-os para dançar numa festa a fantasia da Morte Vermelha, e os afunda num lago das montanhas para afogá-los, enquanto a segunda Casa de Usher desaparece de vista em profundezas imensuráveis.

Agora para o quinto pulo antes do grande salto.

Cerca de quarenta e dois anos atrás, com margem de erro de um ano, eu estava caminhando e conversando com um amigo escritor no meio de Wilshire, Los Angeles, quando uma viatura parou e um policial veio perguntar o que estávamos fazendo.

— Colocando um pé na frente do outro — eu disse, metido demais a esperto.

Essa foi a resposta errada.

O policial repetiu a pergunta.

Me achando demais, eu respondi:

— Respirando o ar, falando, conversando, caminhando.

O policial franziu a testa. Expliquei:

— É ilógico nos parar. Se quiséssemos assaltar ou roubar uma loja, teríamos vindo de carro, assaltado ou roubado, e ido embora. Como pode ver, não temos carro, apenas nossos pés.

— Caminhando, hein? — disse o policial. — Só caminhando?

Assenti e esperei a verdade óbvia ser assimilada.

— Bom — disse o policial —, não faça isso de novo!

E a viatura foi embora.

Furioso por conta desse encontro digno de "Alice no País das Maravilhas", corri para casa para escrever "O pedestre", sobre algum tempo futuro em que caminhar era proibido e todos os pedestres eram tratados como criminosos. Foi rejeitada por todas as revistas do país e acabou parando na *Reporter*, a excelente revista política de Max Ascoli, uma das melhores da nação.

Agradeço a Deus por aquele encontro com a viatura, as perguntas curiosas e minhas respostas meio tolas, pois se não tivesse escrito "O pedestre", talvez não tivesse, alguns meses depois, levado minha caminhada criminosa para mais um passeio pela cidade. Quando fiz isso, o que começou como um teste de associação de palavra-ou-ideia se transformou numa noveleta intitulada "O Bombeiro", que tive imensa dificuldade de vender, pois passávamos pela época do Comitê de Atividades Antiamericanas, liderado por J. Parnell Thomas, muito antes de Joseph McCarthy entrar em cena com Bobby Kennedy a tiracolo.

E quanto àquela sala de escrita no porão da biblioteca e os nove dólares e cinquenta centavos com os quais comprei tempo e espaço numa sala com uma dezena de outros alunos numa dezena de máquinas de escrever.

Como eu era relativamente pobre em 1950, precisava de um escritório pelo qual pudesse pagar. Perambulando pelo campus da UCLA numa tarde, ouvi sons de teclas vindos de baixo e fui investigar.

Com um grito de comemoração, vi que era de fato uma sala de escrita com aluguel de máquinas de escrever. Pelo preço de dez centavos por meia hora, você poderia se sentar e criar sem precisar de um escritório propriamente dito.

Eu me sentei e, três horas depois, percebi que tinha sido tomado por uma ideia que começou curta, mas cresceu para um tamanho insano até o final do dia. O conceito era tão instigante que foi difícil quando o sol se pôs fugir do porão da biblioteca e pegar o ônibus de volta para a realidade: minha casa, minha esposa e nossa filha recém-nascida.

Não conseguiria descrever a aventura entusiasmante que foi, dia após dia, trabalhar com afinco naquela máquina de aluguel, enfiando moedas de dez centavos, batendo nas teclas como um macaco maluco, correndo para cima para pegar mais moedas, correndo para dentro e para fora das pilhas de livros, pegando livros, estudando páginas, respirando o pólen mais fino do mundo, poeira de livro, para desenvolver alergias literárias. Depois, correndo de volta para baixo corado de amor, tendo achado alguma citação aqui e acolá para enfiar ou encaixar no meu mito nascente. Eu era, como o herói de Melville, insanidade enlouquecida. Não tinha como parar. Não escrevi *Fahrenheit 451* – o livro *me escreveu*. Existia um ciclo de energia saindo da página, entrando pelos meus olhos, percorrendo meu sistema nervoso e saindo pelas minhas mãos. A máquina de escrever e eu éramos gêmeos siameses, conectados pelas pontas dos dedos.

Foi um triunfo especial porque eu vinha escrevendo contos desde os doze anos, durante a escola e até os meus trinta anos, pensando que nunca ousaria fazer o salto de penhasco para um romance. Aqui, então, eu dava início à minha ousadia de saltar, sem paraquedas, para um novo formato. Louco de entusiasmo pela minha correria na biblioteca, cheirando as encadernações e saboreando as tintas, logo descobri, como contei antes, que ninguém queria

"O bombeiro". Ele foi rejeitado por praticamente todas as revistas da área até finalmente ser publicado pela revista *Galaxy*, cujo editor, Horace Hold, era mais corajoso que a maioria daquela época.

O que me inspirou? Precisava haver um sistema raiz de influência, sim, que me impulsionasse a mergulhar na minha máquina de escrever e emergir escorrendo hipérboles, metáforas e símiles sobre fogo, impressão e papiro.

É claro. Tinha Hitler queimando livros na Alemanha de 1934; rumores de Stalin e suas pessoas com fósforos e isqueiros. Além disso, muito tempo atrás, houve a caça às bruxas em Salem em 1680, onde minha dez vezes tataravó Mary Bradbury foi julgada, mas escapou da fogueira. Mas a maior parte disso veio do meu histórico de amor pelas mitologias romana, grega e egípcia, começando aos três anos de idade. Sim, eu tinha três anos, só três, quando Tut foi levantado da sua tumba e apareceu em jornais de fins de semana em toda sua parafernália dourada, e eu me perguntei o que ele era, então perguntei aos meus pais.

Portanto, era inevitável que eu ouvisse ou lesse sobre os três incêndios da biblioteca de Alexandria, dois dos quais foram acidentais, um causado de propósito. Sabendo disso, aos nove anos de idade, eu chorei. Pois, criança estranha que era, eu já habitava os sótãos elevados e porões assombrados da Biblioteca de Carnegie em Waukegan, Illinois.

Assim eu comecei, assim eu continuei. Não havia nada mais loucamente interessante do que correr até a biblioteca toda segunda-feira à noite aos oito, nove, doze e quatorze anos, meu irmão correndo à frente para sempre vencer. Uma vez lá dentro, a velha bibliotecária (sempre eram velhinhas na minha infância) pesava os livros em comparação com o meu peso, e desaprovando a diferença (mais livros que garoto) me liberava para correr de volta para casa e lamber as páginas para virá-las.

Minha insanidade continuou enquanto minha família dirigia pelo país em 1932 e 1934 na Rota 66. Assim que nosso velho Buick parava, eu saía e descia a rua até a biblioteca mais próxima, onde deviam viver Tarzans, Tik-Toks, Belas e Feras além dos que eu conhecia.

Quando terminei a escola, não podia pagar a faculdade. Vendi jornais numa esquina por três anos e habitei a biblioteca do centro três ou quatro dias por semana. Frequentemente escrevendo contos em dezenas daqueles pequenos blocos de anotação espalhados nas bibliotecas como um serviço para leitores. Emergi da biblioteca com vinte e oito anos de idade. Anos depois, durante uma palestra na universidade, o presidente da faculdade, informado sobre minha total imersão na literatura, me presenteou com um chapéu, beca e diploma, e fui oficialmente "formado" pela biblioteca.

Sabendo que eu seria solitário e precisando me instruir mais, levei comigo pela vida minha professora de poesia e minha professora de contos da escola L.A. High. A última, Jennet Johnson, morreu com seus noventa anos cerca de alguns anos atrás, não muito tempo depois de perguntar sobre meus hábitos de leitura.

Nos últimos quarenta anos, provavelmente escrevi mais poemas, dissertações, histórias, roteiros e livros sobre bibliotecas, bibliotecários e autores do que qualquer outro autor atual. Escrevi poemas como "Emily Dickinson, Onde está Você? Herman Melville Chamou seu Nome Noite Passada Enquanto Dormia". E outro que reivindicava Emily e o Sr. Poe como meus pais. Além de uma história em que Charles Dickens se muda para o sótão dos meus avós no verão de 1932, me chama de Pip, e me permite colaborar na conclusão de *Um Conto de Duas Cidades*. Por fim, a biblioteca em *Algo sinistro vem por aí* é um local importante de encontro à meia-noite entre o Bem e o Mal, entre Mr. Halloway e Mr. Dark. Todas as mulheres na minha vida foram professoras, bibliotecárias ou vendedoras de livros. Encontrei minha esposa, Maggie, numa livraria na primavera de 1946.

Mas de volta a "O bombeiro" e seu destino, ele foi publicado numa revista *pulp*. Como ele cresceu a ponto de ficar com o dobro do tamanho original e viajou pelo mundo?

Em 1953, duas coisas novas e boas aconteceram. Ian Ballantine começou um negócio de brochura e capa dura, na qual romances em ambos os formatos seriam publicados no mesmo dia. Ele viu no *Fahrenheit 451* o potencial para um romance propriamente dito *se* eu adicionasse outras 25.000 palavras às primeiras 25.000.

Seria possível? Lembrando do meu investimento de centavos e de galopar para cima e para baixo entre as pilhas de livros da UCLA e a sala de escrever, eu temia o trabalho de requentar o livro e refazer os personagens. Sou um escritor passional, não intelectual, e isso significa que meus personagens precisam mergulhar antes de mim para viverem a história. Se meu intelecto os alcançasse rápido demais, a aventura toda poderia afundar no pântano de dúvidas e reflexões intermináveis.

A melhor resposta foi definir um prazo e pedir para Stanley Kauffmann, meu editor na Ballantine, vir à costa em agosto. Isso garantiria, eu pensei, que esse livro Lázaro se levantasse dos mortos. Isso, mais conversas que estava tendo na minha cabeça com o Chefe dos Bombeiros, Beatty, e toda a ideia de futuros incêndios de livros. Se pudesse reacendê-lo, deixá-lo de pé para proclamar sua filosofia, não importa quão cruel ou lunática ela fosse, eu sabia que o livro despertaria e se sacudiria para segui-lo.

Voltei para a biblioteca da UCLA, armado com o peso de um quilo de moedas de dez centavos para terminar meu romance. Com Stan Kauffmann ameaçando descer dos céus sobre minha cabeça, terminei a última página revisada no meio de agosto. Estava entusiasmado. Stan me encorajou com o *seu* entusiasmo.

No meio disso, veio uma ligação que pegou a todos nós de surpresa. John Huston me ligou, me convidando para ir ao seu apartamento no hotel e perguntou se eu gostaria de passar oito meses na Irlanda para escrever o roteiro de *Moby Dick*.

Que ano, que mês, que semana.

Aceitei a tarefa, é claro, partindo poucas semanas depois, com minha esposa e duas filhas, para passar a maior parte do ano seguinte no além-mar. O que significava correr para terminar as revisões menores na minha brigada de incêndios.

A essa altura, estávamos no meio do período macartista. McCarthy pressionou o exército a remover alguns dos livros "corrompidos" das bibliotecas internacionais. O ex-general, agora presidente Eisenhower, um dos poucos corajosos naquele ano, ordenou que os livros fossem colocados de volta nas prateleiras.

Enquanto isso, nossa busca por um editor de revista que imprimisse partes do *Fahrenheit 451* tinha dado num beco sem saída. Ninguém queria se arriscar a investir num romance sobre censura passada, presente ou futura.

Então veio a segunda grande novidade. Um jovem editor de Chicago, sem grana, mas visionário, leu meu manuscrito e o comprou por quatrocentos e cinquenta dólares, tudo que ele podia pagar, para ser publicado nas edições número dois, três e quatro da sua revista que estava prestes a ser criada.

O jovem era Hugh Hefner. A revista era a *Playboy*, que chegou durante o inverno de 1953-54 para chocar e melhorar o mundo. O resto é história. Com esse início modesto, um corajoso editor numa nação assustada sobreviveu e prosperou. Quando encontrei com Hefner na inauguração dos seus novos escritórios na Califórnia alguns meses atrás, ele apertou minha mão e disse:

— Obrigado por estar lá.

Só eu sabia do que ele estava falando.

Falta somente mencionar uma previsão feita em 1953 por Beatty, meu chefe do corpo de bombeiros, no meio do livro. Tinha a ver com livros sendo queimados sem fósforos ou fogo. Porque você não precisa queimar livros se o mundo começa a se encher de gente que não lê, não aprende, não quer saber, não é mesmo? Se o mundo assiste em tela grande basquete e futebol americano e se afoga em MTV, não é preciso nenhum Beatty para acender o querosene ou caçar o leitor. Se as notas de escola desabam e desaparecem pelas rachaduras e ventiladores da sala de aula, quem é que vai saber ou se importar depois de um tempo?

Nem tudo está perdido, é claro. Ainda há tempo se julgarmos professores, alunos e pais, se os responsabilizarmos na mesma medida, se realmente testarmos professores, alunos e pais, se tornarmos todos responsáveis pela qualidade, se garantirmos que até o final do seu sexto ano, todas as crianças do país inteiro possam passar tempo em bibliotecas para aprender quase por osmose. Se for esse o caso, nossas estatísticas de uso de drogas, gangues de rua, estupro e assassinato cairão a quase zero. Mas o chefe do corpo de bombeiros, no meio do livro, fala tudo, prevendo o comercial de tv de um minuto com três imagens por segundo, nenhum descanso do bombardeio. Preste atenção nele, saiba o que ele diz, e depois vá se sentar com seu filho, abra um livro e vire uma página.

Bom, concluindo, o que você tem aqui é a história de amor de um escritor e suas pilhas de livros; de um homem triste, Montag, e seu caso de amor não com a vizinha, mas com um saco de livros. Um romance e tanto! O criador de listas em "Fogueira" se tornou a bibliotecária de "Fênix brilhante" que memorizou Lincoln e Sócrates, que se tornou "O pedestre" que caminhava tarde da noite para se tornar Montag, o homem que cheirava a querosene, que encontrou Clarisse, que cheirou seu uniforme e contou a ele sua função deplorável na vida, o que levou Montag a aparecer em minha máquina de escrever quarenta anos atrás e implorar por nascer.

— Vá — eu disse a Montag, empurrando outra moeda de dez centavos na máquina — e viva sua vida, mudando-a no caminho. Eu corro atrás.

Montag correu. Eu o segui.

O livro de Montag está aqui.
E me sinto grato por ele tê-lo escrito para mim.

14 de fevereiro de 1993.

A história de Fahrenheit 451

Jonathan R. Eller

"'Você jamais terá os meus livros', disse ela." O frontispício de Joseph Mugnaini apareceu nas tiragens iniciais das primeiras edições americana e britânica de **Fahrenheit 451**.

Ray Bradbury nunca conseguiu descobrir como poderia aprender num ambiente de sala de aula ou de auditório. A palavra impressa parecia bem mais real para ele, e as páginas de inúmeros livros de biblioteca foram a essência dos seus estudos. Bradbury nunca frequentaria uma universidade; depois da formatura no ensino médio na Los Angeles High School, em 1938, ele passou quatro anos vendendo jornais vespertinos na esquina das ruas Norton e Olympic, ganhando um centavo para cada jornal de três centavos que vendia. Mas continuou lendo vorazmente, absorvendo uma variedade de clássicos, assim como as obras de escritores contemporâneos. Em algum momento de 1944, ele leu O zero e o infinito, de Arthur Koestler, e, daquele ponto em diante em sua carreira, Fahrenheit 451 se tornou inevitável.

Ao revelar o terror básico da farsa judicial de Stalin, O zero e o infinito se tornou a maior história de alerta para Bradbury. Alimentou seus confrontos subsequentes com as autoridades intolerantes e com os que negam a existência da intolerância. As anotações não publicadas que Bradbury escreveu para um discurso em meados

*Originalmente publicado na edição comemorativa de 60 anos de Fahrenheit 451 pela Simon & Schuster, em 2013. Tradução de Regiane Winarski.

dos anos 1950 contêm seu reconhecimento mais enérgico dessa inspiração: "As pessoas me perguntam com frequência qual foi o efeito de Huxley e Orwell em mim e se algum deles influenciou a criação de *Fahrenheit 451*. A melhor resposta é Arthur Koestler... só alguns perceberam o holocausto intelectual e a revolução por sepultamento que Stalin conseguiu... Só Koestler compreendeu o espectro total de profanação, execução e esquecimento em uma escala de cemitério enorme e anônima. *O zero e o infinito*, de Koestler, foi, portanto... o verdadeiro, pai, mãe e o irmão lunático do meu *F.451*".

O "holocausto intelectual" revelado por Koestler recarregou sua convicção de que a literatura é tão preciosa quanto a própria vida. Desde uma tenra idade, ele ficou muito abalado por relatos do incêndio da antiga biblioteca de Alexandria e pela perda de muitos trabalhos clássicos que agora só conhecemos por título ou por fragmentos de pergaminho que sobreviveram. Bradbury vivia em bibliotecas públicas da época e via as prateleiras como populações de autores vivos: queimar o livro é queimar o autor, e queimar o autor é negar nossa própria humanidade. A história de alerta de Koestler logo inspirou uma série de experimentos de escrita sobre livros — e sobre quem os queimaria. Mas nove anos se passariam antes que o público leitor aprendesse sobre a temperatura em que o papel pega fogo.

Bradbury fez anotações para uma história sobre bombeiros que queimam livros em fevereiro de 1946, mas deixou esse projeto de lado logo depois. Inicialmente, o caminho até *Fahrenheit 451* passou por um enredo inacabado e totalmente diferente — *Where Ignorant Armies Clash by Night*, que só sobreviveu em fragmentos de rascunhos de alguns episódios escritos em intervalos durante 1946 e 1947. Todos se concentram numa inversão desesperadora dos valores tradicionais em um mundo pós-apocalíptico, no qual a morte oferece a melhor saída numa paisagem devastada. O lamento modernista por pátrias e valores perdidos pesou muito nele nessa época, e Bradbury fez breves experiências com as possibilidades mais sombrias da era atômica, que emergia rapidamente: "Se não é possível lutar contra a falta de sentido com uma religião, entre pelo cano com ela até o esquecimento. Transforme a Falta de Sentido numa religião". Para esse fim, Bradbury imaginou uma classe de elite de assassinos públicos que também executam queimas ritualizadas dos livros e das artes plásticas que deram sentido a uma era anterior, inclusive o poema que teria papel central em *Fahrenheit 451* — "A praia de Dover", de Matthew Arnold.

No fragmentado *Ignorant Armies*, cujo título foi tirado do último verso do poema de Arnold, um assassino proeminente lê "A praia de Dover" para uma multidão reunida "para que vocês possam saber o que estamos destruindo" e subsequentemente queima todos os trabalhos de Arnold como aquecimento para a destruição do que talvez seja o último exemplar de Shakespeare. Mas o assassino descobre que não consegue dar o passo final de aniquilação cultural de queimar Shakespeare e se torna fugitivo da turba. Para *Fahrenheit*, Bradbury transformou essa imagem na cena em que o bombeiro Montag lê "A praia de Dover" para a esposa e suas amigas. Essa leitura se tornaria o ponto crucial e sem retorno para Montag, que será traído pela própria esposa por dar voz às palavras proibidas.

Where Ignorant Armies Clash by Night se tornou um beco sem saída criativo para ele, mas sua descrição rica em metáforas do livro de Matthew Arnold em chamas oferece um vislumbre precoce da prosa poderosa que ele daria à história de Montag:

> O livro se virou e lutou, como se fosse um animalzinho branco pego pelo fogo. Parecia querer muito viver, se contorceu e se acendeu e um sopro de vapor gasoso emanou dele. Folha a folha, foi queimando, como se mãos de fogo virassem cada página, explorando e queimando com o mesmo fogo. As páginas se enrugaram em curvas pretas e as curvas sumiram em explosões de iluminação.

Essa imagem perturbadora — a morte de palavras vivas — emerge de um mundo sem esperanças e significados, mas Bradbury logo percebeu que prever esse tipo de futuro sombrio entrava em conflito com seus instintos criativos. Ele era mais eficiente explorando as fontes e comemorando as realizações da imaginação humana, e começou a examinar gradualmente aonde as ameaças do presente à criatividade poderiam levar. No começo, essas histórias novas se concentraram em ficção sobrenatural, um campo onde ele teve seu primeiro sucesso como escritor no começo dos anos 1940; sua noveleta curta "Pilar de fogo" (1948) e sua história "Os feiticeiros loucos de Marte" (1949; mais conhecida como "Os exilados") alertam que rótulos como horror, fantasia e sobrenatural — gêneros que já estavam ganhando espaço cada vez maior no final dos anos 1940 — podiam abarcar muitas das obras de Shakespeare, assim como outros clássicos da literatura popular.

O conhecido "Carnaval da loucura", que ganhou vida ainda mais longa com "Usher II" em *As crônicas marcianas*, aumentou o escopo das histórias de Bradbury e incluiu ameaças mais amplas da literatura canônica e outros aspectos criativos da tapeçaria cultural. Seu protagonista vingativo, Stendahl, o milionário que constrói todos os infames dispositivos da morte de Poe em uma mansão no melhor estilo Usher, usa esses horrores para destruir a elite governante responsável pela queima de toda arte e literatura. O relato de Stendahl dessa história futura é uma experimentação clara para as explicações que o professor Faber vai dar para Montag em *Fahrenheit 451*: "Aí começaram a controlar os livros e, é claro, os filmes, de um jeito ou de outro, um grupo ou outro, tendência política, preconceito religioso, pressão dos sindicatos, sempre tinha uma minoria com medo de algo e uma grande maioria com medo do escuro, com medo do passado, com medo do presente, com medo deles mesmos e da sombra deles mesmos".

> The book turned and fought, like some small white animal
> caught within the fire. It seemed to want very much to live, it writhed
> and sparkled and a small gust of gaseous vapor blew up from it. Leaf
> by leaf it burned in upon itself, as if hands of fire were turning each
> page, scanning and burning with the same fire. The pages cringed into
> black curls and the curls departed on puffs of illumination. The
> Killer thrust his sword into the heart of the book and held it up
> so a shower of burning pages fell glittering down into the crowd.
> The pages were caught in eager hands and clenched and popped into mouths
> like sweetmeats.
>
> The book was now a dwindling torch. His face, turned up
> in the light, wore a fixed and ghastly smile. Within, he was cold
> and felt nothing. No elation, no emotion except a heavy weariness and
> a sickness that made each of his bones groan with the weight of a simple
> book. He picked out the evilest, jeering face in the crowd and hurled
> the now fire-emptied book Bull into that face.
>
> There remained only Shakespeare.

▼ ▲

O livro se virou e lutou, como se fosse um animalzinho branco pego pelo fogo. Parecia querer muito viver, se contorceu e se acendeu e um sopro de vapor gasoso emanou dele. Folha a folha, foi queimando, como se mãos de fogo virassem cada página, explorando e queimando com o mesmo fogo. As páginas se enrugaram em curvas pretas e as curvas sumiram em explosões de iluminação. O assassino enfiou a espada no coração do livro e o ergueu, de forma que uma chuva de páginas em chamas caiu faiscando na multidão. As páginas foram capturadas por mãos ávidas e espremidas e enfiadas na boca, como se fossem doces.

O livro era agora uma tocha cada vez menor. Seu rosto, virado na luz, exibia um sorriso fixo e medonho. Por dentro, ele estava frio e não sentia nada. Nem júbilo, nenhuma emoção exceto um cansaço pesado e um enjoo que fazia cada osso seu gemer com o peso de um único livro. Ele procurou o rosto mais maligno e debochado na multidão e jogou o livro agora vazio de fogo nesse rosto.

Só restava Shakespeare.

As imagens mais antigas de queima de livros de Bradbury sobrevivem nos episódios fragmentados do livro inacabado de 1946-47, **Where Ignorant Armies Clash by Night**. Nessa cultura pós-apocalíptica onde todos os tesouros do mundo antigo são ultrajados, um exemplar de poesia de Matthew Arnold é queimado na frente de uma multidão frenética como prelúdio da queima do último volume do mundo dos trabalhos de Shakespeare. Os sofrimentos metafóricos do livro em chamas e os receios secretos do queimador dos livros criam a expectativa das emoções que Bradbury desenvolveria completamente em "O bombeiro" e **Fahrenheit 451**.

Ao revisar "Usher II" para *As crônicas marcianas*, Bradbury acrescentou "livros ilustrados e depois livros de detetives" à lista de destruição, uma alusão aos primeiros alvos de grupos locais e de organizações nacionais determinadas a aplicar "normas" comportamentais no começo da era pós-guerra. Considerando essas atividades e a agenda emergente do Comitê de Atividades Antiamericanas em Washington, bastou um salto relativamente pequeno da imaginação para Bradbury estender sua história para as liberdades civis. Como Bradbury observou muitas vezes, "O pedestre" ofereceu a ponte final para "O bombeiro", a noveleta que mais tarde se transformou em *Fahrenheit 451*. Em 1950, ele já tinha passado a ver o pedestre como um limiar ou espécie indicadora capaz de prever coisas que aconteceriam — se os direitos do pedestre fossem ameaçados, isso seria um indicador precoce de que as liberdades mais amplas de pensamento e ação também estavam em risco.

Essa conclusão foi profundamente enraizada na experiência pessoal. Em 1941, enquanto andava pela praça Pershing de madrugada com o amigo e ocasional coautor Henry Hasse, ele teve seu primeiro encontro relativamente moderado com a polícia. O incidente específico que serviu de fagulha para "O pedestre" envolveu uma caminhada noturna similar com um amigo pelo boulevard Wilshire, perto da avenida Western, no final de 1949. Bradbury costuma escrever e falar sobre quando foi interrogado naquela noite por um policial de passagem e costuma descrever também sua resposta um tanto hostil ("O que estou fazendo? Só botando um pé na frente do outro..."). Ele escreveu "O pedestre" enquanto as emoções ainda estavam borbulhando e, em março de 1950, enviou a história para seu agente de Nova York, Don Congdon. Apesar de só ter sido impressa na revista *The Reporter* no dia 7 de agosto de 1951, sua escrita no final do inverno de 1950 é anterior à concepção de "O bombeiro".

Em determinado momento da primavera de 1950, Bradbury visualizou de repente seu pedestre solitário, considerado uma aberração perigosa em uma cultura onde os entretenimentos de realidade virtual tinham substituído as caminhadas noturnas, em um papel e gênero totalmente diferente. O pedestre se tornou a jovem Clarisse McClellan, uma leitora de livros proibidos, questionadora de autoridade e adepta de caminhadas noturnas solitárias. Ela dobra uma esquina e encontra Guy Montag, bombeiro, voltando a pé para casa depois do trabalho no quartel em um futuro em que os bombeiros botam fogo em vez de apagá-lo. Ela sente cheiro de querosene no uniforme dele e diz: "Eu sei o que você faz". Montag não a conhece, mas a companhia efêmera desperta uma nova alegria de viver e o ajuda a entender por que escondeu secretamente alguns dos livros que tinha jurado destruir com fogo. Desta vez, Bradbury conseguiu evitar os becos sem saída niilistas de *Ignorant Armies* e desenvolveu uma protagonista capaz de sobreviver e, com outros sobreviventes, preservar as literaturas proibidas que definem o que é ser humano.

Durante o verão de 1950, Bradbury escreveu o primeiro rascunho de "O bombeiro", na ocasião chamado de "Muito depois da meia-noite". Foi resultado de nove dias de isolamento voluntário na sala subterrânea de datilografia da UCLA, alternando períodos de meia hora de trabalho nas máquinas de escrever alimentadas por moedas de dez centavos e caminhadas inspiradoras pelas coleções de literatura nos andares mais altos. Bradbury enviou em pouco tempo uma versão revisada à mão, agora com o título "The Fireman", para seu agente Don Congdon, em Nova York. No começo de setembro de 1950, Congdon estava com uma versão final pronta e começou a apresentá-la. Seu primeiro impulso foi começar com a *Amazing Stories*, uma das revistas mais antigas e tradicionais de ficção científica e fantasia, mas ele e Bradbury logo decidiram tentar as revistas de renome primeiro, nas quais Congdon tinha contatos

> LONG AFTER MIDNIGHT   1.
>
> Mr. Leonard Montag had a dream.
>
> He dreamt that he was an old man hidden with six million powdery books, his yellow hands trembling over yellower pages, and his face like a smashed mirror of wrinkles by candlelight.
>
> And then, there was a bright eye at the keyhole!
>
> Mr. Montag yanked the door wide. A boy fell in.
>
> "Spying!"
>
> "You got books!" cried the boy. "It's against the law; I'll tell my father!"
>
> He seized hold of the boy who writhed and screamed, beating at him.
>
> "Don't boy, don't," pleaded Mr. Montag. "Don't tell. I'll give you money, books, clothes, but don't tell!"
>
> "I seen you reading!" The boy broke away, the door slammed and shook down dust from the ceilings, and Mr. Montag stood alone.
>
> A crowd rushed up the street, health officials burst in, followed by an alarmed police, fierce with silver badges. And then himself, Leonard Montag, appeared in the door, as a young man, dressed in a charcoal-black Fire uniform, a torch in his hand. The room swarmed while the old Montag pleaded with his younger self, but the books crashed down and were stripped and torn, while the windows splashed in bright pieces on the floor, and the drapes plunged in sooty clouds.
>
> Outside, watching, stood the little boy who had turned him in.

antigos como agente e como editor. Em sucessão rápida, a Esquire, a revista semanal canadense *Maclean's*, a *Saturday Evening Post* e a *Cosmopolitan* recusaram a noveleta, que agora exibia o título simples de "O bombeiro". Congdon a enviou para a *Town & Country* com planos de enviá-la à *Astounding* se não conseguisse publicá-la lá.

> *MUITO DEPOIS DA MEIA-NOITE*
>
> O sr. Leonard Montag teve um sonho.
>
> Ele sonhou que era um velho escondido no meio de seis milhões de livros empoeirados, suas mãos amarelas tremendo sobre as páginas ainda mais amarelas e o rosto parecendo um espelho quebrado de tantas rugas à luz das velas.
>
> De repente, surgiu um olho brilhante na fechadura!
>
> O sr. Montag escancarou a porta. Um garoto caiu lá dentro.
>
> — Espionando!
>
> — O senhor tem livros! — exclamou o garoto. — É contra a lei. Vou contar para o meu pai!
>
> Ele segurou o garoto, que começou a se contorcer, gritar e bater nele.
>
> — Não, garoto. Não — suplicou o sr. Montag. — Não conte. Posso lhe dar dinheiro, livros, roupas, mas não conte!
>
> — Eu vi o senhor lendo! — O garoto se soltou e a porta bateu e sacudiu poeira do teto, e o sr. Montag ficou sozinho.
>
> Uma multidão correu pela rua, os agentes de saúde entraram, seguidos pela polícia alarmada e feroz, com distintivos prateados. E ele mesmo, Leonard Montag, apareceu na porta como jovem, vestido com um uniforme preto-carvão de bombeiro, uma tocha na mão. O aposento ardeu enquanto o velho Montag suplicava para a versão mais jovem dele mesmo, mas os livros foram derrubados e desfolhados e rasgados, enquanto as janelas se quebravam em estilhaços brilhosos no chão e as cortinas emitiam nuvens de fuligem.
>
> Do lado de fora, observando, estava o garotinho que o denunciara.

Uma variação da página de abertura de "Muito depois da meia-noite", o primeiro rascunho completo do conceito de **Fahrenheit 451**. Essa página foi provavelmente escrita por volta de agosto de 1950, perto da época que Bradbury produziu o rascunho completo na sala de datilografia da biblioteca da UCLA. O estágio de trabalho de "Muito depois da meia-noite" começa com um pesadelo vívido de descoberta quando Leonard (que ainda não é Guy) Montag é denunciado por um garoto vizinho por esconder e ler livros proibidos. Essa cena de abertura desaparece de todas as versões subsequentes de **Fahrenheit 451**.

Mas, enquanto "O bombeiro" estava sendo avaliada pela *Town & Country*, Horace Gold, editor da revista recém-inaugurada na época *Galaxy Science Fiction*, expressou grande interesse na noveleta. Em meados de outubro, a *Town & Country* recusou a publicação e Gold comprou imediatamente os direitos para a *Galaxy* publicar o texto em série. Bradbury fez algumas revisões na primeira metade da noveleta em novembro de 1950, mas recusou a sugestão de Gold de corromper as memórias de Montag e do povo dos livros. A ideia de Gold era deixar Montag incapaz de se lembrar dos seus textos sem justaposições gigantescas e joycianas de propagandas e fragmentos literários não relacionados — alterações que o outro povo dos livros não conseguiria detectar e nem resolver. Bradbury estava convencido de que uma virada pessimista assim destruiria a conclusão restauradora e conciliadora que ele se esforçou tanto para gerar a partir das cinzas de *Ignorant Armies* e publicou "O bombeiro" sem mudanças substanciais na edição de fevereiro de 1951 da *Galaxy Science Fiction*.

O término de "O bombeiro" encerrou um ano milagroso de criatividade para Bradbury. Entre o verão de 1949 e o verão de 1950, ele também transformou e desenvolveu muitas de suas histórias marcianas para formar *As crônicas marcianas* e teceu uma tapeçaria menos coesa mas não menos envolvente de histórias de ficção científica sem relação entre si para formar a coleção *Uma sombra passou por aqui*, lançada em fevereiro de 1951. Suas histórias mais novas estavam agora chegando às páginas das revistas *Collier's*, *The Saturday Evening Post* e *Esquire* pela primeira vez, aumentando sua popularidade no mercado de revistas. Mas, ao mesmo tempo que começou a seguir em frente com novas histórias, Bradbury começou a considerar algumas modificações em "O bombeiro". Mais uma vez, *O zero e o infinito*, de Arthur Koestler, provocou a fagulha inicial. Depois de ver a dramatização premiada do livro de Koestler feita por Sidney Kingsley para a Broadway durante a viagem de junho de 1951 a Nova York, Bradbury ficou inspirado para expandir "O bombeiro" de forma que dialogasse com as tensões cada vez maiores da época.

Bradbury e Congdon queriam juntar "O bombeiro" com "Gelo e fogo" (1946) e "Pilar de Fogo" para formar um trio num volume único de noveletas de ficção científica que ele tinha publicado, mas nunca em forma de livro. Esse conceito de livro não foi do interesse das editoras até o dia 7 de agosto de 1952, quando Congdon jantou com Stanley Kauffmann, da recém-fundada Ballantine Books. Congdon ficou impressionado com um aspecto incomum dessa empreitada: o objetivo de Ian Ballantine era oferecer qualidade em livros de capa dura e brochura, publicados pela mesma editora — com a principal vantagem de que seus autores não teriam que dividir os ganhos em direitos autorais com a editora original da versão de capa dura, prática comum na época. Era uma aposta complicada para a Ballantine, que envolvia acordos de impressão e distribuição com outras editoras, mas funcionou tão bem por alguns anos que atraiu uma série de autores populares e de gêneros específicos.

Bradbury assinou o contrato com a Ballantine em meados de janeiro de 1953, mas a coleção já tinha tomado um rumo bem diferente. Das três noveletas propostas, só ficou "O bombeiro"; a coleção seria completada com oito dos contos mais curtos de Bradbury e seria vendida com um título que ainda seria determinado. Mas a expansão que Bradbury planejou para "O bombeiro" formaria a essência da coleção e ele queria no título uma alusão à temperatura de queima do papel dos livros — uma alusão que transcenderia o título focado no personagem da obra original.

Seu primeiro título conhecido foi *Fahrenheit 270*, mas havia outras variantes na jogada; seu bom amigo Joseph Mugnaini, um ilustrador experiente, já estava trabalhando na arte de capa e produzindo preliminares intituladas *Fahrenheit 204* e *Fahrenheit 205*. No dia 22 de janeiro, depois de uma sequência infrutífera de ligações telefônicas de Bradbury para vários departamentos de física e de química de universidades, uma única ligação para o Corpo de Bombeiros de Los Angeles revelou que o ponto de combustão do papel acontece aos 451 graus Fahrenheit.

```
THE FIRE MAN                                                    1.

                         SILENTLY
          The four men sat/playing Blackjack under a green drop-light
                                    LONG
in the dark morning. They did not speak for a time. Only a voice
                     WHISPERED
in the ceiling spoke on occasion; [illegible]
          "It is now one thirty-five a.m., Thursday morning, October
4th, 2052, A.D."  IT IS NOW ONE FORTY-ONE A.M. ...
                                             MEN'S
          They didn't hear the voice. Their hands twitched.
          Mr. Montag sat among the other Fire Men in the Fire House,
and he heard the voice tell the time of morning, the hour, the day,
the year, and he shivered.
          "What's eating you, Montag?" The three other men looked
at him. "Play your cards."
          A radio played in the smoky ceiling overhead. "War may
be declared at any hour. This country stands ready to defend its
destiny. War may be. . ."
          The Fire House shook. Some night jet-planes were flying
over, filling the sky with a great scream and whistle.
          The men sat in their coal-black uniforms, trim men, with
the look of thirty years in their blue-shaved, sharp, pink faces, and
their receding, burnt-looking hair. In the corner, piled in neat,
gleaming rows, lay auxiliary helmets and thick overcoats. On the
walls, in precise sharpness, hung gold-plated machetes, inscribed
```

Mugnaini desenvolveu um conceito de capa a partir de dois quadros seus que Bradbury achava particularmente relevantes — uma interpretação angulosa de Dom Quixote e uma ilustração de Diógenes toda feita de jornal. O bombeiro resultante, usando uma armadura de jornal em meio a uma pilha de livros em chamas, se tornaria um desenho popular e recorrente em muitas edições subsequentes de *Fahrenheit 451* ao longo do tempo. Mas a expansão da noveleta acabou

> *O BOMBEIRO*
>
> Os quatro homens estavam jogando blackjack em silêncio *debaixo de uma luminária verde na manhã escura.* ~~Não falaram nada por um longo tempo.~~ *Só uma voz no teto* ~~falava~~ sussurrava *de vez em quando,* ~~em sussurros.~~
>
> — *Agora é uma hora e trinta e cinco minutos da madrugada de quinta-feira, do dia 4 de outubro de 2052 D.C.*
>
> ~~Eles não ouviram a voz.~~ É uma hora e quarenta e cinco minutos... *As mãos* ~~deles~~ *dos homens tremeram.*
>
> *O sr. Montag estava com os outros Bombeiros no Quartel dos Bombeiros e ouviu a voz dizer que era madrugada, a hora, o dia, o ano, e tremeu.*
>
> — *O que está te incomodando, Montag?* — *Os três outros homens olharam para ele.* — *Jogue suas cartas.*
>
> *O som de um rádio saía do teto fumacento acima.*
>
> — *A guerra pode ser declarada a qualquer momento. Este país está pronto para defender seu destino. A guerra pode...*
>
> *O Quartel dos Bombeiros sacudiu. Havia jatos noturnos voando no céu, enchendo-o de um grande grito e um assobio.*
>
> *Os homens ficaram imóveis com seus uniformes pretos como carvão, homens asseados, a expressão de trinta anos nos rostos barbeados, angulosos e rosados e nas entradas no cabelo com aspecto de queimado. No canto, em fileiras reluzentes e arrumadas, havia capacetes auxiliares e sobretudos grossos. Nas paredes, em organização precisa, havia machadinhas banhadas em ouro, com inscrições*

Enquanto Bradbury revisava "Muito depois da meia-noite" para publicação, assim como "O bombeiro", ele removeu o pesadelo de Montag da abertura e começou a narrativa com a cena seguinte — um turno tenso da madrugada no quartel do corpo de bombeiros, onde Montag e seus colegas estão jogando cartas. A página datilografada mostra um rascunho intermediário com revisões manuscritas feitas por Bradbury para a edição de fevereiro de 1951 da revista **Galaxy**, que aparece adiante.

sendo surpreendentemente difícil; as muitas páginas descartadas, preservadas na Biblioteca Pollack, na sede de Fullerton da Universidade Estadual da Califórnia, retratam seu progresso lento e doloroso na primavera de 1953. Finalmente, em junho de 1953, ele decidiu voltar à sala de datilografia da biblioteca da UCLA para o que acabou sendo outro período de nove dias, novamente inserindo uma moeda de dez centavos para cada meia hora de uso das máquinas de escrever.

THE FIREMAN

By RAY BRADBURY

A master of science fiction presents his masterwork of frightening conviction... the world of the future WE are creating!

I

Fire, Fire, Burn Books

THE four men sat silently playing blackjack under a green drop-light in the dark morning. Only a voice whispered from the ceiling:

"One thirty-five a.m. Thursday morning, October 4th, 2052, A.D. . . . One forty a.m. . . . one fifty . . ."

Mr. Montag sat stiffly among the other firemen in the fire house, heard the voice-clock mourn out the cold hour and the cold year, and shivered.

The other three glanced up.

"What's wrong, Montag?"

A radio hummed somewhere. ". . . War may be declared any

> **O BOMBEIRO**
>
> De Ray Bradbury
>
> **Um mestre da ficção científica apresenta sua obra-prima de convicção apavorante... o mundo do futuro que NÓS estamos criando!**
>
> I
> *Fogo, fogo, queimem livros*
>
> *Os quatro homens estavam jogando blackjack em silêncio debaixo de uma luminária verde na manhã escura. Só uma voz no teto sussurrava de vez em quando.*
> *— Uma hora e trinta e cinco minutos da madrugada de quinta-feira, do dia 4 de outubro de 2052 D.C....Uma e quarenta... uma e cinquenta...*
> *O sr. Montag estava sentado em posição rígida com os outros bombeiros no quartel e ouviu a voz-relógio murmurar a hora fria e o ano frio e tremeu.*
> *Os outros três olharam para ele*
> *— O que houve, Montag?*
> *O som de um rádio soou em algum lugar.*
> *— A guerra pode ser declarada a qualquer*

A expansão da noveleta acabou sendo surpreendentemente difícil... Bradbury passou a primavera e boa parte do verão de 1953 transformando "O bombeiro" em **Fahrenheit**.

Ballantine e Kauffmann ficaram preocupados quando o prazo inicial de Bradbury para abril passou, mas logo veio o alívio, quando Congdon encaminhou as primeiras 126 páginas do manuscrito final. Assim, Bradbury ganhou mais tempo para trabalhar na expansão do resto da história, e enviou trechos periódicos ao longo do mês de julho, quando as páginas finais do livro de 50 mil palavras chegaram a Nova York. Agora, era a vez de Ballantine trabalhar sob pressão; ele tinha marcado o lançamento para outubro de 1953 e providenciado mais publicidade e cobertura de crítica que já tinha feito para qualquer título anterior. Ballantine mandou Kauffmann e as páginas da prova do livro para Los Angeles, onde ele trabalhou com Bradbury entre os dias 5 e 8 de agosto nas revisões e correções finais. Um aspecto crucial do formato também tinha que ser decidido. A expansão completa da noveleta até se transformar em *Fahrenheit 451* tirou todas exceto duas das oito histórias planejadas da coleção. Bradbury decidiu incluir "And the Rock Cried Out" e "The Playground" para seguir o conceito do livro de ser uma coleção de histórias; a maioria das edições subsequentes, assim como reimpressões e reedições da primeira edição da Ballantine, chegaram ao público sem os contos e ofereciam a história como título único.

Em semanas, Ian Ballantine enviou várias centenas de exemplares de capa dura para críticos literários; a edição de capa dura foi elaborada para reforçar a qualidade do conteúdo na mente dos críticos das grandes revistas e dos grandes jornais, assim como os das redes de livrarias filiadas à American Booksellers Association, que privilegiava títulos em capa dura. Mas a Ballantine deu o passo inédito de distribuir 6 mil exemplares da edição em brochura para outros críticos, editores, autores e distribuidores, numa tentativa de conseguir exposição máxima para o livro antes do lançamento de outubro. Foi um passo incomum para qualquer editora, e mais ainda para uma empresa nova tentando carregar o peso de publicar livros em formato de capa dura e brochura. Mas Ian Ballantine era um editor experiente que tinha fundado a bem-sucedida Bantam Books quase uma década antes e sabia o que estava fazendo. Ele também sabia que tempos difíceis exigiam um livro como *Fahrenheit 451*.

De fato, os eventos mundiais pareciam formar um cenário sombrio para as alterações de Bradbury. Sua transformação de "O bombeiro" em *Fahrenheit 451* se prolongou por dois dos anúncios mais perturbadores que o mundo já viveu desde os dias terríveis da Segunda Guerra Mundial. No final de outubro de 1952, os Estados Unidos anunciaram o sucesso do teste de uma bomba de hidrogênio — uma arma bem mais destrutiva do que as bombas atômicas que encerraram a guerra no Pacífico. Depois, em julho de 1953, a União Soviética explodiu inesperadamente sua primeira bomba de hidrogênio, um indicador agourento de que o lado oeste do planeta não estava mais à frente da superforça do Bloco do Leste em termos de potencial destrutivo. O Relógio do Juízo Final, uma metáfora arrepiante que é o símbolo do Bulletin of Atomic Scientists, chegou a dois minutos para meia-noite. Os ponteiros não voltariam a chegar tão perto da meia-noite pelo resto do século XX.

A revisão e expansão de Bradbury dobrou o tamanho da obra original, mas o resultado oferece mais do que o dobro na contagem de palavras; as tensões domésticas e internacionais ampliadas no mundo real se refletiram na forma como Bradbury intensificou a missão de Montag de ler e entender os livros que ele tinha jurado destruir. Enquanto trabalhava, Bradbury descobriu que a melhor forma de aumentar o impacto temático dessa missão era se concentrar em expandir as interações de Montag com os outros personagens importantes — a jovem Clarisse McClellan, o calado professor Faber e o capitão Leahy, a figura imponente que representa o futuro potencial de Montag.

A única mudança estrutural importante envolveu as cenas de abertura, e Bradbury começou a alteração nessa parte. "O bombeiro" começava no quartel, com Montag e outros bombeiros jogando cartas, prontos para atender ao primeiro chamado para queimar. Bradbury se deu conta de que Clarisse era a chave da história toda e, quando expandiu o primeiro encontro de Montag com ela, também passou essa cena para o começo de *Fahrenheit 451*. Mesmo antes do avanço que executou na biblioteca da UCLA, ele descreveu essa nova percepção numa carta para o editor britânico, Rupert Hart-Davis: "A jovem que mora ao lado é a personagem crucial; sem ela e sua influência... nosso bombeiro talvez não mudasse quando mudou. A história, para alcançar o equilíbrio, deve mostrar o bombeiro gostando do trabalho, se encontrando com a vizinha e mudando, começando a refletir sobre em que esteve metido por vários anos. Assim, podemos obter um crescimento de personagem na história".

"O bombeiro como livro?" Elaborada nos típicos rabiscos de Bradbury, a reflexão sobre a lista de projetos para 1951 e 1952 inclui sua primeira intenção conhecida de expandir "O bombeiro" para que virasse um trabalho de ficção do tamanho de um romance. Como a lista indica, Bradbury estava um tanto preocupado de que **Uma sombra passou por aqui**, publicado em fevereiro de 1951, fosse seu único livro novo naquele ano. Seu encontro de junho de 1951 com a adaptação para a Broadway de **O zero e o infinito**, de Arthur Koestler, o romance que inspirou mais diretamente "O bombeiro", concretizou sua intenção de expandir a noveleta. Da Coleção Albright; reprodução cortesia de Donn Albright e Ray Bradbury.

Bradbury também precisava expandir os comentários culturais do capitão Leahy. Nessa forma final, Leahy, agora com o nome de Beatty, oferece uma descrição bem mais rica de como o mundo se tornou uma sociedade consumista irracional, incapaz de se salvar da iminente aniquilação nuclear. E, durante a transformação do texto, o "radioconcha" de Bradbury gerou um elemento novo da narrativa — o aparelho de comunicação do professor Faber — que serve para Montag e seu novo mentor manterem contato durante os estágios cruciais em que Montag começa a pensar por si só. Beatty sente o que chama de nova inteligência em Montag e o controla contando um "sonho" — um debate imaginário que mascara um ataque unilateral e bem persuasivo aos perigos da sabedoria adquirida por meio dos livros.

Pelo fone secreto, o contraponto em voz baixa de Faber pede que Montag entre no debate, que representa o maior inimigo de todos: "Mas lembre-se de que o capitão está alinhado com os inimigos mais perigosos da verdade e da liberdade, com o rebanho impassível da maioria". Como Faber observa, é hora de Montag decidir sozinho "para que lado pular ou cair". Isso tudo faz parte do texto novo que incrementou enormemente o drama da história e permitiu que Bradbury aumentasse a intensidade em sintonia com as tensões políticas da época.

Bradbury estava à distância de um oceano quando *Fahrenheit 451* foi publicado nos Estados Unidos. Mais de um mês antes da publicação, em outubro de 1953, Bradbury aceitou uma proposta do lendário produtor de Hollywood John Huston para escrever o roteiro de uma adaptação nova para o cinema do desafiador romance de Herman Melville, *Moby Dick*, na Irlanda e em Londres. Bradbury só voltaria aos Estados Unidos no fim de maio de 1954, quando descobriu que os discursos públicos do senador McCarthy não lotavam mais. *Fahrenheit 451* não se tornou campeão de vendas — a literatura não conformista vende melhor quando não há medo no

> Of course I'm happy. What does she think? I'm
> not? he asked the quiet rooms. He looked at a blank wall.
> The girl's face was there, really quite beautiful in
> memory; astonishing, in fact. She had a very thin face
> like the dial of a small clock seen faintly in a dark
> room in the middle of a night when you waken to see the
> time and see the clock telling you the hour and the minute
> and the second, with a white silence and a glowing, all
> certainty and knowing what it has to tell in the hours of
> the night passing swiftly on toward further darknesses,
> but moving also toward a new sun.
>
> Of course I'm happy. What does she think? I'm not?
> he asked the quiet rooms. He stood looking up at the ventilator
> grille in the hall and suddenly he remembered that there was
> something hidden behind the grille, something that almost
> seemed to peer down at him now, and he took his eyes away quickly.
> ~~Had he ~~~~~~~~~~~~~~~~~~~~~~
> ~~~~~~~~~~~~~~~~~~~~~~~~~~~~
> What a strange meeting on a strange night. He remembered
> none like it save one afternoon not long ago when he had met an
> old man in the park and they had talked. ~~~~~~~~
> Montag shook his head. He looked at a blank wall. The
> girl's face was there, really quite beautiful in memory;

país —, mas as críticas foram bem favoráveis, em geral. O crítico Orville Prescott, do *New York Times*, que não tinha lido nenhum livro anterior de Bradbury, se tornou seu fã pelo resto da vida. Outras vozes favoráveis incluíram o ilustre acadêmico da Universidade de Columbia e crítico de rádio Gilbert Highet e o futuro premiado poeta inglês John Betjeman.

Nelson Algren, romancista de Chicago, que estava chegando ao auge da sua popularidade como cronista do realismo duro de meados do século, achou o livro extremamente relevante e sintonizado às tendências políticas e sociais mais perturbadoras da época. O livro também melhorou a reputação de Bradbury em círculos literários mais amplos. O prêmio Nobel Bertrand Russell ficou muito

> *Claro que estou feliz. O que ela acha? Que não estou?, perguntou ele ao aposento silencioso. Ele olhou para uma parede vazia. O rosto da garota estava lá, muito bonito na lembrança; impressionante, na verdade. Ela tinha um rosto magro, como a face de um relógio pequeno visto indefinidamente em um quarto escuro no meio de uma noite quando você acorda para ver a hora e vê o relógio dizendo a hora e os minutos e os segundos, com um silêncio branco e um brilho, toda certeza e sabendo o que tem que dizer nas horas da noite que passam rapidamente para a escuridão ainda maior, mas também se movendo na direção de um novo sol.*
>
> *Claro que estou feliz. O que ela acha? Que não estou?, perguntou ele ao aposento silencioso. Ele estava olhando para a grade do ventilador no salão e lembrou subitamente que havia algo escondido [rasura] atrás da grade, uma coisa que parecia quase olhar para ele agora, e afastou o olhar rapidamente.*
>
> *[rasura]*
>
> *Que encontro estranho numa noite estranha. Ele se lembrava de nenhum parecido, exceto uma tarde não muito tempo antes, quando conheceu um velho no parque e eles conversaram. [rasura]*
>
> *Montag balançou a cabeça. Olhou para uma parede vazia. O rosto da garota estava lá, muito bonito na lembrança;*

Em sua forma final, **Fahrenheit 451** começa com a caminhada solitária de Montag para casa de madrugada e seu primeiro encontro com a jovem vizinha, Clarisse McClellan. No manuscrito final (página oposta), acima da descrição de Clarisse, Bradbury acrescentou um trecho de último minuto (embaixo) com a primeira referência aos livros escondidos de Montag e a primeira menção ao seu mentor, o professor Faber. De uma cópia feita com papel carbono da submissão original, da Coleção Albright; imagem cortesia de Donn Albright e Ray Bradbury.

impressionado com as implicações da novela e, no começo de abril de 1954, recebeu Bradbury em uma noite em sua casa durante a estadia do autor em Londres. Quando voltou aos Estados Unidos, Bradbury recebeu um prêmio literário por *Fahrenheit 451* na cerimônia anual da American Academy of Arts and Letters.

Apesar desses reconhecimentos, as ameaças mais sutis à longevidade do livro continuaram existindo por décadas. Em uma das grandes ironias da história literária, *Fahrenheit 451* foi silenciosamente modificado nos anos 1960 para deixar o livro com mais chances de ter a aprovação de comitês escolares como leitura de sala de aula. Uma edição especial pelo selo Bal-Hi, impressa pela primeira vez em 1967, manteve a composição tipográfica da primeira edição, mas o texto foi alterado em quase cem pontos para remover profanidades e referências a sexualidade, bebidas, uso de drogas e nudez. Essa versão não foi feita com a intenção de substituir as edições em brochura vendidas nas livrarias, mas, no começo de 1973, o texto censurado foi transferido acidentalmente para impressões sucessivas do livro comercializado. Nos seis anos seguintes, não havia disponíveis exemplares em formato brochura sem censura, e ninguém parecia saber disso. Alguns estudantes acabaram notando a diferença entre o texto lido na escola e exemplares mais antigos e chamaram a atenção de Bradbury para o mistério. Desde 1979, uma nova composição tipográfica do texto restaurado e só do texto restaurado é impressa.

Felizmente, o episódio de censura não obscureceu a mensagem universal que Bradbury concebeu para *Fahrenheit 451* desde o começo. Bradbury se inspirou inicialmente na exposição envolvente de Arthur Koestler sobre os terrores políticos de Stalin e acabou se motivando a escrever pelo clima emergente de medo durante os anos iniciais da Guerra Fria. O ódio de Bradbury por todos os regimes totalitários foi ressaltado de forma enfática em seu ensaio "Day After Tomorrow", publicado na revista *Nation* quando ele estava quase terminando a versão final de *Fahrenheit 451*:

> Consideremos a similaridade de dois livros — *O zero e o infinito*, de Koestler, situado no nosso passado recente, e *1984*, de George Orwell, passado no nosso futuro imediato. E aqui estamos nós, entre os dois, entre uma realidade horrível e um terror ainda indefinido, tentando tomar decisões para evitar a tirania da extrema direita e a tirania da extrema esquerda, que podem ser vistas com frequência amalgamando-se em uma pura e simples tirania, sem adjetivo para qualificá-la.

Conforme o clima de medo da era McCarthy foi diminuindo lentamente nos Estados Unidos, ficou claro que Bradbury teve sucesso ao dramatizar ideias importantes — ideias fundamentais que definem nossa humanidade — com vitalidade, intensidade e impacto emocional. Com o tempo, *Fahrenheit 451* até ultrapassou a longeva popularidade de *As Crônicas marcianas*, *Uma sombra passou por aqui* e seu mais nostálgico *Licor de dente-de-leão*. Sessenta anos depois, *Fahrenheit 451* passou a simbolizar a importância da alfabetização e da leitura em uma cultura cada vez mais visual e oferece esperança de que as maravilhas da tecnologia e os encantos do entretenimento multimídia nunca obscureçam a importância vital de uma vida examinada.

Jonathan R. Eller *é professor de inglês e diretor do Centro de Estudos sobre Ray Bradbury na Universidade de Indiana – Universidade Purdue, em Indianapolis. Seu livro mais recente,* Becoming Ray Bradbury, *examina a vida e a carreira de Bradbury e culmina na publicação de* Fahrenheit 451.

Introdução à edição de 2013

Neil Gaiman

Às vezes, escritores retratam um mundo que ainda não existe.

*Originalmente publicado na edição comemorativa de 60 anos de *Fahrenheit 451* pela Simon & Schuster, em 2013. Tradução de Thiago Lins.

Nós o fazemos por uma série de motivos: porque é bom olhar adiante, não para trás; porque precisamos iluminar um caminho que esperamos ou tememos que a humanidade tomará; porque o mundo do futuro parece mais atraente ou interessante do que o mundo de hoje; porque precisamos alertar você; precisamos encorajar; examinar; imaginar. As razões para escrever sobre o dia depois de amanhã, e sobre todos os amanhãs que o sucedem, são tão variadas e numerosas quanto as pessoas que os escrevem.

Este livro é um alerta. É um lembrete do valor daquilo que temos, e de que, às vezes, pressupomos que aquilo que valorizamos esteja garantido.

Há três frases que tornam possível a existência do mundo da escrita sobre o mundo do "ainda não" (você pode chamá-lo de ficção científica ou ficção especulativa, ou de qualquer coisa que preferir), e elas são frases simples:

E se…?
Se ao menos…
Se isso continuar…

"E se...?" nos traz mudança, um distanciamento de nossas vidas: e se alienígenas aterrissassem aqui amanhã e nos dessem tudo o que quiséssemos, sob determinadas condições?

"Se ao menos..." nos permite explorar as glórias e os perigos do amanhã: se ao menos os cachorros pudessem falar. Se ao menos eu fosse invisível.

"Se isso continuar..." é o mais profético dos três, ainda que não tente realmente prever um futuro de verdade, em toda sua desordenada confusão. Em vez disso, a ficção do "Se isso continuar" se vale de um elemento da vida atual — algo claro, óbvio e geralmente perturbador — e questiona o que aconteceria se aquilo, se aquele único fator, se tornar maior, onipresente, se ele mudar o modo como pensamos e nos comportamos: se isso continuar, toda comunicação acontecerá por meio de mensagens de texto ou computadores, e o diálogo direto entre duas pessoas — sem intermédio de uma máquina — será proibido.

É uma pergunta preventiva, que nos permite explorar mundos preventivos.

As pessoas imaginam, incorretamente, que a ficção especulativa consiste numa tentativa de prever o futuro, mas não é disso que ela trata — e quando o faz, tende a entregar uma péssima previsão. Futuros são coisas gigantescas que se originam de inúmeros elementos e de bilhões de variáveis. Além disso, a raça humana tem o hábito de ouvir as predições do futuro e fazer algo completamente diferente.

A ficção especulativa é muito boa em abordar o presente, não o futuro. É boa em tomar um aspecto problemático ou perigoso do presente e o estender, extrapolar esse aspecto até que ele se torne algo em que as pessoas daquela época possam ver sua realidade a partir de um ângulo ou local diferentes. Ela é preventiva.

Fahrenheit 451 é ficção especulativa. É uma história do tipo "Se isso continuar...". Ray Bradbury escrevia sobre o seu presente, o nosso passado. Ele nos advertia sobre certas coisas, algumas delas óbvias, e algumas delas — meio século depois — mais difíceis de perceber.

Entenda. Se alguém disser a você sobre o que se trata uma história, ele provavelmente está certo. Mas se disser que a história se trata apenas disso, está definitivamente errado.

Qualquer história trata de uma porção de coisas: ela é sobre o autor; é sobre o mundo que o autor vê, em que ele vive, e com o qual lida; é sobre as palavras escolhidas e a maneira como são organizadas; é sobre a história em si e sobre o que acontece nela; é sobre as pessoas na história; é polêmica; é opinião.

As opiniões de um autor sobre o que trata uma história são sempre válidas e sempre verdadeiras: afinal de contas, o autor estava lá quando o livro foi escrito. Ele escolheu cada palavra, e sabe a razão de ter usado aquela em vez de outra. Contudo, um autor é uma criatura de seu tempo, e mesmo ele não consegue perceber totalmente sobre o que trata seu livro.

Mais de meio século se passou desde 1953. Nos Estados Unidos, em 1953, a relativamente recente mídia do rádio já estava minguando: seu reinado havia durado por volta de trinta anos, mas agora um novo e empolgante meio televisivo estava em ascensão, e os dramas e as comédias do rádio estavam ou acabando de vez, ou se reinventando ao se adaptar à "caixa idiota".

Os canais de notícia nos Estados Unidos alertavam sobre delinquentes juvenis: adolescentes em carros que dirigiam perigosamente e viviam pela diversão. A Guerra Fria acontecia: uma guerra entre Rússia — e seus aliados — e os Estados Unidos, em que ninguém soltava bombas ou atirava balas, pois uma bomba poderia levar o mundo em direção a uma Terceira Guerra Mundial, uma guerra nuclear sem volta. O Senado promovia audiências com o intuito de erradicar comunistas disfarçados e dava os primeiros passos para tentar acabar com as histórias em quadrinhos. E famílias inteiras se juntavam ao redor da televisão à noite.

Nos anos 1950, havia uma brincadeira em que se dizia que, antigamente, era possível saber quem estava em casa pelas luzes acesas; agora você sabia quem estava em casa pelas luzes apagadas. Os televisores eram pequenos e a imagem em preto e branco: era preciso desligar as luzes para se conseguir uma boa imagem.

"Se isso continuar...", pensou Ray Bradbury, "ninguém lerá livros novamente", e seu livro teve início. Ele havia escrito um conto chamado "O pedestre", sobre um homem preso pela polícia após uma abordagem somente pelo fato de estar andando na rua. Aquela história se tornou parte do mundo que estava construindo, e Clarisse McLellan, de 17 anos, tornou-se uma pedestre em um mundo onde ninguém mais andava por aí.

"E se... bombeiros queimassem casas em vez de salvá-las?", pensou Bradbury, e agora ele traçara seu caminho até a história. Ele tinha um bombeiro chamado Guy Montag, que salvou um livro das chamas, em vez de queimá-lo.

"Se ao menos... livros pudessem ser salvos", pensou. Se todos os livros físicos forem destruídos, como ainda seria possível salvá-los?

Bradbury escreveu uma história chamada "O bombeiro". A história exigiu se tornar mais longa. O mundo que ele havia criado exigia mais dele.

Ele foi até o subsolo da UCLA Powell Library, onde era possível alugar máquinas de escrever por hora, colocando moedas numa caixa ao lado delas. Ray Bradbury colocou seu dinheiro na caixa e escreveu sua história. Quando a inspiração enfraquecia, quando precisava de um encorajamento, ou de esticar suas pernas, Ray andava pela biblioteca e olhava para os livros.

E então sua história estava pronta.

Ele ligou para o departamento de bombeiros de Los Angeles e perguntou em qual temperatura o papel queimava. *Fahrenheit 451*, disseram a ele. Bradbury tinha seu título. Não importava se era verdade ou não.

O livro foi publicado e aclamado. As pessoas o amaram e discutiram sobre ele. Disseram que era um romance sobre censura, controle mental, humanidade. Sobre o controle do governo em nossas vidas. Sobre livros.

Foi filmado por François Truffaut, embora o final de seu filme pareça mais sombrio que o final do livro, como se a lembrança dos livros talvez não seja a rede de proteção que Bradbury imagina, e sim outro beco sem saída.

Eu li *Fahrenheit 451* quando era um garoto: não entendi Guy Montag, não entendi a razão de ele fazer o que fazia, mas entendi o amor aos livros que o guiava. Os livros eram a coisa mais importante da minha vida. As gigantescas televisões de parede eram tão futurísticas e implausíveis quanto a ideia de que pessoas na televisão falariam comigo, que eu poderia participar daquilo caso tivesse um roteiro. Nunca foi um livro favorito: era muito triste, muito sombrio para isso. Mas quando li uma história chamada "Usher II" em *The Silver Locusts* (o título britânico para *As crônicas marcianas*), reconheci o mundo de autores e imaginação proibidos com um tipo feroz de alegria familiar.

Quando o reli adolescente, *Fahrenheit 451* se tornou um livro sobre independência, sobre pensar por si próprio. Sobre estimar os livros e sobre a dissidência dentro deles. Era sobre como começamos queimando livros e acabamos queimando pessoas.

Relendo-o enquanto adulto encontro-me maravilhado com o livro uma vez mais. Ele é todas essas coisas, é claro, mas é também uma obra de época. A descrição da televisão de quatro paredes é a televisão dos anos 1950: programas de variedades com orquestras sinfônicas, comediantes sem cultura e telenovelas. O mundo de adolescentes velozes ao volante, procurando diversão, de uma infindável Guerra Fria que às vezes esquentava, de mulheres que pareciam não ter trabalhos ou identidades a não ser a de seus maridos, de homens maus sendo perseguidos por cães (mesmo que fossem cães mecânicos) é um mundo que parece ter suas raízes firmemente nos anos 1950.

Um jovem leitor, encontrando este livro hoje, ou depois de amanhã, terá que imaginar primeiro um passado, e então um futuro que pertença àquele passado.

Ainda assim, o coração do livro permanece intocado, e as questões que Bradbury levanta permanecem tão válidas e importantes quando antes.

Por que precisamos dos livros? Dos poemas, ensaios, histórias? Autores discordam. Autores são humanos, falíveis e tolos. Histórias são mentiras no fim das contas, contos de pessoas que nunca existiram e de coisas que nunca aconteceram com elas. Por que devemos lê-los? Por que devemos nos importar?

O contador e o conto são muito diferentes, não podemos esquecer.

Ideias — ideias escritas — são especiais. Elas são o modo pelo qual transmitimos nossas histórias e nossas ideias de uma geração para a próxima. Se as perdermos, perdemos nossa história compartilhada. Perdemos muito do que nos torna humanos. A ficção nos dá empatia: ela nos coloca na mente de outras pessoas, nos dá a capacidade de ver o mundo através de seus olhos. A ficção é uma mentira que nos diz verdades repetidas vezes.

Convivi com Ray Bradbury pelos últimos trinta anos de sua vida — tive esta sorte. Ele era engraçado, gentil e sempre — mesmo no fim, quando estava tão idoso que perdeu a visão e usava uma cadeira de rodas, mesmo ali — entusiasmado. Ele se importava completa e absolutamente com as coisas. Ele se importava com brinquedos, com a infância e com os filmes. Ele se importava com os livros. Ele se importava com histórias.

Este é um livro sobre se importar com as coisas. É uma carta de amor aos livros, mas também — acredito — é uma carta de amor às pessoas, uma carta de amor ao mundo de Waukegan, Illinois, nos anos 1920, o mundo em que Ray Bradbury cresceu e que imortalizou como Green Town em seu livro sobre a infância, *Licor de Dente-de-leão*.

Como disse no começo: se alguém disser a você sobre o que se trata uma história, ele provavelmente está certo. Mas se disser que a história se trata apenas disso, está definitivamente errado. Então, qualquer uma dessas coisas que eu disse a você sobre *Fahrenheit 451* — o memorável livro preventivo de Ray Bradbury — estará incompleta. Ele trata dessas coisas, sim. Mas é muito mais do que isso. É sobre o que você descobrirá em suas páginas.

Como um último parêntese, nesta época em que nos preocupamos e discutimos se *e-books* são ou não livros de verdade, eu amo quão ampla é a definição de livro para Bradbury, quando ele explica que não devemos julgar um livro por sua capa, e que alguns livros existem entre capas que têm a forma perfeita de pessoas.

Abril de 2013

Neil Gaiman *tem mais de vinte livros publicados e recebeu diversos prêmios literários, incluindo o Hugo, o Bram Stoker e a Newbery Medal. Iniciou sua carreira como jornalista, mas logo migrou para o universo das graphic novels, com a aclamada série* Sandman, *e, depois, para a ficção adulta e a infantojuvenil. Algumas de suas obras foram adaptadas para o cinema e para a séries de tv e streaming. Nas oportunidades que surgem, declara-se leitor e fã das obras de Ray Bradbury, autor decisivo para sua carreira de ficcionista.*

Margaret Atwood

Fahrenheit 451, de Ray Bradbury

Quando era adolescente, devorei Fahrenheit 451,

*Originalmente publicado no jornal londrino *The Guardian*, em matéria na qual vários autores relevantes indicaram sua obra favorita de ficção científica. 14 de maio de 2011. Tradução de Jana Bianchi.

de Ray Bradbury, à luz de uma lanterna. O livro me deu pesadelos. No começo da década de 1950, a televisão começava a se popularizar, e as pessoas se sentavam diante do eletrônico tremeluzente e serviam o jantar em bandejas para comer enquanto assistiam à TV. Certamente, como diziam na época, aquele era o fim do conceito de família, já que a pausa tradicional para as refeições se tornara obsoleta. Os filmes e livros também estariam prestes a sucumbir à nova mídia viciante. Meus pais se negaram a comprar uma TV, então eu tinha que escapulir para a casa de amigos se quisesse assistir boquiaberta ao *The Ed Sullivan Show*, programa de auditório da época. Quando não estava fazendo isso, porém, alimentava meu vício pela leitura a qualquer hora, de qualquer maneira, com qualquer coisa. Daí *Fahrenheit 451*. Neste livro instigante, os próprios livros são proibidos — todos os livros. O ato de ler, por si só, é considerado prejudicial à ordem social porque faz a população pensar, e, assim, desconfiar das autoridades. Em vez de livros, a conformidade é oferecida ao público por meio de televisões que ocupam as quatro paredes, cujo áudio é despejado diretamente na cabeça das pessoas por meio de fones de ouvido em formato de concha (um brilhante salto proléptico da parte de Bradbury). Montag, o protagonista, é um "bombeiro": seu trabalho é queimar todo e qualquer livro descoberto pelos espiões e informantes do estado. Mas, aos poucos, Montag é convertido pela leitura, e enfim se junta ao submundo — entra em um grupo dedicado de indivíduos que juraram preservar a literatura mundial transformando-se em repositórios vivos dos livros que memorizaram.

Fahrenheit 451 veio antes de Marshall McCluhan e de suas teorias sobre como a mídia molda as pessoas, e não apenas o inverso. Interagimos com nossas criações, e elas também agem sobre nós. Agora, que estamos em meio a uma nova onda de tecnologias e mídias inovadoras, é hora de reler este clássico, que propõe as eternas perguntas: quem e como queremos ser?

Margaret Atwood, *nascida em 1939, é uma célebre romancista e poeta canadense cuja lista de honrarias internacionais inclui uma ampla gama de conquistas e indicações a prêmios literários estadunidenses, britânicos e europeus. O Conto da Aia e outros romances de Atwood são constantemente classificados como ficção científica, embora ela os considere obras de ficção especulativa ou, no máximo, de ficção científica social pé no chão, pautada em projeções da realidade atual. A noção de Bradbury de que* Fahrenheit 451 *é uma novela social que projeta elementos do presente em um futuro extremamente plausível encontra ressonâncias nessa visão, justificando a atração persistente de Atwood pela obra.*

Do diário de Fahrenheit 451

François Truffaut

WARNING!
*Hide this Bookmark
Where you hide your books!*

CAST

Montag	OSKAR WERNER
Linda	JULIE CHRISTIE
Clarisse	JULIE CHRISTIE
The Captain	CYRIL CUSACK
Fabian	ANTON DIFFRING
The Man with the Apple	JEREMY SPENSER
The Book-Woman	BEE DUFFELL
T.V. Announcer	GILLIAN LEWIS
Doris	ANNE BELL
Helen	CAROLINE HUNT
Jackie	ANNA PALK
The Neighbour	ROMA MILNE

TECHNICOLOR®

PRODUCTION STAFF

Director	FRANCOIS TRUFFAUT
Producer	LEWIS M. ALLEN
Associate Producer	MICKEY DELAMAR
Executive Associate	JANE C. NUSBAUM
Screenplay	FRANCOIS TRUFFAUT and JEAN LOUIS RICHARD
Based on the novel by	RAY BRADBURY
Additional dialogue	DAVID RUDKIN and HELEN SCOTT
Music	BERNARD HERRMANN
Director of Photography	NICHOLAS ROEG
Production and Costumes designer	TONY WALTON
Art Director	SYD CAIN
M. Truffaut's personal assistant	SUZANNE SCHIFFMAN
Assistant Director	BRYAN COATES
Film Editor	THOM NOBIE
Special Effects	BOWIE FILMS LTD. RANK FILMS PROCESSING DIVISION CHARLES STAFFEL

A Universal Release
An Enterprise Vineyard Film Production 1966
Filmed in Pinewood Studios, London, England

O marcador de páginas promocional da Universal Studio foi distribuído em 1966 para o lançamento da adaptação de François Truffaut para **Fahrenheit 451**. Foi o primeiro filme em cores de Truffaut, assim como sua primeira produção em língua inglesa, e levou quase seis anos para ser financiado e filmado. Os créditos de produção no verso incluem a partitura aclamada de Bernard Herrmann, a cinematografia inovadora e influente de Nicholas Roeg e o par dramático de Oskar Werner e Julie Christie. Werner tinha estrelado há pouco tempo o premiado **Jules et Jim** de Truffaut; Christie, que desempenha dois papéis em Fahrenheit, tinha acabado de filmar **Doutor Jivago**. **Fahrenheit 451** foi inscrito e exibido no Festival de Veneza em 1966.

*Excerto de "Le journal de *Fahrenheit 451*", publicado entre 1966 e 1967 na *Cahiers du Cinema*. Tradução de José Ignácio Coelho Mendes Neto.

Sexta-feira, 14 de janeiro de 1966

[...] *Fahrenheit 451* é a história supersimples de uma sociedade em que é proibido ler e possuir livros. Os bombeiros — que antigamente extinguiam fogos — são responsáveis por confiscar livros e queimá-los sumariamente. Um deles, Montag, prestes a ser promovido a uma patente mais alta, influenciado pelo encontro com uma jovem (Clarisse) que questiona a ordem das coisas, começa a ler livros e apreciá-los. Sua esposa (Linda) o delata por medo, e Montag acaba chegando ao ponto de literalmente queimar seu próprio capitão. Daí ele foge — e para descobrir para onde ele vai, você só vai precisar comprar um ingresso nos melhores cinemas.

Quando eu era garoto na escola e às segundas-feiras nós falávamos sobre os filmes que tínhamos visto no fim de semana, as duas perguntas que sempre surgiam eram:

(1) Tem alguma briga nele?

(2) Tem alguma mulher nua?

Em relação a *Fahrenheit 451*, posso responder sim à primeira pergunta e não à segunda, mas sem nenhum orgulho especial por isso.

Na verdade, este filme, como todos os que são tirados de um bom livro, pertence em metade ao seu autor, Ray Bradbury. Foi ele que inventou essas fogueiras de livros que eu vou me divertir tanto filmando, e é por isso que eu queria cor. Uma velhinha que escolhe ser queimada junto com seus livros em vez de ser separada deles, o herói do filme que torra seu capitão, são as coisas que estou animado para filmar e ver na tela, mas que minha imaginação, presa demais à realidade, não poderia ter concebido sozinha. [...] Ray Bradbury vem me socorrer, fornecendo as situações fortes de que preciso para escapar ao documentário.

DOMINGO, 16 DE JANEIRO

[...] Um filme de ficção científica faz todo mundo ficar criativo, às vezes do jeito errado. Alguém vai me dizer suavemente: "Pra mostrar que a vida dessas pessoas é enfadonha, eu fiz pra você um sei-lá-o-quê enfadonho (uma cenografia ou adereço ou figurino)". O perigo dessas armadilhas é agravado pela minha tendência de deixar os problemas de lado e dizer: "Deixe pra lá — vamos ver isso mais tarde". Suspeito que neste filme vamos ter enroscos em todas as etapas — um enrosco por dia, um enrosco por *set*, um enrosco por cena, em suma, um belo festival de enroscos.

Três anos atrás, o conceito de *Fahrenheit 451* era um filme de ficção científica, situado no futuro e apoiado por invenções e geringonças e afins. Agora que tivemos James Bond, Courrèges, Pop Art — e até Godard, meu Deus — eu vou sair pela tangente também, como quando fiz *Jules et Jim* como filme de época para desviar do perigo — de Jim como piloto de corrida, Jules fotógrafo de moda e Catherine uma modelo. Obviamente, seria ir longe demais fazer de *Fahrenheit 451* um filme de época, mas estou indo nessa direção em geral. Estou trazendo de volta telefones da era Griffith, vestidos ao estilo Carole Lombard-Debbie Reynolds, um caminhão de bombeiro do tipo Mr. Deeds. Estou apostando na antigeringonça — uma hora,

Linda dá a Montag uma magnífica navalha de barbeiro e joga o velho modelo Philips a pilha no cesto de lixo. Em suma, estou trabalhando ao revés, um pouco como se estivesse fazendo um "James Bond na Idade Média".

QUARTA-FEIRA, 19 DE JANEIRO

Eu me recusei a autorizar dois escritores a fazerem um livro sobre a filmagem. Quando eles virem este meu diário de bordo vão provavelmente pensar que é o motivo da minha recusa. Não é isso. Na verdade, é porque sempre que eu trabalho a partir de um romance eu sinto uma certa responsabilidade para com o autor. Quer isso transpareça ou não, quer ele seja fiel ao livro ou não, o filme de *Fahrenheit 451* deve favorecer as vendas apenas de um livro, o livro do qual ele foi tirado. Um livro sobre a filmagem só criaria confusão com o de Bradbury. No meu entender, a melhor ideia seria reeditar o romance, ilustrando-o com fotogramas do filme [...]

SEXTA-FEIRA, 21 DE JANEIRO

[...] Eu sabia que *Fahrenheit* tinha alguns defeitos, como todo filme. Nesse caso são os personagens que não são muito reais nem muito fortes, e isso é por causa da natureza excepcional das situações. Esse é o perigo maior em histórias de ficção científica, o de que tudo o mais seja sacrificado ao que é postulado. Cabe a mim lutar contra isso tentando fazê-lo ganhar vida na tela.

Uma coisa muito infeliz na qual eu não tinha pensado é o aspecto militar do filme. Todos esses bombeiros de botas e capacete, rapazes espertos, garbosos, disparando suas falas. A rigidez militar deles me faz sofrer de verdade. Assim como eu descobri quando estava fazendo *Le Pianiste* que gângsteres eram pessoas impossíveis de filmar para mim, agora eu percebo que no futuro devo evitar homens de uniforme também [...]

Os advogados da Universal em Hollywood não queriam que queimássemos livros de Faulkner, Sartre, Genet, Proust, Salinger,

Audiberti etc. "Restrinjam-se aos livros que estão em domínio público", eles disseram com receio de futuros processos. Isso é absurdo. Pedi um parecer jurídico aqui em Londres e me disseram: "Sem problemas. Vá em frente e cite todos os títulos e autores que você quiser". Haverá tantas referências literárias em Fahrenheit 451 quanto em todos os onze filmes de Jean-Luc [Godard] juntos.

QUARTA-FEIRA, 9 DE MARÇO

[...] Os temas dos filmes influenciam as equipes que os fazem. Durante *Jules et Jim* todo mundo começou a jogar dominó; durante *La Peau douce* todo mundo estava traindo a mulher (ou o marido); e logo no começo de *Fahrenheit 451* todo mundo na unidade começou a ler. Muitas vezes há centenas de livros no set; cada membro da unidade escolhe um e às vezes só o que se ouve é o som das páginas virando.

QUARTA-FEIRA, 20 DE ABRIL

[...] Ray Bradbury me deu carta branca para adaptar seu romance, pois ele sabia que seria difícil, tendo tentado ele mesmo transformá-lo numa peça de teatro. Eu e Jean-Louis Richard trabalhamos na construção por dez ou doze semanas e, tendo concluído a tarefa no começo de 1963, nós a retomamos repetidas vezes desde então, apertamos, remodelamos, para fazer a história caber em 110 minutos e manter o orçamento baixo.

Com certeza será um filme insólito, especialmente para uma produção falada em inglês, mas dentro da sua estranheza ele me parece ser coerente [...]

TERÇA-FEIRA, 21 DE JUNHO

[...] Embora a adaptação de *Fahrenheit 451* tenha sido escrita um ano antes do roteiro de *La Peau douce*, existe, estranhamente, uma quantidade de coisas comuns a ambos os filmes, e se a mulher de Montag se chama Linda — e não Mildred, como no livro de Bradbury — é provavelmente porque o caso Jaccoud já estava na minha mente. Quanto ao resto, *Fahrenheit 451* será mais como *Tirez sur le pianiste*, talvez porque em ambos os casos estamos lidando com um romance americano, cheio de material americano. Eu não sei que cara o filme vai ter; sei que só vai se parecer remotamente com o que escrevi sobre ele aqui, já que, obviamente, só terei falado do que era inesperado ou me impressionou, e não do que tinha sido aceito muito tempo atrás ou na minha mente ou na de Bradbury. Mas na tela você vai ver apenas o que estava nas nossas duas cabeças, a maluquice da cepa de Bradbury e a minha, e se elas se misturaram bem [...]

François Truffaut (1932-1984) foi um crítico de cinema influente da Nouvelle Vague que se tornou também um dos principais diretores do movimento. Ele tinha em alta estima as primeiras obras de Ray Bradbury, e passou mais de quatro anos planejando e criando sua adaptação cinematográfica de Fahrenheit 451*. Seu minucioso diário da produção cobre o calendário de filmagem de janeiro a junho de 1966 e foi serializado (em inglês) nos volumes 5-7 da revista* Cahiers du cinéma *(1966-67). Muitas entradas concentram-se nos desafios logísticos e nas complexas relações de trabalho com os atores e a equipe, mas uma seleta de trechos oferece comentários reveladores sobre aspectos da visão de Truffaut para* Fahrenheit 451 *e a evolução da experiência do filme em sua relação com o romance original.*

Galeria de capas

Capa da revista *Galaxy*, da primeira publicação do conto "O bombeiro". Fevereiro de 1951.

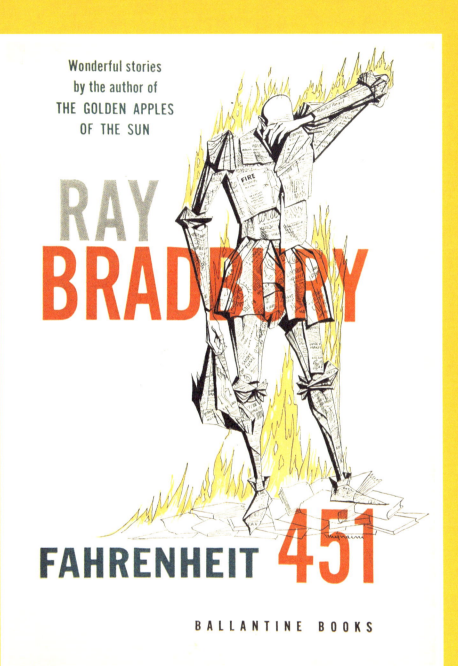

Primeira edição de *Fahrenheit 451* publicada pela Ballantine Books, 1953. Ilustração de Joseph Mugnaini.

Edição especial feita com material à prova de fogo. Limitada a 200 exemplares, numerada e autografada pelo autor. EUA, 1953.

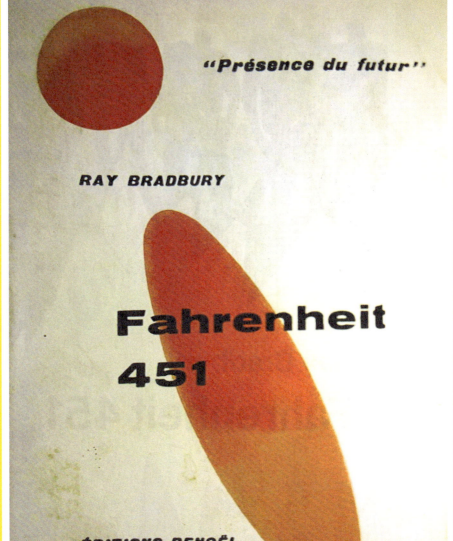

França, Éditions Denöel, 1955.

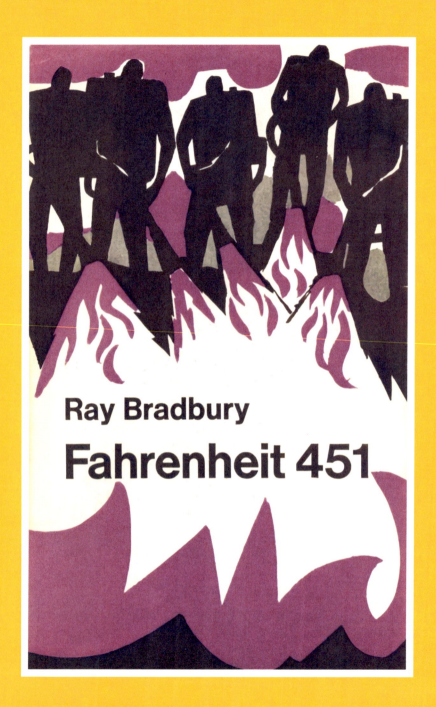

Suíça, Buchclub Ex Libris, 1955.

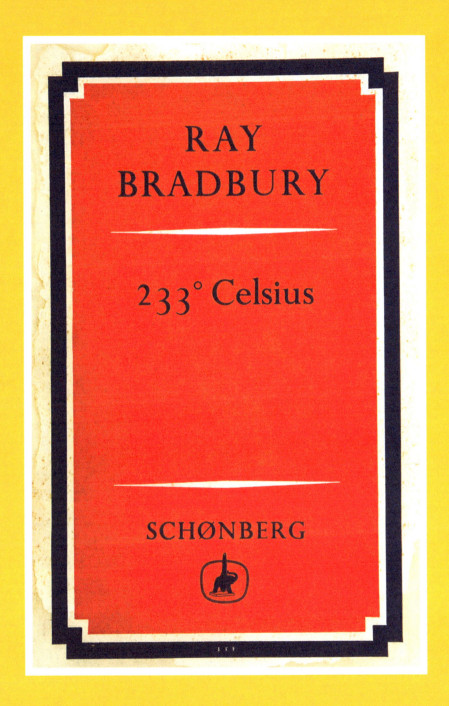

Na Dinamarca, publicado inicialmente com o título convertido para *233º Celsius*, corrigido logo na edição seguinte. Schonberg, 1955.

RAY BRADBURY

GLI ANNI
DELLA FENICE

Piramide

ALDO MARTELLO EDITORE

Publicado na Itália primeiramente com o título *Gli anni della Fenice* (Os anos da Fênix). Aldo Martello, 1956.

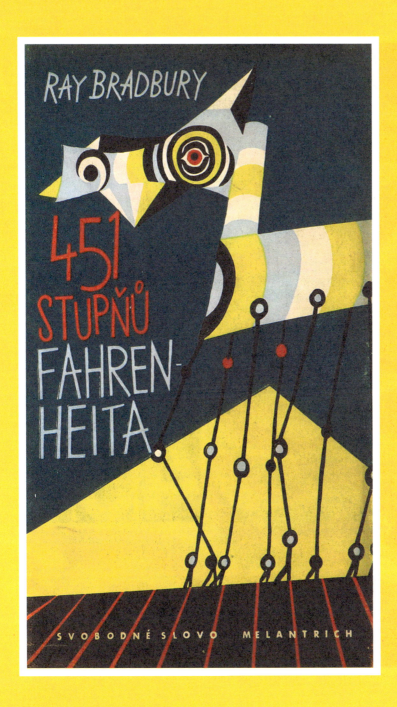

Tchecoslováquia, Melantrich, 1957.

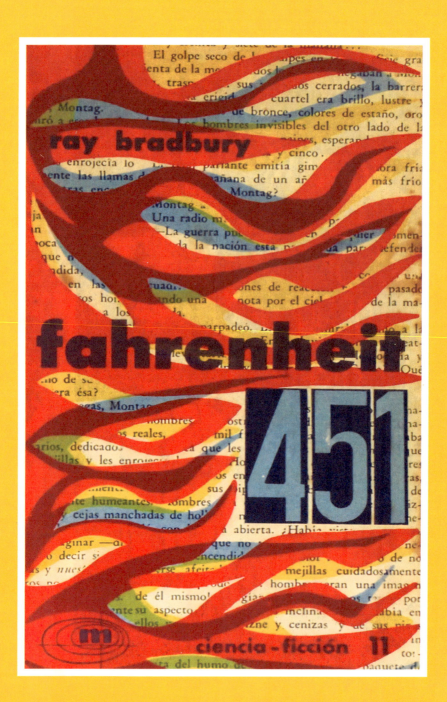

Argentina, Minotauro, 1958.

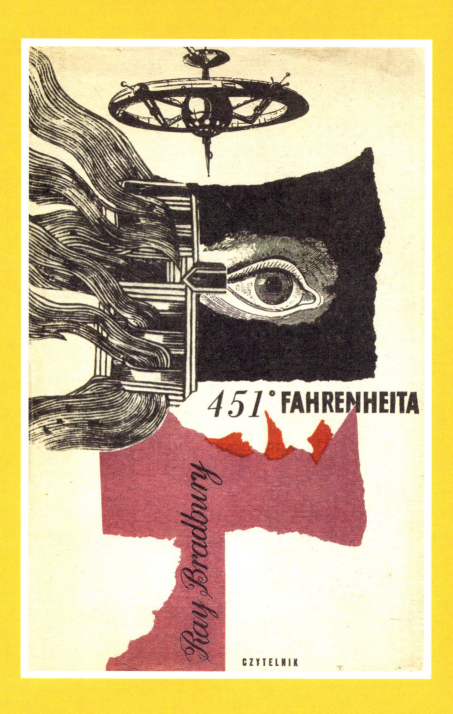

Polônia, Czytelnik, 1960.

Romênia, Tineretului, 1963.

Japão, Hayakawa, 1964.

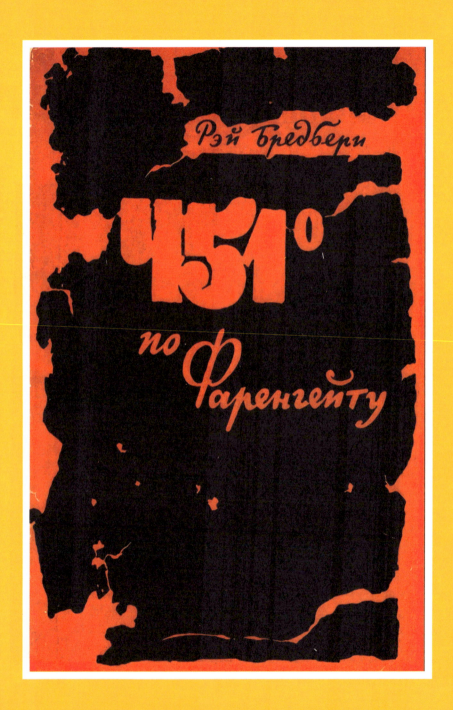

União Soviética, Mir, 1964.

Turquia, Okat, 1971.

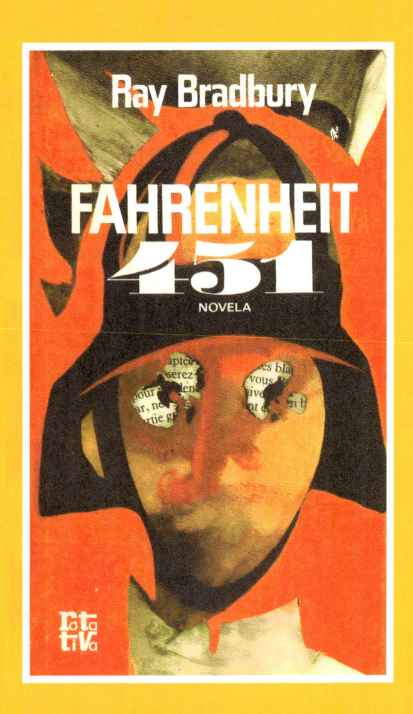

Espanha, Plaza y Janés, 1973.

Letônia, Zinatne, 1975.

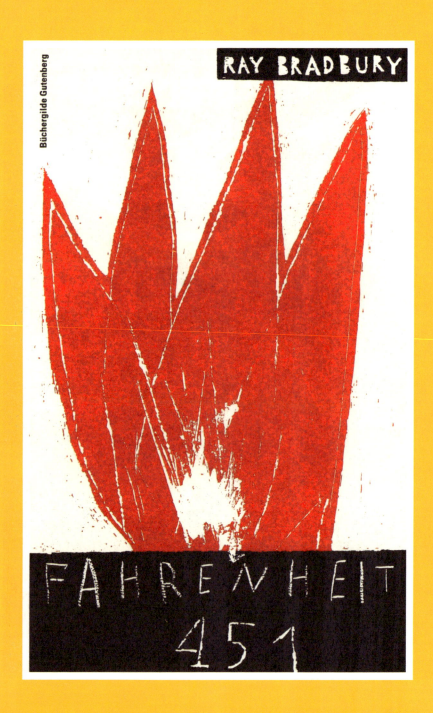

Alemanha, Büchergilde Gutenberg, 2002.
Ilustração de Katrin Stangl.

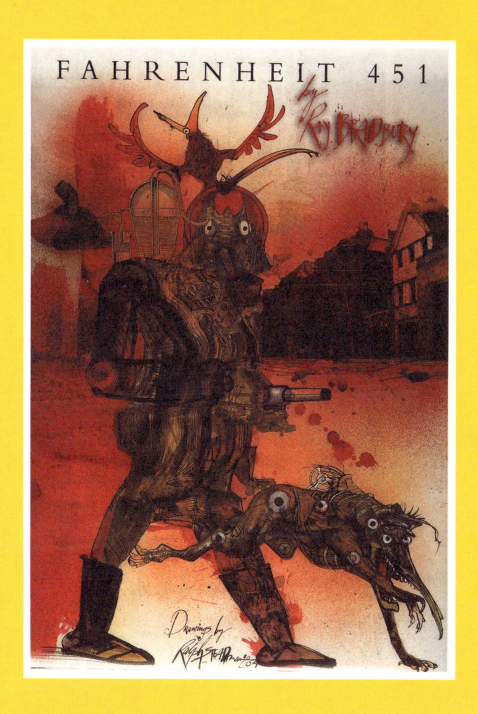

Edição comemorativa de 50 anos com ilustrações de Ralph Steadman. Graham Publishing, 2003.

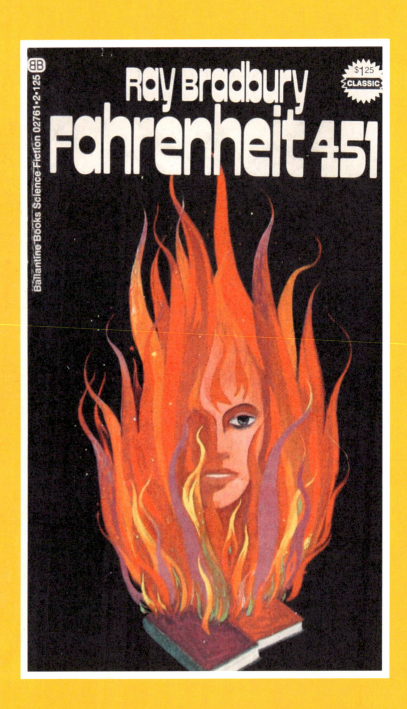

Edição *pulp* da Ballantine Books com ilustração de Barron Storey, EUA, 1980.

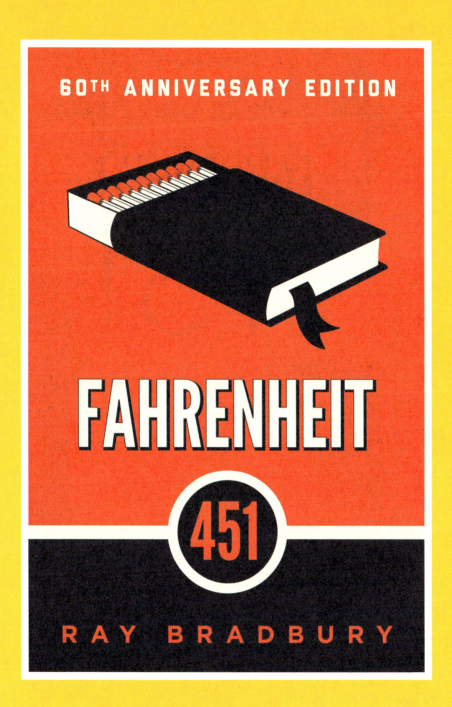

Edição comemorativa de 60 anos. EUA, Simon & Schuster, 2013.

FAHRENHEIT 451

RAY BRADBURY

Protótipo não comercial criado por Elizabeth Perez, 2018.

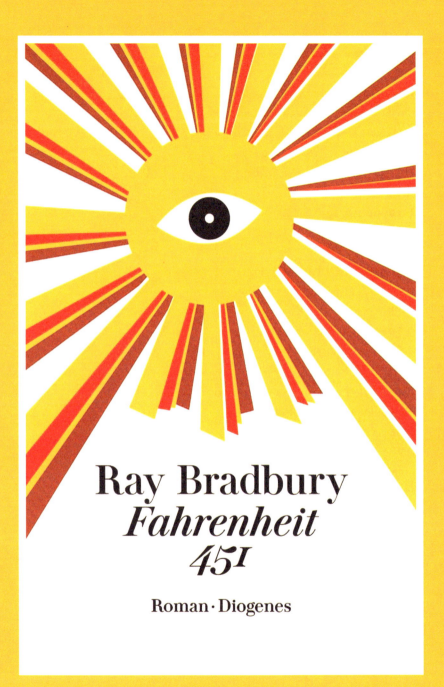

Alemanha, Diogenes Verlag, 2020.

Créditos

Luz ardente.
"Bright Phoenix", a foreword by Ray Bradbury. Publicado sob autorização de Don Congdon Associates, Inc. © 1963 by Mercury Press, renewed 1991 by Ray Bradbury.

Introdução, por Neil Gaiman. "Introduction". Copyright © 2012 by Neil Gaiman.

A história de Fahrenheit 451.
"The Story of Fahrenheit 451", Jonathan R. Eller. Publicado sob autorização de Don Congdon Associates, Inc. © 2013 Jonathan R. Eller.

Fahrenheit 451, de Ray Bradbury.
"Fahrenheit 451 by Ray Bradbury", Margaret Atwood. Copyright © 2011 by O.W. Toad, Ltd. Publicado pela primeira vez no jornal britânico *The Guardian*.

Do diário de Fahrenheit 451
"From *The Journal of Fahrenheit 451*", François Truffaut. Publicado sob autorização de Don Congdon Associates, Inc. © 1966 by François Truffaut.

Copyright © 1953 renewed 1981 by Ray Bradbury
Copyright da tradução © Editora Globo S.A.

Todos os direitos reservados. Nenhuma parte desta edição pode ser utilizada ou reproduzida – em qualquer meio ou forma, seja mecânico ou eletrônico, fotocópia, gravação etc. – nem apropriada ou estocada em sistema de bancos de dados, sem a expressa autorização da editora.

Título original:
Fahrenheit 451

Texto fixado conforme as regras do Acordo Ortográfico da Língua Portuguesa (Decreto Legislativo nº 54, de 1995).

Editor responsável: Lucas de Sena
Editor assistente: Jaciara Lima
Revisão: Amanda Zampieri
Projeto gráfico e capa: Studio DelRey

CIP-BRASIL. CATALOGAÇÃO NA PUBLICAÇÃO
SINDICATO NACIONAL DOS EDITORES DE LIVROS, RJ

B79f

Bradbury, Ray, 1920-2012
Fahrenheit 451 : a temperatura em que o papel do livro pega fogo e queima... / Ray Bradbury ; tradução Cid Knipel. - 4. ed. - Rio de Janeiro : Biblioteca Azul, 2020.
272 p. : il. ; 23 cm.

Tradução de: Fahrenheit 451
Inclui textos extras e caderno de imagens
ISBN 978-65-5830-015-1

1. Ficção americana. I. Knipel, Cid. II. Título.

20-66343

CDD: 813
CDU: 82-3(81)

Meri Gleice Rodrigues de Souza - Bibliotecária - CRB-7/6439

4ª edição, 2020 — 6ª reimpressão, 2024

Direitos de edição em língua portuguesa
para o Brasil adquiridos por
Editora Globo S. A.
Rua Marquês de Pombal, 25
20230-240 – Rio de Janeiro – RJ
www.globolivros.com.br

Este livro, composto na fonte Fairfield
e foi impresso em Lux cream 60g/m² na Ipsis.
são paulo, brasil, em agosto de 2024.

Mas não
obrigar
a
Elas precisam
aproximar
no seu
perguntando
o que
e por
explodiu
Isso